KB266318

열여덟의 페이스오프

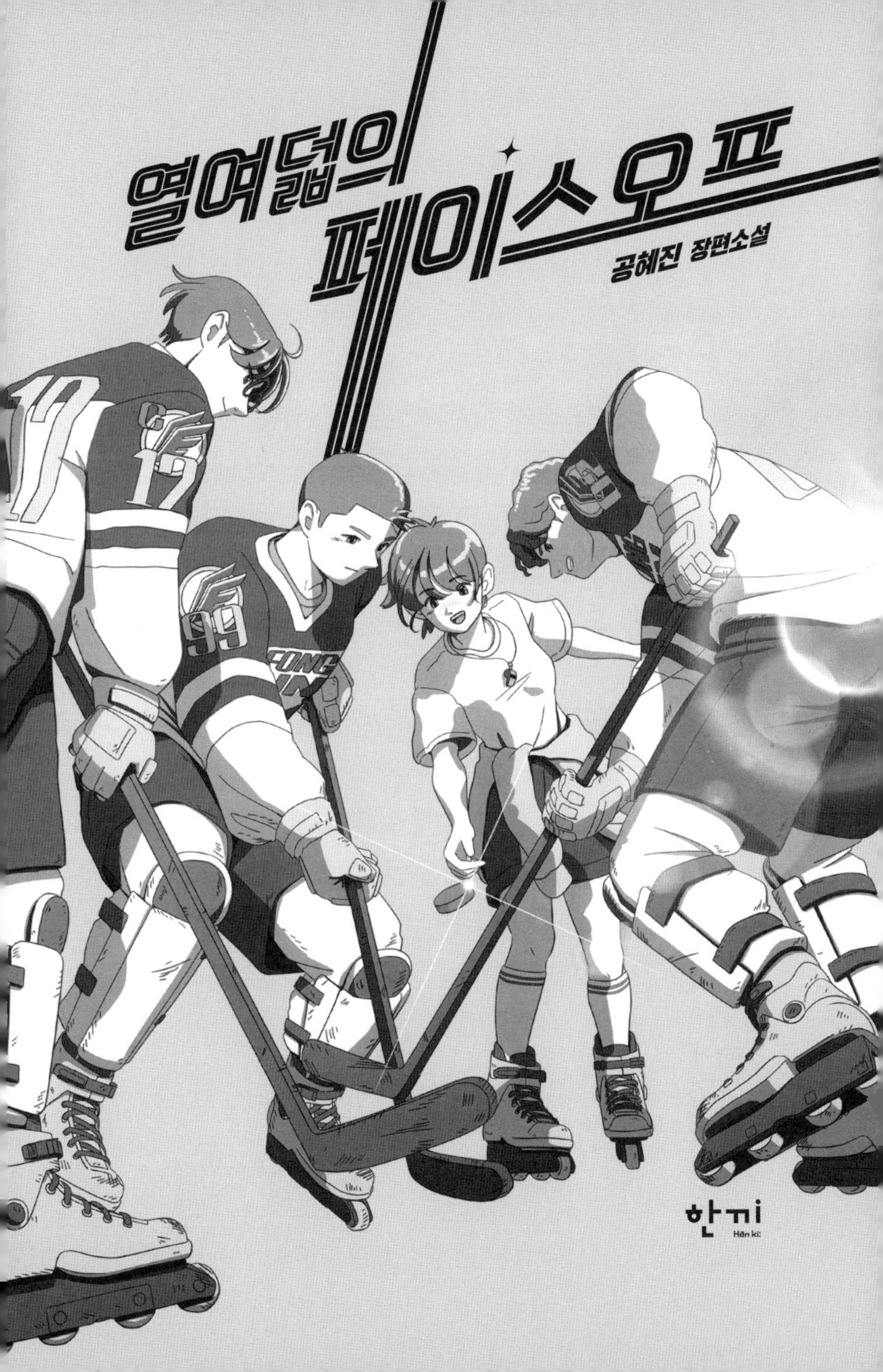

열여덟의 페이스 오프
공혜진 장편소설
한끼
Han ki:

일러두기

1. 이 작품에 등장하는 인라인 하키 관련 대회, 팀, 규정 일부는 이야기 전개를 위해 창작되었습니다. 실제 인라인 하키와는 차이가 있을 수 있습니다.
2. 이 책은 맞춤법 규정을 따랐으나, 일부 입말은 실제 발화대로 표기하였습니다.

차 례

임지서 (고2)

사고 이후 멈춘 기억을 안고 청선고로 전학 온 소녀.
오빠의 흔적을 따라 인라인 하키부에 발을 들인다.

윤도운 (고2, 99번)

블루피어스의 골키퍼.
말수는 적지만 다정하고, 누구보다
단단한 마음으로 팀을 지킨다.

문시온 (고2, 02번)

블루피어스의 수비수.
밝고 능청스러운 성격으로 팀 분위기를 이끈다.
잘생긴 외모로 인기가 많다.

여상혁 (고2, 17번)

블루피어스의 주장.
외모, 공부, 하키까지 완벽해 보이지만
그 책임감 속에서 누구보다 치열하게 버티고 있다.

블루피어스

청선고 인라인 하키부. 전국 1위를 다투는 강팀으로,
끈질긴 체력과 빠른 스피드를 무기로 한다.

서재민 (고1, 18번)

블루피어스의 수비수. 동경하는 상혁을 따라 청선고에 왔다.
새침하지만 장난기가 많아 시온과 늘 투덕거린다.

제우성 (고1, 45번)

블루피어스의 공격수. 재민과 늘 붙어 다니며,
차분하게 할 말 다 하는 성격이다.

카시우스

수림고 인라인 하키부. 블루피어스의 라이벌 팀.
거칠고 공격적인 플레이로 유명하다.

정진현 (고2)

카시우스의 주장. 상혁에게 라이벌 의식을 불태운다.
승부욕이 강해 목표를 위해선 수단을 가리지 않는다.

구현우 (고2)

카시우스의 수비수. 포지션이 같아 시온과 친구가 됐다.
담백한 성격이며, 시온과 함께 진현의 행동을 지켜본다.

1장

페이스오프

● 경기를 시작하거나, 중단된 경기를 재개할 때 양 팀 선수가 마주 서서 퍽의 소유권을 겨루는 절차.
심판이 떨어뜨리는 퍽을 하키 채로 빼앗아 공격권을 따낸다.

도운

결승 이틀 전. 조용한 복도에 바쁜 발걸음 소리가 유독 크게 들렸다. 걸음을 재촉하게 만드는 건 날카로운 팀의 분위기와 긴장감이었다. 말 한마디 없이 오고 가던 눈빛, 숨 막히던 로커 룸.

'왜 하필 그걸 두고 와서.'

평소엔 절대 교실에 둘 리 없는 장비인데, 왜 이렇게 됐는지 생각해 보니 다 그 자식 때문이었다. 로커 룸에서 불 끄겠다고 고래고래 소리 지르던.

'문시온, 이따 두고 보자.'

하지만 막상 시온을 떠올리자 웃음이 픽 하고 새어 나왔다.

교실에 다다라 뒷문을 여는 순간 익숙한 공기가 훅 밀려들었다. 그런데 아무도 없어야 할 빈 교실에 낯선 여자애가 있었다. 그 애도 놀랐는지, 잔뜩 휘둥그레진 두 눈이 도운의 눈과 마주쳤다. 잠깐 얼어붙었던 도운은 피하듯 눈을 돌렸다. 그때 익숙한 것이 그의 눈길을 붙잡았다. 도운의 푸른색 레그 패드가 여자애 다리에 얼기설기 매달려 있었다.

"어⋯."

도운은 허공을 가리키던 손가락을 툭 떨궜다. 대신 사물함에서 새 수건만 꺼내 들고 뒤돌아 나왔다. 문을 닫는 순간에도 푸른색 레그 패드가 눈에 걸렸다. 나오는 내내 뒤통수에 시선이 꽂히는 것 같았다.

복도로 나와 몇 걸음 걷고 나서야, 자신이 너무 정신없이 발걸음을 옮기는 걸 알았다. 주장의 싸늘한 눈초리가 떠올라서 자기도 모르게 걸음을 멈칫했지만, 교실로 돌아갈 용기는 나지 않았다.

'하아⋯ 난 오늘 주장한테 죽었다.'

도운은 뒷머리를 벅벅 긁으며 체육관으로 향했다. 만개한 꽃잎이 흐드러지게 떨어지는 벚나무 따위, 눈에 들어오지 않았다.

얼른 보호 장비를 입고 링크에 들어섰을 때, 다른 선수들은 이미 링크 안을 돌고 있었다. 공기가 여전히 날카로웠다. 도운은 일단 숨을 크게 들이쉬고 손과 발을 가볍게 풀었다. 심호흡할수록 숨이 막혀왔다.

"주장! 도운 선배 왔습니다!"

까랑까랑한 목소리의 주인은 1학년 재민이었다. 팀원 중에선 약간 작은 키에 귀염성 있게 생긴 재민은 주장에게 말 걸 수 있는 기회라면 언제라도 나섰다.

도운이 합류하자, 선수들이 본격적으로 연습 경기를 위해 제자리를 찾아갔다. 도운 역시 골대 앞으로 이동하는데, 그의 옆으로 시온이 다가왔다.

"야, 레그 패드 어덨어? 너 그거 가지러 간다며."

186센티의 곰 같은 덩치를 가진 도운보다 살짝 작고 날렵한 체구의 시온은 화려하면서도 자리를 잘 잡은 이목구비 덕에 인기가 많았다. 도운의 속도에 맞춰 스케이트를 굴리는 자세도 군더더기 없이 깔끔했다.

"그렇게 됐어. 이게 다 너 때문이잖아."

도운은 코치와 얘기 중인 주장을 한 번 스윽 보고서 작게 대답했다. 시온은 어깨를 으쓱하고는 수비 지점으로 달려갔다. 골 크리스에서 수건을 골대 망 위에 올려놓고 돌아서는데, 어느새 뒤따라온 상혁이 앞에 서 있었다.

"어, 주장."

도운은 놀란 마음을 감추려 했다. 왠지 주장인 상혁을 볼 때면, 분명 지신보다 키가 작은데 올려다보는 느낌이 들었다.

"어딨어?"

상혁의 말과 눈짓은 간단했다. 단정한 눈썹 아래로 꿰뚫어 보는 듯한 날카로운 눈빛이 그가 쓴 플라스틱 안경알과 헬멧의 실드를 넘어 도운에게 꽂혔다. 도운이 딱 예상했던 표정이다.

"사정이 있어. 오늘만 봐줘."

도운은 괜히 보호 장비를 한 번씩 매만지며 대답했다. 그리고 헬멧을 고쳐 쓰며 덧붙였다.

"미안."

상혁은 잠시 눈매를 가느스름하게 좁히더니 제자리로 돌아갔다.

하프타임도 없는 40분의 연습 경기가 드디어 끝났다. 하키는 축구나 농구처럼 볼 아웃*으로 인해 경기가 끊길 일이 거의 없다. 게다가 청선고 인라인 하키부 '블루피어스'는 두 팀으로 나누어 연습할 만큼 선수가 넉넉하지 않다. 교체 선수도 없다 보니 종료 신호와 함께 너 나 할 것 없이 바닥에 철퍼덕 쓰러졌다. 공기 중에 거친 숨소리가 뿜어져 나왔다. 그나마 멀쩡한 건 체력 소모가 덜했던 도운과 반대편 골대를 지킨 예비 골키퍼,

---

● 공(퍽)이 경기장 밖으로 나가 경기가 중단되는 상황.

그리고 괴물 같은 체력을 가진 상혁 정도였다. 그는 2인분을 하고도 어깨를 살짝 들썩일 뿐이었다.

"재민아."

"네!"

상혁이 부르는 소리에 재민이 벌떡 일어났다.

"넌 디펜스니까 치고 나가지 말고 상대 속도에 맞추라고 했잖아. 급하게 움직이지 말고 기회를 잘 봐야지."

차분하지만 단호한 말투였다.

"넵. 명심하겠습니다."

재민은 조금 전까지만 해도 죽겠다는 표정이더니 금세 말짱해져 생글생글 웃기까지 했다. 입단 때 '상혁 선배를 따라 청선고에 왔다'라고 말하며 눈을 빛내던 모습이 떠올랐다.

"내일은 연습 없는 대신 감독님이랑 최종 체크해야 하니까 컨디션 조절 잘해. 늦지 말고. 이상."

'최종 체크'란 말에 결승전이 코앞이란 것이 실감 났는지, 선수들 입에서 앓는 듯한 신음이 흘러나왔다. 상혁의 해산이 떨어지자 힘겹게 일어나는 다른 동료들과 달리, 도운은 곧바로 자리를 뜨려 했다.

"윤도운."

그런 도운을 상혁이 불러 세웠다. 상혁의 목소리는 화날 때일수록 오히려 낮고 차분해졌다. 무의식적으로 도운의 어깨에 힘이 들어갔다. 머릿속에는 마지막에 막지 못한 골 장면이 찌르듯 반복해서 떠올랐다.

"너, 원래도 무릎 바닥에 잘 못 붙이면서 레그 패드까지 빼먹으면 어쩌자는 거야. 아까 다리 밑으로 들어간 골도 레그 패드했으면 막았을 거야, 알지?"

별말 없이 넘어가더라니 실수가 나오자 가차 없었다.

"미안. 다음엔 잘 챙길게."

도운은 신경질적으로 좁아진 상혁의 미간에 집중하며 대답했다. 제 잘못이니 솔직하게 사과하는 게 상책이다. 더군다나 여상혁처럼 맺고 끊음이 깔끔한 사람이라면 더더욱.

"그래그래, 컨디션 조절하라며. 얼른 정리하고 가자, 엉?"

어느새 시온이 다가와서 두 사람을 재촉하듯 말했다. 도운이 고맙다는 눈짓을 보내자, 시온이 장난스레 미소 지었다.

결승전 전날. 블루피어스 선수들은 김성록 감독의 지휘 아래 엔트리와 전술을 최종 점검하며 가볍게 몸을 풀었다. 그 뒤엔 바로 수업이 있어, 연습이 끝나고 집에 갈 때와 달리 로커 룸에서 선수들의 행동이 굼떴다.

"야, 잼민. 너 뭐 하냐? 의도가 너무 투명한 거 아님?"

재민이 유니폼에서 팔을 반만 뺀 채 버둥거리자 시온이 장난을 걸었다. 정작 자신은 스케이트도 벗지 않은 상태였다.

"아, 형. 진짜 안 벗겨져서 그래여. 이거 원단이 미쳤나 봐여."

능청스러운 재민 때문에 웃음이 터진 도운이 끼어들었다.

"너 그러다 주장한테 한 소리 듣는다."

"어제 얘한테 뭐라 하는 거 봤지?"

시온이 도운을 가리키며 거들었다.

"상혁 선배면 오히려 좋져!"

오버하는 재민의 목소리에 로커 룸 안에 더 큰 웃음이 터졌다. 그때 상혁이 로커 룸에 들어섰다.

"안 씻고 뭐 해. 정리 다 했으면 샤워부터 해."

덤덤한 말투였지만, 다들 웃음기를 지우고 벌떡 일어났다. 도운을 선두로 팀원들은 우르르 샤워실로 몰려갔다.

머리도 덜 말린 채 나온 도운과 시온은 복도에서 대충 손만 흔든 뒤 각자의 교실로 들어갔다. 후텁지근한 열기로 가득했던 로커 룸 냄새가 코끝에 남아 있었지만, 수업 중인 교실에서 왠지 평소와 다른 냄새가 나는 것 같았다. 자신의 옆자리, 원래는 비어 있어야 할 곳에 누군가 앉아 있었다. 도운은 잠시 멈칫하다가 별일 아닌 척 자리에 앉았다. 전학생인가?

그런 생각이 스치자마자 새 짝이 어제 교실에서 마주친 낯선 여자애란 걸 알아차렸다. 그 순간, 시선이 느껴졌다. 도운이 고개를 돌렸을 땐 이미 앞을 보고 있었다. 곁눈질로 보니 드물게 짧은 머리가 눈에 들어왔다. 하키 헬멧을 쓴다면 다 가려질 정도인 머리 끝에 눈길이 갔다. 귀에 겨우 걸친 머리카락들이 몇 가닥 빠져나온 사이로 흰 뺨이 드러났다.

도운은 시선을 돌리며 턱을 긁었다. 괜히 귀가 조금 뜨거웠다. 정신을 차리려 머리를 휘휘 젓고, 어제 했던 마지막 훈련 내용을 떠올렸다. 어차피 수업은 귀에 하나도 들어오지 않았다.

'가까운 선수한테 빈틈 내주지 않기, 옆으로 움직일 때 공간 생기는 것 조심….'

얼마 안 가 점심시간을 알리는 종이 울렸다. 반사적으로 벌떡 일어난 탓에 의자가 바닥을 긁는 소리가 났다. 다들 쏟아져 나가는데, 옆자리 아이는 미동도 없었다. 어떻게 해야 하나, 전학생이니 챙겨줘야 하지 않을까 망설여졌다. 제자리에서 서성이던 도운은 짝으로서 의무감에 말을 걸었다.

"저기…."

반응이 없었다. 목소리가 작았나 싶어 한 번 더 시도했다.

"저기, 급식실…."

드디어 고개를 돌리나 했는데, 그 애는 머리를 살짝 가로저을 뿐이었다. 얼핏 본 눈망울이 그렁그렁한 것 같아 당혹스러워진 도운은 더 이상 어쩔 줄 모르고 교실을 빠져나왔다.

지서

지서는 교실에 혼자 덩그러니 앉아 있었다. 본격적인 등교 첫날은 역시 힘들었다. 짝 말고도 몇몇 여자애들이 먼저 다가와 점심을 같이 먹자고 했지만, 지서는 계속 고개를 젓기만 했다.

혼자 있고 싶었다. 낯선 사람들 속에 섞이는 건 아직 어려웠다. 특히 급식실처럼 사람 많은 공간은 생각만 해도 숨이 턱 막혔다. 서늘한 청선의 날씨에 몸도 으스스한 것 같았다.

'다들 날 이상한 애라고 생각하겠지. 특히 짝은 더더욱.'

대체 자신을 뭐라고 생각할까? 전날 마주쳤던 그 애가 하필 짝일 줄이야. 아무도 없을 줄 알았던 늦은 시각, 빈 교실. 한쪽

구석에 놓여 있던 부피 큰 물건이 대번 눈에 띄었다. 그냥 궁금해서 이리저리 만져보다가 신기해서 다리에 차봤을 뿐인데. 하필이면 그러고 있는 모습을 들키다니 창피했다. 그리고 그 아이 것 같았는데… 왜 자기 것을 함부로 만졌냐고 뭐라 할까 봐 무서웠다.

창밖을 바라보니 그제 할머니 댁으로 이사 오던 길이 떠올랐다. 차창 너머 보였던 둥그런 산줄기들. 자신에게 '절대 못 넘을 거야'라고 말하는 것 같았다. 그간 흘려보냈던 가족의 시간, 엇갈린 마음들이 그 높은 산 뒤로 더 높게 쌓여 있는 것만 같았다. 이곳은 지서에게 새로운 시작이자, 되돌아갈 수 없는 끝이었다. 손끝이 무의식중에 짧은 머리카락을 만지작거렸다.

'잘 해낼 수 있을까….'

짝에게 말 걸어보기, 누군가 말 걸면 웃으며 대답해 주기, 마이쮸 건네며 이름 물어보기…. 점심이 다 될 때까지 마음먹은 대로 된 게 하나도 없었다. 긴장되고 울적한 마음을 참느라 벌게진 눈을 보고 짝의 단정한 얼굴이 당황으로 바뀌던 것이 떠올랐다.

'역시 난 안 되나 봐.'

기대를 꾹 누르듯, 지서는 고개를 푹 숙였다. 그런데 그때,

"안녕."

낯선 목소리에 고개를 들자, 환한 미소가 시야를 채웠다. 처

음 보는 남자애가 어느새 지서 앞자리에서 뒤돌아 앉으며 책상에 뭔가를 내려놨다.

"난 2반, 문시온. 오늘 전학 왔지?"

햇빛을 받아 밝게 빛나는 고수머리, 선명한 눈썹과 서글서글한 두 눈으로 시선을 옮기던 지서가 불에 덴 듯 고개를 떨어뜨렸다. 전학 온 걸 어떻게 아는지 되묻고 싶은데, 놀라는 바람에 안 그래도 막힌 말문을 떼기가 더욱 힘들었다. 살짝 고개를 드니 그제야 책상 위에 놓인 빵 봉지와 바나나 우유가 눈에 들어왔다.

"먹어. 낯설어서 힘들지? 그래도 굶진 마."

따듯한 말과 '생딸기 크림빵'이라는 문구에 긴장이 풀려 배시시 미소가 흘러나왔다. 시온이라는 애를 한번 쳐다본 후 조심스레 빵 봉지를 뜯자, 딸기 크림 향이 화악 퍼졌다. 참았던 허기가 꿈틀거리니 빵 냄새가 황홀할 정도였다. 시온은 일어날 생각이 없어 보였다. 빵을 점점 과감하게 베어 무는 지서를 쳐다보는 얼굴에는 은은한 미소가 띠워져 있었다. 지서가 다 먹은 걸 확인하고 나서야 시온은 자리에서 일어났다.

"고마워…."

들렸을지 모를 정도로 작게 웅얼거렸는데, 기분 좋은 웃음소리와 함께 망설임 없이 내민 손바닥이 시야에 들어왔다. 지서는 멈칫거리면서도 용기 내어 손끝을 갖다 대었다. 맞닿은 손가락 끝이 따스했다. 그 온기에 어깨에 들어가 있던 힘이 조금 풀렸다.

"앞으로도 얼마든지."

지서는 나가는 남자애의 뒷모습을 바라보다가 칠판을 향해 고개를 돌렸다. 그러고는 숨을 한번 길게 내쉬었다. 오늘 하루는 완전히 망한 줄 알았는데.

'어쩌면 이 학교에서는 혼자가 아닐지도 몰라.'

바람에 가까운 기대가 조용히 떠올랐다.

전국 고등부 인라인 하키 리그 결승전. 새 학기가 시작되기도 전부터 이날만을 위해 훈련했고, 이날만을 위해 리그를 달려왔다. 한 달여의 여정과 그 끝인 결전의 날, 승부를 펼칠 장소로 이동하기 위해 블루피어스 선수들은 버스에 몸을 실었다. 목적지는 바로 옆 도시에 있는 수림고였다.

시온은 자리에 앉자마자 이어폰을 꽂았다. 익숙한 도운의 목소리가 이어폰 음악 소리와 겹쳐 들려왔다.

"너희에겐 첫 리그니까, 꼭 우승했음 좋겠다."

시온은 도운을 돌아보며 한쪽 이어폰을 툭 빼냈다. 얼굴엔 장난기가 가득했다.

"윤도운. 그건 너한테 달린 거, 알지?"

도운의 눈이 당황한 듯 커지자 시온과 후배들이 함께 웃음을 터뜨렸다. 도운의 희생으로 분위기가 풀렸다. 도운은 친구들, 심지어 인하부 후배들에게도 이런 존재였다. 일명 반응 맛집. 놀리는 재미가 쏠쏠했다.

'얜 나 아님 어떻게 살아남냐.'

시온은 고개를 절레절레 흔들며 웃었다.

덜컹이는 버스에 주위를 둘러보는데, 시온의 레이더에 뭔가 걸렸다. 상혁의 표정이 미묘하게 불편해 보였다. 주장이 된 후 첫 시즌이니 압박이 있을 터였다. 시온 또한 올해 주전이 되었으니 그 마음을 모르지 않았다.

'아니면 다른 놈 때문일지도 모르고.'

스치듯 떠오른 얼굴에 한쪽 입가가 비뚤게 올라가는데, 곧 버스가 수림고 주차장으로 들어섰다. 리그 초반만 해도 옅은 풀빛으로 빈약했던 나무들은 이제 바람에 나부끼며 초록빛을 반사했다. 마침 쉬는 시간이었는지 건물 밖에는 꽤 많은 학생이 나와 있었다. 몇몇 여학생들은 소리를 질러가며 블루피어스를 열렬히 맞이했다. 인라인 하키는 비인지 종목이지만, 청선고 블루피어스와 수림고 카시우스만큼은 예외였다. 전국 1, 2위를 다투는 두 팀 덕분에 이 일대에선 제법 이름이 알려져 있었다. 키 크고 체격 좋은 선수들이 몸 부딪치며 뛰는 모습은 여학생들뿐 아니라 남학생들까지 끌어당겼다.

"여상혁, 잘해!"

응원하는 여학생들에 아랑곳없이 상혁은 앞만 보고 체육관 건물로 향했다.

"와, 여상혁. 개잔인해."

상혁의 뒤에서 뇌까리던 시온은 자신의 이름을 부르는 여학생들에게 일일이 손을 들어 보였다. 그 반응에 여학생들이 더 크게 소리 지르자, 도운이 고개를 푹 숙이며 시온의 팔을 툭 쳤다.

"그만 좀 해. 창피하지도 않냐?"

"인기가 많은 걸 어쩌라고."

어깨를 으쓱하는 시온의 뻔뻔함에 도운도 웃음을 터뜨렸다.

수림고 인라인 하키 경기장으로 들어가자, 로커 룸 입구에서 홈팀 선수들 몇 명이 기다리고 있었다.

"여상혁."

카시우스의 주장인 정진현이 사람 좋은 웃음을 지으며 오른손을 내밀었다.

'재수 없는 새끼.'

시온은 속으로 욕을 삼켰다. 청선중을 나온 시온이나 도운과 달리, 상혁과 진현은 수림중 출신이었다. 포지션까지 같아 늘 비교되며 라이벌로 불렸지만 실력은 언제나 상혁이 한발 앞섰다.

지금까지도 그 사실이 두 사람 사이에 숨은 긴장감을 만들고 있었다.

"정진현."

상혁이 진현의 손을 맞잡고 짧게 대답했다. 곧이어 진현의 뒤에서 카시우스의 수비수, 구현우가 나와 인사했다. 진현과 달리 진심으로 반가워하는 얼굴이었다.

원정팀 로커 룸에는 침묵이 가볍게 내려앉았다. 부지런히 준비하며 최소한의 말만 오갈 뿐, 버스에서처럼 편안하고 화기애애한 대화는 온데간데없었다. 몇몇은 잠시나마 긴장을 풀기 위해 껌을 씹거나 음악을 듣기도 했다.

시온은 자신의 소지품 중 가장 작고 네모난 것을 바라보다 잠시 눈을 감았다. 그 물건의 원래 주인을 떠올리자, 어제의 시서도 함께 떠올라 입가에 잔잔한 미소가 번졌다. 하지만 그것도 잠시, 정신을 차리고 현실로 돌아와야 했다. 옆에서는 남들보다 많은 보호대를 차야 하는 도운이 바삐 움직이고 있었다. 그를 도우며 시온은 장비가 헐렁하지 않은지, 너무 조이지는 않은지 물었다.

블루피어스의 감독 김성록은 준비를 마친 선수들을 불러 모았다. 그는 국내 인라인 하키 학생부를 부흥시키는 데 공을 세운 인물이었다. 충분히 협회에서 한자리할 수도 있었지만, 현장에 남아 선수들을 이끌었다. 우락부락한 인상만큼이나 엄격했지만 훈련 외적으로는 선수들에게 한없이 인자했다. 감독 옆에서는 이신주 코치가 선수들과 일일이 눈을 맞추었다. 그런 응원이나 당부가 이어질수록 시온은 속이 울렁거렸다.

벤치석으로 나가니 옆 통로에서 수림고 선수들이 하나둘 나오고 있었다. 링크에 들어서자 높은 천장에 숨이 탁 트였다. 드넓은 경기장, 청선고의 것보다 더 큰 관중석에는 이미 제법 많은 사람이 들어와 있었다. 두런거리는 소리가 플로어에 내려앉았고 시온은 훅, 훅 숨을 골랐다.

양 팀 선수들은 링크 안으로 입장해 각자의 진영에서 몸을 풀었다. 리그 내내 여러 번 뛰고, 넘어지고 땀 흘렸던 곳이었다. 이제 그 마지막이 눈앞에 있었다.

도운은 골 크리스 주변에서 가볍게 수비 동작을 취했고, 시온은 선발 선수들과 퍽을 주고받았다. 짧게, 그리고 길게. 합을 맞춘 뒤에는 경기장의 반원을 구석구석 돌며 플로어 상태를 살폈다. 반대편에서 워밍업하는 카시우스의 주황색 유니폼이 계속해서 시야에 들어왔다. 새로 맞췄다더니 색이 선명한 그들의 유니폼에 괜스레 짜증이 난 시온은 얼른 도운에게 다가갔다.

"야, 윤도운. 잘 막아. 다 부숴버리자."

"뭐래."

말은 그렇게 하면서도, 도운은 시온을 따라 주먹을 쥐어 보였다. 평소 긴장을 많이 하는 도운이 얼지 않아 다행이었다. 시온 역시 어깨가 편안히 풀리는 것이 느껴졌다.

워밍업 시간이 어느 정도 지나자, 양 팀 선수들이 줄지어 늘어섰다. 한쪽에는 주황색이 길게, 다른 한쪽에는 하늘색이 비교적 짧게. 두 학교의 교가가 차례대로 흘러나온 뒤 심판의 지시에 따라 두 팀이 마주 보고 인사를 나누었다.

블루피어스의 선수 아홉 명이 골대 앞에 모여 파이팅을 외쳤다. 이제 돌아가며 선발 골키퍼 도운을 격려한 후 자기 자리를 찾아가면 경기 시작이었다. 시온 앞엔 상혁이 있었다. 그는 빠르게 지나간 다른 동료들과는 다르게 도운 앞에 아예 멈추어 섰다. 그리고 한 손으로는 도운과 손을 마주치고 다른 한 손으론 그의 어깨를 꾹 눌렀다. 도운의 동그래진 눈이 시온과 마주쳤다. 상혁이 멀어진 것을 확인한 후, 시온이 웃음을 참으며 말했다.

"한 골당 추가 훈련 1시간이란 뜻임."

도운이 상상만으로도 끔찍하다는 듯이 얼굴을 찌푸렸다.

이제 각 팀의 다섯 선수만 남고 모두 벤치로 돌아갔다. 양측의 골키퍼들을 제외한 여덟 명의 플로어 선수들은 마우스피스를 끼고 헬멧을 조정하고 페이스 실드를 내렸다. 경기 시작을 알리는 그 동작들이 심장을 마구 두드렸다.

'심호흡. 심호흡. 후….'

센터 서클로 모인 선수들이 페이스오프를 준비했다. 모두의 온 신경이 퍽을 쥔 심판의 오른손에 가 있었다. 마침내 휘슬이 울리고 찰나의 정적 뒤에 퍽이 두 선수 사이로 떨어졌다. 선수들의 하키 채와 부딪치며 퍽이 블레이드를 따라 정신없게 튀었다. 상혁이 퍽을 자기 쪽으로 끌어와 블루피어스 진영으로 멀리 보냈다. 어느새 골대 근처에 가 있던 시온이 부드럽게 이어받았다.

'자, 어디로 가보실까.'

시온은 경기장을 시야에 다 담은 채 팀원들이 자리 잡을 시간을 끌었다. 그리고 곧 드리블하며 왼편으로 힘차게 뛰어나갔다.

'어디서부터 잘못된 거지?'

아마, 수림의 역전 골이 들어갔다는 버저가 울릴 때부터였던 것 같다.

'끝까지 집중했어야지, 이미 끝난 것처럼 포기하지 말고.'

'얼른 다음 기회를 만들었어야지.'

상혁이 오늘 제일 잘한 건 패스도, 슛도 아니라 이 말들을 팀원들에게 뱉지 않은 것이었다.

경기 직후에 기억나는 게 없었다. 오직 팀원들의 표정만 선명했다. 서로 눈을 마주치지 못하는 가운데 시온마저 조용했다. 그리고 정진현…. 그는 시상식 후 자리를 뜰 때까지 의기양

양하게 턱을 치켜들고 있었다. 마치 상혁에게 이렇게 말하는 것 같았다.

'우린 너 없이 더 잘하고 있어.'

어쩌면 그게 맞을지도 모른다.

청선고에 도착한 블루피어스는 체육관 로커 룸에서 모였다.

"장비 정리만 하고 푹 쉬어라. 수고했다."

"휠 점검은 꼭 하고. 잘했다, 얘들아."

감독, 코치는 간결한 말로 선수들을 해산시켰다. 별 감정은 드러내지 않았지만, 왜 아쉬움이 없겠는가. 상혁은 그들이 느 낄 씁쓸함에 죄송해서 어쩔 줄 몰랐다.

그때 뒤에서 시온이 상혁의 등을 툭 치며 말했다.

"야, 그래도 베스트 포워드 받았잖아. 2년 연속이네."

서툴게 위로하려는 시도는 고마웠지만 하나도 기쁘지 않았다.

상혁은 끝까지 남아 정리한 후 제일 늦게 체육관을 나섰다. 학교 건물로 들어가 교실이 있는 2층에 다다르니, 조용한 복도 에 마지막 교시 수업 소리가 새어 나왔다. 교실을 향해 꺾어야 하는데, 마음을 바꿔 계단으로 향했다. 3층에서는 주변을 살피 며 발끝을 세웠다. 한 층 더 오르니 복도가 급격히 어두워졌다. 빈 교실만 있어서 전체가 창고처럼 쓰이는 곳이지만 상혁에겐 의미가 조금 달랐다. 학교 건물 꼭대기 층의 어두운 복도 끝, 빛과 같은 안식처. 아무도 모르는 혼자만의 아지트였다.

문을 닫자마자 마침내 숨을 크게 내쉬었다. 코끝을 맴도는 물감 냄새가 편안했다. 상혁은 화가인 부모님의 영향으로 어렸을 때부터 그림을 그려왔고, 그리는 것만으로도 안정을 찾을 수 있었다. 인라인 하키가 상혁의 육체라면 그림은 그의 정신이었다.

상혁은 이젤 옆에 조용히 가방을 내려놓고, 그 뒤쪽으로 의자 여러 개를 이어 붙여 드러누웠다.

'원인이 뭐였을까.'

생각하고 싶지 않았지만 어쩔 수가 없었다. 안경을 휙 벗고 두 눈을 깊게 문질렀다.

'내가 주장이어서일까.'

팀은 충분히 잘했던 것 같다. 리그 본선만 해도 다 이겼었는데. 정작 가장 중요한 오늘 경기에서 패배하고 말았다.

생각에 빠져 있는 와중에도 휴대폰에서 DM 알림이 쏟아지듯 울렸다. 그 내용은 예상을 벗어나지 않았다.

[겨우 준우승하려고 팀을 버렸냐?]

[ㅅㅂ 아 존나 통쾌하네ㅋㅋㅋㅋ]

[우리 여상혁 지느라 수고했어! 친선 때 보자!]

'꾸준하기도 하지.'

무시하고 싶은데, 메시지에서 목소리가 들려왔다. 눈을 감아도 표정이 떠올랐다.

시간이 얼마나 지났을까, 상혁은 갑자기 눈을 번쩍 떴다. 들려선 안 되는 소리가 작지만 확실하게 귀에 닿았다.

'설마.'

상체를 확 일으킨 그는 급히 안경을 주워 쓰고 시선을 앞문에 고정했다.

'제발, 제발.'

아무도 모를 거라고 요즘 자만한 탓이다. 관리인 아저씨가 알아챈 것일까? 팀원 중 누군가? 아니면 선생님? 찰나에 수많은 후보가 머리를 스쳤다. 들켰을 때를 대비해 둔 변명을 떠올리며 옷매무새를 가다듬었다.

스윽. 문은 보기보다 부드럽게 열렸다. 그가 평소 청소를 꼼꼼히 하고 틀어진 문틀을 손봐둔 덕이었다. 조금 열린 문으로 얼굴을 내민 건 예상을 다 빗나간, 낯선 여자애였다. 상대방도 누가 있을 거라곤 생각 못 했는지, 잔뜩 커진 두 눈이 상혁과 마주쳤다. 서로 얼어붙은 것도 잠시, 여자애가 머리를 뒤로 휙 빼더니 그대로 나가버렸다. 상혁은 아차 싶어 재빨리 따라 나갔다. 비밀을 알아버린 애를 그냥 보낼 수는 없는 노릇이었다.

다행히 상혁은 금방 따라잡았다. 여자애가 흠칫 놀라며 뒤도는 순간, 소리라도 지를까 봐 얼른 입에 검지를 갖다 대었다.

"쉿, 쉬잇-. 따라와. 일단 따라와."

다급하게 속삭이며 그 애를 다시 아지트 쪽으로 잡아당겼다.

여자애의 저항은 약하디약해서 손쉽게 끌고 올 수 있었다. 아지트 안에 여자애를 먼저 밀어 넣은 뒤 복도를 살폈다. 사람들 소리가 멀리서 들려올 뿐, 4층 복도는 아무 일 없다는 듯 고요했다. 상혁은 문을 조심스레 닫은 후 안쪽에 달아둔 고리를 걸어 잠갔다. 그리고 휙 고개를 돌리니 어느새 저만치 떨어진 여자애가 잔뜩 겁먹은 표정을 하고는 가슴 앞에 두 주먹을 쥐고 있었다. 싸우기라도 하겠다고? 어처구니가 없어 헛웃음이 나왔다.

"갑자기 데리고 와서 미안한데, 너 누구야? 여긴 어떻게 알았어?"

자기가 생각해도 전혀 미안해 보이지 않는 뾰족한 말투였다. 상혁이 추궁하자, 여자애가 고개를 틀어 흘겨보았다.

"…임지서."

정선고는 아주 작은 학교다. 남한테 관심이 없는 상혁이긴 하지만, 눈앞의 이 애는 얼굴도 이름도 낯설었다.

"전학 왔어. 어제."

여자애가 그의 생각을 읽었는지 알아서 덧붙였다. 툭툭 던지는 목소리가 맑게 울렸다. 옆 반에 전학생이 왔다고 떠드는 소리를 스치듯 들었던 게 기억났다. 상혁은 조그맣게 한숨을 내쉰 뒤 조곤조곤 말했다.

"여기 혼자 몰래 쓰고 있는 곳이야. 지금까지 아무한테도 들킨 적 없어. 비밀 지켜줄래?”

그 애도 진정이 되었는지 쥐고 있던 두 주먹을 내렸다. 그러고는 고개를 살짝 끄덕였다.

그 후 상혁이 나가란 말을 두 번 하고 나서야 발걸음을 떼어 문 쪽으로 슬금슬금 다가왔다. 그리고 돌연 상혁 옆에서 발걸음을 멈추더니 그를 돌아보았다.

“너는?”

무슨 말인지 몰라 빤히 쳐다보자, 그 애가 다시 물었다. 눈빛이 꽤 당돌했다.

“너는? 이름이 뭐야?”

“…여상혁.”

여자애가 나간 뒤, 상혁은 자신의 이름을 밝히던 장면이 자꾸 떠올랐다. 그 애가 비밀을 지켜주지 않으면 끝장이다. 정말로. 그런데 이상하게도 웃음이 나왔다. 물러서지 않겠다는 듯한 눈빛. 싸우기라도 할 것처럼 꼭 쥐어놓고는 발발 떨리던 두 주먹. 그런 주제에, 교실을 훑어보던 호기심 어린 얼굴까지.

‘임지서라고 했나? 임지서, 비밀 지켜줄 거야?’

도운

아무도 입을 떼지 않았다. 슬리퍼 밑창이 바닥에 끌리는 소리만이 복도에 늘어졌다. 하지만 2층 중앙에 발을 막 디뎠을 때, 도운은 시온의 눈빛이 자신과 같은 말을 하고 있음을 확신했다.

'수업 째자.'

뒤따라온 재민과 그의 단짝인 우성도 눈빛을 교환하며 끄덕였다. 네 사람은 마치 작전이라도 짠 듯 주변을 살피며 3층까지 살금살금 올라갔다. 3층 복도에 아무도 없는 것을 확인하고는 동시에 부실까지 냅다 달렸다. 시온이 여닫이문을 열며 쏙 들어갔고 뒤이어 도운, 재민이 지체 없이 따라 들어갔다. 마지막으로 들어간 우성이 문을 재빠르면서도 소리 없이 닫았다. 이게 바로 척하면 척, 수개월을 동고동락한 블루피어스 주전들의 호흡이었다.

네 사람은 가방을 바닥에 아무렇게나 내팽개친 후 제각기 편한 자리에 눕거나 앉았다. 부실에 한숨만 가득 채워지고 있었다. 소파를 차지하고 드러누운 시온이 침묵을 깼다.

"우승을 해도 수업 들어가기 싫을 판에. 쯧."

"근데 혼나면 어쩌나여?"

재민이 걱정하는 기색 하나 없이 말했다.

"여상혁이 시켰다고 해. 작전 회의했다고."

"그러다간 주장한테 죽지 않을까여."

"걔도 뭐, 거기 갔을걸?"

"우리 주장은 그런 사람 아니거든여?"

"애니개댄여? 내기할래? 쪼끄만 게."

재민이 상혁 편을 들자 시온이 한껏 비웃었다. 그러다 갑자기 벌떡 몸을 일으켰다.

"에잇, 까짓거 질 수도 있는 거 아니야?"

"그게 하필 결승이라 좀…."

재민이 작게 중얼거리며 손가락을 꼼지락거렸다. 도운은 가만히 경기 후반부를 떠올렸다.

"우리가 골 먹은 후에 마음이 너무 조급해졌던 것 같아."

“실제로 시간이 별로 없었으니까요.”

그때까지 탁자에 팔을 베고 가만히 엎드려 있던 우성이 대답했다.

“내 실책이 컸어. 미안해.”

소파 앞 바닥에 누운 도운이 눈을 꾸욱 감고 말했다.

2 대 2 상황에서 맞이한 후반 종료 2분 전, 바닥에 붙은 채 미끄러져 온 퍽이 도운의 레그 패드 아래로 빠르게 지나갔다. 퍽이 골망을 흔드는 것과 동시에 시간이 멈춘 듯했다. 자주 지적받았던 무릎 자세인데, 그걸 또 놓치고 말았다. 하필 정말 정말 중요할 때.

그때부터 팀의 흐름이 급박하게 바뀌었다. 팀원들의 숨소리도 달라졌다. 발끝이, 퍽을 쫓는 속도가 불안함에 조급해졌다. 도운까지 공격에 가담했지만, 추가점은 너무 멀었다. 경기 종료를 알리는 버저와 함께, 수림 벤치석에서 선수들이 뛰쳐나오며 포효했다. 반대로 얼어붙은 동료들의 얼굴을 보자, 중요한 골을 막지 못했다는 자책이 뼈저리게 다가왔다.

“또, 또. 너 이럴 줄 알았다. 아아, 윤도운이 슛을 허용한 우리 수비수들을 이런 식으로 디스하네.”

시온의 과장된 말투에 재민이 피식 웃었다. 도운이 헛웃음을 지으며 머리를 한 번 털었다.

“1학년들, 미안하다. 첫 고등 리그 우승 놓쳐서.”

도운은 재민과 우성, 두 사람 말고도 다른 후배들을 떠올렸다.

"형, 무슨 소리예요. 우승만 못 했지, 다 이겨서 결승 간 거잖아요. 이젠 더 올라갈 일만 남았으니까 괜찮아요."

우성이 꽤 의젓하게 말했다. 하지만 곧이어 축 처진 목소리로 덧붙였다.

"그래도… 아까 튕겨 나왔을 때 제가 리바운드해야 했어요. 그게 들어갔으면 기회가 있었을 텐데."

"전 상혁이 형이 서두르지 말라고 그렇게 말했는데. 수림이 유인할 때 완전 휘말렸어요."

우성과 재민도 주전으로서 책임감을 느끼는 듯했다.

"야, 야. 그만들 해. 너희가 안 그래도 여상혁한테 실컷 들을 예정임."

시온이 다시 소파 팔걸이에 머리를 대고 누웠다.

"아, 참. 우리 반에 전학생 왔다?"

도운이 소파를 올려다보며 말했다.

"알아."

"알아? …걔 좀, 특이해."

도운의 말에 시온이 옆으로 돌아누웠다.

"왜? 어땠는데?"

"말을 걸어도 대답을 안 해. 낯가림이 심한가."

"그건 너도 그렇잖아. 걘 전학 와서 그런 거겠지."

이어진 시온의 말이 조금 이상했다.

"잘 챙겨줘. 아니다. 잘해주지 마. 아냐, 잘해줘."

"…어디 아프냐? 아무튼, 조금 특이한 거 같음."

도운이 이상하다는 듯 시온을 흘긋 바라보고 눈을 감았다.

급식실 가자는 말에 아무 말도 못 하던 얼굴이 자꾸 떠올랐다.

2장
라이벌

어느새 해가 머리 위에 있을 때면 제법 봄을 벗어
나려는 티가 났다. 지서는 여전히 급식실에 보이지 않았다.

'형, 어떡하지?'

시온은 옆 반을 지날 때마다 교실에 가만히 앉아 있는 지서
를 힐끗거리는 게 습관이 됐다. 보고 또 봐도 반가웠다. 그런데
요즘은 그게 전부가 아니었다.

얼마 지나지 않아 지서가 도시락을 가져오기 시작했다. 급식
이 맛있기로 유명한 청선고에서 전학생이 도시락을 싸 온단 얘
기는 시온의 귀에 금방 들려왔다.

'형, 내가 뭘 할 수 있을까?'

그래도 다행이라고 생각한 건, 굶지 않으려고 노력한다는 점이었다.

문제는 지서가 도시락을 들고 간 장소였다. 혼자 있을 곳을 찾겠다고 인라인 하키 체육관 건물까지 간 듯한데, 물론 거긴 인적이 드물긴 했다. 학교 건물 뒤쪽으로는 인하부 선수들만 주로 다니니까. 그런데 체육관과 학교 울타리 사이는 몇몇 일진들이 '전담'을 하러 가는 곳이기도 했다.

"지서야, 나랑 동아리실 가보지 않을래? 인라인 하키부실. 거기서 밥 먹어도 돼."

시온이 아무리 생각해도 지서를 데리고 갈 만한 장소는 그곳뿐이었다. 조마조마하며 말하는데, 지서는 의외로 금세 끄덕였다. 찰나에 스친 반가운 기색에 시온도 마음이 들떴다.

"여기가 우리 인하부 동아리실이야."

시온이 3층 왼편 거의 끝에 있는 여닫이문을 가리켰다. 평소에는 하나도 신경 쓰지 않았는데, 나무 문에 그려진 그라피티가 왠지 부끄러웠다.

'제우성. 이딴 걸 그려놔 가지고.'

동그란 손잡이를 돌려서 안으로 들어가며, 시온은 재빨리 내부를 훑었다. 바로 전날 도운이 청소를 했다더니 다행히 평소보다는 깔끔했다. 조금 열어둔 창문 틈으로 온화한 바람이 살살 들어왔다. 인하부실엔 인라인 하키 관련한 건 거의 없어서,

평범한 휴게실이나 가정집 거실에 가까웠다. 신발을 벗으며 정면을 바라보면, 제일 먼저 초록빛 소파 뒷면이 보였다. 지서가 소파 등을 살살 쓰다듬으며 나지막이 감탄했다.

"우와….."

그리고 다시 뒤를 돌면 탁자와 작은 싱크대를 갖춘 공간이 현관 옆에 숨어 있었다. 시온은 이곳을 꾸렸던 때가 떠올랐다. 당시에 안 쓰는 가구까지 갖다 놓으면서 이렇게까지 해야 하나 싶었는데. 동그란 눈으로 신기한 듯 둘러보는 지서를 보니, 그러길 정말 잘했다는 생각이 들었다.

"여긴 팻말이 없어서 어느 동아리일지 궁금했어. '블루피어스'가 팀 이름이구나?"

지금까지 주눅 들어 있던 모습은 어디 가고, 예상치 못한 들뜬 반응이었다. 맑게 굴러가는 목소리가 시온의 머리를 뎅 하고 울렸다.

"이제 알 것 같아. 문에 그려진 날개… 체육관에 있는 날개를 그린 거였어."

지서가 고개 숙인 채 어깨를 들썩이며 쿡쿡 웃었다.

"맞아. 우리 팀 상징이야. 푸른 날개."

'제우성, 짜식. 잘했네.'

지서는 어색해하는 기색 없이 탁자에 앉아 도시락을 먹었다. 그러다 마주 앉아 있는 시온의 눈치를 살폈다.

"근데 넌 밥 안 먹어?"

"난 오늘… 안 먹어도 괜찮아."

시온이 웃기만 하자, 지서는 잠시 숟가락을 멈췄다.

"여긴 왠지 편안한 것 같아."

툭 던진 말에 시온이 눈을 마주쳤다.

"나 원래 이렇게 조용한 편은 아니야. 첫날엔 고맙단 말, 제대로 못 했어. 정말 고마워."

지서가 드문드문 말하다 눈을 피하며 쑥스러운 듯한 미소를 지었다. 들뜬 시온이 미처 대답하기도 전에 문이 벌컥 열렸다.

"아, 이 냄새 뭔가여. 대체….."

재민이 투덜거리며 들어오다가 두 사람을 발견하고는 딱 멈췄다. 뒤따라 들어온 우성, 도운도 둘을 보고 어리둥절해하다가, 곧 우성이 시온을 향해 눈을 게슴츠레하게 떴다.

"부실에 여친 네리고 오는 건 금지 아닌가요?"

우성의 말에 도운이 지서와 시온을 번갈아 보았다.

"아니야. 여기서 밥 먹으라고 데려온 거야."

시온이 지서와 얘기할 때와는 다른 말투로 으르렁거렸다. 당황해하거나 낯을 가릴 줄 알았는데, 의외로 지서는 그들을 보며 눈을 빛냈다.

"아! 그, 밖에서 도시락 깠다는 '도시락녀'."

재민도 들은 얘기가 있는지 도시락을 척 가리키며 말했다.

그나마 눈치가 있는 우성이 팔꿈치로 그를 쿡 찔렀다.

"이 재수 없는 애는 서재민이야. 1학년 2반. 이래 봬도 우리 팀 주전 수비수야."

시온이 재민을 대강 가리키며 소개했다. '주전'이란 말에 재민이 턱을 치켜들며 새침한 표정을 지었다.

"전 제우성임다. 팀의 첫 골 요정. 주전 공격수죠."

옆에 있던 우성이 안경 브리지를 올리며 말했다. 재민이 토하는 시늉을 했다.

"더 재수 없는 이 자식은… 그렇대. 윤도운은 골키퍼고, 나는 서재민이랑 같은 수비수이자 부주장이야."

시온이 마지막에는 코를 쓱 문지르며 멋쩍게 말했다.

"난 임지서라고 해. 도시락녀가 아니고."

지서가 웃음을 띠며 말했다. 다소 어색한 미소였지만, 한쪽 눈썹을 올리는 표정에 장난기가 묻어 있었다. 재민, 우성 뒤에서 도운이 조용히 손만 흔들었다. 그런데 재민이 찬물을 확 끼얹었다.

"여긴 부원만 오는 곳이에요. 상혁이 형이 허락 안 할걸요?"

냉정한 말에 지서가 눈을 내리깔며 입술을 깨물었다. 시온이 지서를 등지고, 새초롬하게 서 있는 재민을 향해 눈을 부라리며 엄지로 목 긋는 시늉을 했다.

'너, 뒤진다?'

그의 입 모양을 제대로 읽었는지, 재민이 움찔하고선 소파로 가 앉았다. 시온은 표정을 바꿔 다시 지서를 향해 돌아앉았다.

"걱정 마. 여상혁이 그렇게 못된 애는 아니야."

"이 정도는 이해하지 않을까? 다른 것도 아니고 밥인데."

도운이 나긋나긋한 목소리로 맞장구쳤다. 흔치 않은 이름에 지서가 눈썹을 슬며시 찡그렸다.

"여상혁?"

"우리 팀 주장이야. 내가 잘 말할게. 그리고 경기장에도 놀러 와. 앞에 있는 체육관 말고, 뒤쪽에 있는 체육관."

"거긴 선수들 말고는 못 가는데. 시온이 형은 아무 힘도 없는데."

시온의 말에 재민이 중얼거리며 초를 쳤다. 시온이 지서 몰래 재민을 슬쩍 노려봤다. 물론, 맞는 말이다. 관중이 있는 경기를 하는 날이 아니면 일반 학생들은 출입 금지였다. 방법을 찾으려고 머리를 굴리는데, 지서가 물었다.

"근데 여상혁… 걔는 어떤 애야?"

"역대급 개쩌는 주장이요."

"하키 실력도 원 톱이고, 공부도 잘하는 선배죠. 인기도 많고."

시온은 재민과 우성이 대신 대답하는 상황이 마음에 들지 않았다. 지서가 상혁 이야기를 꺼내는 것도.

그런데 얼마 뒤 시온이 예상치 못한 일이 벌어졌다. 지서가 자신과 어떻게든 엮이길 바랐지만, 이건 전혀 생각하지 못한 방식이었다.

"야, 여상혁! 지서가 어떻게 우리 부원이 됐어?"

시온은 소식을 듣자마자 상혁을 찾아 로커 룸에 들이닥쳤다. 상혁은 그를 쳐다보지도 않고 하키 채에 테이핑을 했다.

"문시온. 로커 룸 정리 당번 잘 지켜. 퍽 쓰면 제자리에 좀 갖다 놓고."

"어떻게 된 거냐고. 1반 임지서."

"동아리로 들어온 거야."

그는 여전히 하키 채에서 눈을 떼지 않고 대답했다.

"그게 뭔 소리야. 여자 선수 없잖아, 우리."

시온이 재촉하는 말투로 되물었다. 그러자 상혁이 한숨을 푹 쉬며 일어나 캐비닛에서 무언가를 꺼내 내밀었다.

'특별 체력 향상반 운영 계획서'

체력 향상이 필요한 학생을 대상으로 인라인 하키 기초반을 운영한다는 내용의 계획서였다.

"뭐 이런 게 다 있어? 이런 거 처음 보는데?"

시온이 종이를 보다가 중얼거렸다. 좋은 일인지 아닌지 가늠이 안 서 괜히 가슴이 쿵쾅거렸다. 상혁은 별다른 대꾸 없이 이번에는 후배 선수의 하키 채를 들고 이리저리 살펴보았다. 테이프를 뜯는 소리가 거칠었다. 시온은 입을 몇 번 뻐끔거리다가, 결심한 듯 침을 한 번 삼켰다. 다른 동료들이 없는 걸 확인하고는 상혁에게 확 내질렀다.

"걔, 몸 약해. 불편한 데도 있어. 운동할 수 있는 상황이 아닐 거야."

못 들은 척할 거면 그러란 듯이 쏟아내었는데, 상혁은 잘 주워들은 듯했다.

"몸이 약하니까 하는 거잖아. 너는 뭔데? 바람 넣은 건 너 아냐?"

"뭐? 내가?"

상혁이 하키 채를 탁 소리 나게 내려놓았다.

"너 걔랑 무슨 사인데? 왜 그렇게 신경 써?"

그렇게 묻는 표정이 신경질적으로 구겨져 있었다.

"아, 뭐, 그냥. 아무 사이도 아닌데. 아직은….“

시온은 상혁의 눈길을 피해 얼버무렸다. 다행히 상혁은 더 캐묻지 않고 바닥 청소를 시작했다.

지서가 괜찮을지 걱정스러웠지만 그것도 잠시였다. 지서가 경기장에 드나들게 된 건 시온에게 잘된 일이었다. 더 자주 볼 수 있었으니까. 이젠 동아리실에도 당당히 드나들 수 있게 되었다고, 함께 기뻐했다. 지서는 지하층에 있는 '체력 단련실'에서 개인 운동을 하거나, 링크로 올라와 부원으로서 할 일을 챙졌다. 단체 훈련을 지켜보기도 하고, 벤치로 들어오는 팀원들에게 필요한 것을 챙겨주었다. 다른 팀원들도 지서를 자연스럽게 받아들였다. 시온은 무려 훈련 시간이 '기다려졌다'. 상혁의 잔소리도, 재민이 까부는 것도 기분 좋았다.

그렇다고 팀의 분위기가 화기애애하진 않았다. 곧 수림고와의 친선경기가 다가오고 있어서, 훈련은 정말 깐깐하고 빡빡했다. 인간 여상혁을 훈련 프로그램으로 만들면 이렇지 않을까 싶었다.

수림고 카시우스. 청선고 블루피어스의 지긋지긋한 라이벌이었다. 두 팀은 국내 리그에서 항상 1, 2위를 다투었고, 하필 위치도 가까워 지역감정도 더해졌다. 특히, 전부터 행정구역 통합 문제로 수림시에 대한 청선군 주민들의 감정이 좋지 않았다. 사람들은 이미 지나간 리그보다 다가올 친선경기에 더 관심 있는 분위기였다. 그래서 금요일임에도 연습은 느슨해지지 않았다. 팀원들 모두 눈에 힘이 들어가 있었다.

블루피어스는 오늘 5 대 4, 두 팀으로 나뉘어 연습 경기를 하고 있었다. 상대 팀 전략이 무엇인지 파악하는 심리전이 중요했다. 상혁은 두 선수 몫을 하면서도 다른 플로어 선수들을 이끌어 계속 골문을 두드렸다. 그의 패스에는 속임수가 많았다. 속임수를 신경 쓰느라, 숏을 못 하도록 막느라 급한 와중에 무언가 시온의 시선을 붙잡았다. 반대편 멀리서 상대 팀 골키퍼가 고개를 벤치 쪽으로 돌리고 있었다. 시온은 얼른 퍽을 빼앗아 오른편 빈 곳으로 길게 패스한 후 상대 팀원들을 돌파했다. 그러고는 패스를 이어받아 재빨리 퍽을 골대로 때려 넣었다. 시온이 골대를 빙 돌아 골키퍼 앞을 지나며 한마디했다.

"윤도운, 경기 중에 한눈파나?"

기분 좋게 도운을 갈구는데, 도운이 장난을 받아주지 않았다. 오히려 그의 헬멧 케이지 너머로 당혹스러운 표정이 보였다. 곧이어 상혁이 시온을 지나쳐 도운 앞에 섰다. '집중'과 '무릎'이란 말이 얼핏 들렸다.

'쟤는 여상혁한테 혼나는 걸 너무 걱정한다니까.'

시온은 이따 더 약 올려줄 걸 생각하며 피식댔다. 그러고는 제자리로 돌아가다 말고 지서를 찾았다. 지서는 다른 쪽을 보고 있었다. 그 시선을 따라가니, 상체를 낮추며 자세를 가다듬는 도운이 보였다. 순간 무언가가 가슴을 콕 하고 아프게 찔렀다. 이유를 알아챌 새도 없이 온 신경이 쏠려버려, 결국 시온은 그때부터 연습에 집중하지 못했다. 퍽이 잘 안 보이고, 상혁이 속이는 대로 다 넘어갔다. 퍽을 겨우 잡아도 무작정 달리다가 자살골을 넣을 뻔했다.

게임이 끝나고 헬멧을 벗자 땀이 머리카락을 타고 후두두 떨어졌다. 시온은 팀원들 얼굴을 쳐다볼 수가 없어 고개를 떨구었다.

"형! 대체 뭐예여? 왜 그러는 건데여, 네?"

함께 수비해야 했던 재민은 두 손을 흔들어 보이며 울먹였다.

"…쏘리."

"대활약. 근데 이제 상대 팀에게 이득인."

우성이 '상대 팀'에 힘주며 거들자, 시온은 머쓱해서 볼 안쪽을 깨물었다. 그 상대 팀이었던 상혁이 특유의 무표정으로 다가왔다.

"너 뭐 한 거냐. 혼자 마피아 게임 하는 줄."

어이없다는 듯 중얼거리는 게 정말 재수 없는데, 딱히 받아칠 말이 없었다. 뒤이어 도운이 속도 모르고 한 번 더 긁었다.

"너 뭐야? 나한테 뭐라 하더니."

시온은 큭큭 웃는 그를 째려보다가 시선을 피했다. 머릿속이 뒤죽박죽 엉켜 엉망이었다.

✦✦✦✦✦

인하부에서 함께하는 동안 시온의 눈은 전보다 더 지서를 좇았다. 그러다 문득 느꼈다. 지서의 적응이 걱정했던 것보다 훨씬 쉽지 않다는 걸. 인라인 하키는 꽤 거칠어서, 보고 있던 지서가 놀라기 일쑤였다. 시온은 지서가 겁먹은 표정을 숨기지 못할 때마다 자신이 너무 쉽게 생각했다는 것을 깨달았다.

‘큰 소리에 힘들어하는 걸 알고 있었으면서.’

벤치에 있을 땐 옆에서 지켜봐 줄 수 있지만, 링크 안에서 뛰어야 할 때에는 온 신경이 지서가 있는 벤치로 향했다.

“문시온. 집중 좀 해.”

상혁이 시온을 바라보는 눈빛이 더욱 매서워졌다.

“아, 미안, 미안. 컨디션 이슈.”

별것 아닌 척 손을 휘휘 저어도 상혁의 한심하단 표정은 풀리지 않았다.

“컨디션이 뭐, 맨날 안 좋나.”

재민이 지나가며 중얼거렸다. 아무래도 갈굼이 부족한 게 틀림없다.

“10분 휴식! 상혁아, 압박 훈련 준비하자.”

코치의 말이 떨어지기가 무섭게 팀원들은 플로어에 드러눕거나 벤치로 이동했다. 시온도 얼른 헬멧을 벗으며 벤치석으로 들어갔다.

“…혼났어?”

지서가 수건을 건네며 넌지시 물었다.

“아니, 혼나긴.”

눈을 찡긋했는데도 별로 믿는 눈치는 아니었다. 지서의 말간 얼굴 가장자리에 머리카락이 축축하게 붙어 있었다. 오늘 운동을 꽤 열심히 하고 온 듯했다. 걱정하느라 살짝 내려간 입꼬리에서 겨우 눈을 떼고 물었다.

"어때? 훈련 보는 거. 힘들진 않아?"

"사실…."

지서가 다른 팀원들이 있는 쪽을 흘깃 바라보더니, 시온에게 몸을 가까이 숙였다. 땀 냄새 섞인 체향이 달콤하게 코를 어지럽혔다.

"인라인 하키, 보는 것도 쉽지 않네. 너희 대단해."

잠깐 보인 웃음에 볼이 살짝 솟았다 내려갔다.

"사실 내가 큰 소리에 좀 민감하거든. 근데 오히려 단련되고 있나 봐. 처음엔 견디는 게 꽤 힘들었는데, 지금은 그 정돈 아니야."

지서는 밝게 말하려 했지만, 무릎에 놓인 두 손이 조금씩 떨렸다.

그런 지서의 노력에도 한계는 있었다. 압박 훈련이 시작되면서 훈련 멤버들이 플로어에 들어갔고 몇몇은 개인 연습실로 떠났다. 중앙에는 우성이 퍽을 가지고 섰고, 그 앞에서 네 선수가 우성과 마주 보고 있었다. 달라지는 분위기에, 지서의 시선이 자연스레 그쪽으로 향했다.

'아직 무서우면서, 뭐가 그렇게 궁금한지.'

시온이 그 모습을 보고 조용히 웃었다. 그런데 훈련이 시작되자, 지서의 표정이 점차 일그러지더니 깜짝 놀란 표정으로 시온을 돌아보았다.

"저게 뭐야? 왜 저렇게 하는 거야?"

목소리가 떨리는 게 확연히 느껴져서, 시온은 아차 싶었다.

"공격수가 하는 훈련이야. 1 대 다수 압박 훈련."

시온이 해명하듯이 말할 때, 플로어에서 한 선수가 보딩*을 하는 바람에 우성이 펜스에 세게 부딪혔다. 우성이 악에 받친 고함을 내질렀다. 이 훈련에서는 반칙과 상관없이 공격수를 괴롭히는 게 허용되었다. 그걸 이겨내는 게 목적이니까.

"공격수들한테는 익숙해. 많이 연습해 왔거든."

어느새 뒤에 와 앉은 도운이 평소답지 않게 대화에 끼어들었다. 시온이 얼른 고개를 끄덕였다.

"맞아. 실전은 더 심해서 미리 대비를 하는 거야. 감정도 조절하고…. 싸움도 많이 나거든."

하지만 이런 설명이 별로 도움이 되는 것 같지 않았다. 고민하던 시온은 지서에게 넌지시 물었다.

"지서야, 우리 나가자. 조용한 곳으로 갈래?"

지서가 시온의 제안에 잠시 고민하더니 고개를 끄덕였다. 시온이 벌떡 일어나 진작 벗어둔 글러브 위에 손목 보호대도 벗어 던졌다. 그리고 한쪽 손을 뻗었다.

● 상대 선수를 격렬히 펜스(보드)에 밀치는 행위. 반칙에 해당한다.

"가자!"

지서가 그의 손을 내려다보며 머뭇거리다 손을 올렸다. 그대로 지서를 일으켜 세워 도운 앞을 지나치는 찰나, 눈이 마주쳤다. 손안의 감촉은 차가운데 몸은 이상하게 뜨겁고 짜릿했다.

시온은 링크를 빠져나와 지하 계단으로 방향을 틀었다. 반쯤 내려와 멈춰 서자, 마지막 센서 등이 꺼지며 둘의 가빠진 숨소리가 내려앉았다. 비상구 불빛만이 은은한 어둠 속에서 시온은 잡은 손에 조금 더 힘을 주었다.

'영화에선 이쯤에서 주인공들이 키스하던데.'

엉큼한 생각을 어둠으로 가릴 수 있어 다행이었다. 한동안 조용한 숨소리만 이어지고 있을 때 지서가 뜬금없이 입을 열었다.

"근데 시온이란 이름… 왠지 익숙하다 싶었는데."

시온이 침을 꼴깍 삼켰다.

"아이돌 중에 똑같은 이름이 있었어."

그는 작게 실망했지만 속마음을 감추고 능글맞게 대꾸했다.

"내 이름이 좀 멋있지."

지서의 숨죽인 웃음소리가 간질거렸다.

도운

해가 떨어지고 가로등이 어슴푸레 불을 밝히고 있었다. 한낮과 달리 아직은 산바람이 쌀쌀한 밤이었다. 도운은 자전거를 묶어두고 골목길로 접어들었다. 매일 드나드는 평범한 길이었다. 그런데, 며칠 전부터는 이 길만 봐도 자기도 모르게 웃음이 새어 나왔다. 안 그래도 느린 걸음이 더욱 느릿느릿 시간을 끌었다. 역시나 오늘도 쳐다보는 시선이 느껴졌다. 고개를 들까 하는 충동을 참기 힘들었다.

며칠 전 왼편에 있는 초록 대문 집 담 너머에서 말소리가 들려오던 게 시작이었다. 처음에는 누군가 대화하는 줄 알았는데, 계속 들어보니 똑같은 말만 되풀이되고 있었다. 마치 연극

대본을 연습하듯이. 문득 조용해진 것을 알아채고 고개를 들었을 때, 작은 그림자가 담 아래로 폭 꺼졌다. 그게 며칠 동안 반복되고 나니, 자신과 숨바꼭질하는 상대가 누구인지 참을 수 없이 궁금해졌다. 그러다 상대의 반응이 조금 느렸던 날, 드디어 정체를 알 수 있었다. 솔직히, 그 후로 도운은 그 숨바꼭질을 즐겼다.

'발걸음을 멈출 테니 그동안 얼른 숨어.'

도운이 일부러 걸음을 천천히 멈추면 어김없이 숨바꼭질이 시작되었다. 오늘은 왠지 끝까지 기다려보고 싶어졌다. 얼마나 기다리면 다시 얼굴을 드러낼까. 숨고 나면 그걸로 끝인 걸까.

'하나, 둘, 셋… 열하나, 열둘.'

속으로 센 숫자가 열둘을 막 지나고 있을 때, 얼굴이 다시 쏙 올라왔다. 마주친 눈이 확 커졌다. 도운이 나지막이 웃음을 흘렸다. 서로를 보고만 있는 시간이 길어지는 동안 수풀이 바람에 나풀거렸다. 도운이 먼저 입을 열었다.

"안녕."

대답이 돌아온 건 조금 더 기다린 후였다.

"안녕."

매일 저녁 연습했으면서, 연습보다 더 잘 안 들릴 정도로 소리가 작았다. 도운은 조금 서운한 마음마저 들었다. 어제 인하 부실에서 제법 잘 말하던 모습이 의외였는데, 둘만 남은 교실에서는 다시 조용해지더니.

"여기 사는구나?"

"…."

대답이 없어 더 이상 대화는 힘들까 싶던 때, 지서가 끄덕이며 되물었다.

"너도 근처 살아?"

"응. 우리 집은 저쪽이야."

도운이 정면을 보며 골목 끝을 가리켰다.

"그래. 내일 보자."

갑작스러운 작별 인사에 도운이 미처 대답하기도 전에, 지서는 모습을 완전히 감췄다.

그런데 인사조차 어려워하던 애가, 인하부 부원으로 들어왔다고? 도운은 깜짝카메라인 줄 알았다. 재민과 우성, 시온이라면 그러고도 남으니까. 하지만 상혁은 그럴 리가 없었다. 이제 집에 같이 가게 될지도 모르는데 도운은 어색한 건 싫었다. 지서와 친해지는 것까진 아니더라도, 어느 정도는 말을 트고 싶었다. 하지만 여전히 지서는 교실에서 말이 없고, 교실 밖에선 시온이 딱 붙어 다녔다. 도운이 끼어들 틈이 없었다.

시온도 이상해졌다. 중학교에서 만난 이후로 늘 붙어 다닌 단짝이지만, 요즘의 시온은 도운이 알던 그 시온이 아닌 것 같았다. 예전부터 여자애들에게 인기가 많았지만, 시온의 태도는 한

결같았다. 늘 고백을 받아 바람둥이란 소리를 듣긴 해도, 철벽처럼 구는 바람에 여자애들을 울리곤 했다.

그랬던 시온인데, 그가 지서를 대하는 태도에 도운은 도무지 적응이 안 됐다. 한번은 작정하고 물어봤다.

"야, 문시온. 너 왜 이렇게 오버해?"

"내가? 내애가?"

시온이 눈을 동그랗게 뜨고 자기를 가리켰다.

"너, 여자애들한테 관심 없잖아."

"뭔 소리임. 나 여자 환장함. 모두가 날 사랑해, 날 싫어하는 사람은 없어-."

시온은 또 자백에 취한 가사에 이상한 멜로디를 붙였다. 도운은 저항 없이 웃음이 터져버렸다.

그런데 여자에 환장한다던 말이 완전히 거짓말은 아닌 듯했다. 시온이 장난스럽긴 해도 훈련을 대충 했던 적은 없는데. 시온의 실력이라기엔 말도 안 되는 실수가 잦아졌다. 게다가 우성의 압박 훈련이 시작되고 보란 듯이 지서를 밖으로 데려가던 시온의 눈빛. 시온과 하키로도 서로 견제한 적이 없었는데. 시온을 생각하며 글러브를 벗는 도운의 손길이 평소보다 거칠었다.

◆◆◆◆◆

운동부 학생이니까 체육 시간도 좋아할 것 같지만, 도운은 그 반대였다. 쉬운 것과는 별개로 체육 시간이 귀찮았다. 배드민턴은 특히나 많이 움직여야 하는 운동이어서 더욱 그랬다. 하지만 이번에는 수행평가가 달려 있었다. 어떻게든 랠리만 이어나가면 된다. 무엇보다, 체육 과목 수행평가를 못 봤을 때 돌아올 상혁의 질책을 생각하면…. 도운은 작게 몸서리를 쳤다. 그러나 대강 하려는 마음 때문인지 서틀콕은 자꾸만 바닥으로 꽂혔다. 절대 못해서가 아니고, 귀찮음 때문이다. 혹은 도운만큼이나 귀찮아하는 파트너의 성의 없는 스윙 때문일지도.

날아간 셔틀콕을 주우러 가던 도운은 한쪽에 앉아 있는 지서를 발견했다. 여자애들이 끼리끼리 모여 노닥거리는데, 함께 있지 않고 외따로 무릎을 안고 있었다. 눈이 마주치자 지서는 어색하게 시선을 피했다. 신경이 쓰인 도운은 결국 파트너를 내버려두고 지서에게 다가갔다.

"지서야."

도운이 부르는 소리에 지서가 움찔하며 올려다보았다. 도운은 옆자리에 조심스럽게 앉았다.

"배드민턴 같이 해볼래? 도와줄게."

그가 라켓 그립을 이리저리 돌리며 물었다. 지서는 앞뒤로 돌아가는 헤드만 가만히 바라보았다. 대답 없는 시간이 길어지자, 도운이 뻘쭘하게 웃으며 말했다.

"음… 나중에라도 생각 있으면 말해."

다시 원래 파트너에게 돌아가는 발걸음에 힘이 없었다.

'하긴, 내가 뭐라고.'

한 번 거절당하고 나니, 도운은 지서와 단둘이 있는 것이 더 어색해졌다. 쉬는 시간에 가만히 앉아 있는 게 곤욕이었다. 이럴 때 도운은 시온의 친화력이 부러웠다.

숨 막힐 것 같던 일주일이 지나, 도운은 학교 도서관 앞을 서성이는 지서를 보았다. 그 모습을 지나칠 수 없어서 도운은 다시 한번 용기를 냈다. 먼저 도서관 문을 밀어 연 채로 기다리자, 지서는 잠시 머뭇거리더니 따라 들어왔다. 책 냄새 밴 공기가 고요했다. 창가에서는 햇빛에 먼지가 반짝거렸다. 도운은 지서가 대출증을 만드는 것을 도와주고, 만화책을 찾아 도서관 안을 같이 헤맸다.

"만화책 없는 줄을 여태 몰랐어?"

지서가 장난스레 묻고는, 편한 말투에 자신이 되레 당황한 듯 표정이 조금 어색해졌다.

"그러게. 도서관에 온 적이 없어서."

도운이 민망해하며 웃었다. 하지만 지서는 대수롭지 않게 대답했다.

"운동하느라 바빠서 그렇겠지. 나도 만화책만 보는걸."

그 말을 들으니 시온이 떠올라 미간이 찡그려졌다. 그가 만화책에 대해 잘 안다는 걸 왠지 얘기해 주고 싶지 않았다. 도운과 지서는 서가 사이를 별다른 목적 없이 돌아다녔다. 지서는 이런저런 책들을 꺼내 들춰 보기도 했다.

"부럽다."

작게 중얼거리는 목소리에 시선을 주자, 지서가 도운의 존재를 깜빡했다는 듯 그를 보며 멋쩍게 웃었다.

"아니, 그냥. 손재주 좋은 사람들 부러워."

지서가 책을 덮으며 말했다. 매듭 공예와 관련된 책이었다.

"너도 잘할 것 같은데?"

"글쎄. 동영상 보고 따라 한 적 있는데 하나도 완성 못 했어."

둘은 큭큭 소리 죽여 웃었다.

'나는 잘하는 편인데.'

가르쳐주겠다고 말해보는 건 아직일까. 도운은 말을 아꼈다.

지서

　인라인 하키는 아주 거친 운동이었다. 지서가 생각했던 것보다 훨씬 더. 선수들은 격렬하게 부딪치고 넘어지는 것을 감수하면서 골을 넣기 위해 달리고 또 달렸다.

　'오빠 대체 이게 왜 재미있었어?'

　엄마에게 고분고분하기만 했던 착한 오빠가 이런 거친 것을 좋아했다니, 믿기지 않았다. 지서에게는 특히 소리가 곤욕이었다. 부딪치고 넘어질 때 나는 충돌음, 서로 고함치는 소리…. 그 소리가 천장까지 닿아 경기장 안을 가득 채웠다. 그러면 왠지 사고의 기억이 떠오르면서 아픔이 느껴지는 듯했다. 그런데, 들으면 들을수록 다른 것들이 들려왔다. 서로를 부르거나,

파이팅을 불어넣고, 다시 일으켜 세우는 소리. 지서는 점점 더 블루피어스를 응원하고 싶어졌다. 어느새 적응해 가고 있는 자신의 모습이 스스로도 신기했다.

처음부터 경기장에 들어오기 쉬웠던 것은 아니다. 학교 건물 뒤편에 숨어 있던, 푸른빛 도는 회색 돔의 경기장. 지서는 계단 위로 보이는 그 거대한 문에 압도당했다. 문을 열면 마치 그 안에 가득한 사람들이 자신을 돌아보며 무서운 얼굴로 소리칠 것 같았다.

하지만 시온을 따라 지서가 인하부실에 갔던 날, 낯선 친구들을 만났음에도 마음이 편안했다. 그리고 재민이 '경기장은 인하부원만 갈 수 있다'라고 했던 말에 지서는 결심했다. 오빠가 뛰었던 곳에 꼭 들어가 보겠다고. 그러기 위해선 반드시 공략해야 하는 사람이 있었다. 가짜 자물쇠를 이용해 빈 교실을 자기 아지트처럼 쓰고 있는 음침하고, 꺼칠한 애.

기껏 몇 번 찾아갔건만, 그때마다 허탕을 쳤다.

'하긴, 주장이랬으니 걔도 경기장에서 훈련하겠지.'

그래도 틈틈이 기회를 엿본 보람이 생겼다. 빈 교실에 앉아 있는 상혁을 보고 너무 반가워서, 재수 없다고 생각하던 것마저 깜빡하고 지서는 자칫 달갑게 인사할 뻔했다. 하지만 설레던 마음은 차가운 눈초리에 곧바로 식어버렸다.

"뭐야?"

낮은 음성이 무겁게 깔렸다. 어두운 조명 때문에 미간에 잡힌 주름이 더욱 짙어 보였다. 검정 안경테가 인상을 더 차갑게 만들었다.

"저기, 갑자기 들어와서 미안해. 저번에도 미안했어."

의외의 말이었는지, 잔뜩 모였던 미간이 풀어졌다.

"부탁이 있어. …나, 인하부에 들어가게 해주면 안 될까?"

지서가 뒤에서 맞잡은 손을 꼼지락거리며 말했다. 아무렇지 않은 척했지만, 손바닥이 축축해질 정도로 긴장했다. 하지만 상혁은 얼굴을 홱 돌려버렸다. 그러고는 이젤 위에 올려놓은 캔버스에 시선을 고정한 채 붓만 놀렸다. 들은 척도 하지 않는 태도가 여전히 얄미웠다. 그래도 이번엔 그냥 물러설 수 없었다.

"나 인하부에 들어가게 해주면 안 돼?"

"말도 안 되는 소리 하지 마. 할 얘기 끝났으면 나가."

쳐다보지도 않고 대꾸하는 목소리에 짜증이 꾹꾹 눌러 담겨 있었다.

그래도 지서는 뒤로 물러나는 대신, 발을 앞으로 내디뎠다. 가까이 다가갈수록 그의 눈이 커졌다. 이제 상혁에게서 두 걸음 정도 떨어졌을까, 지서는 털썩 무릎을 꿇었다. 상혁이 붓을 떨어뜨리며 자리에서 일어났다.

"야, 이게 뭐 하는 짓이야? 빨리 일어나!"

상혁이 어쩔 줄 몰라 하며 다급하게 소리쳤다.

"부탁이야. 내 말 좀 들어봐 줘."

"부원은 이런 식으로 절대 안 받아. 이러는 거 소용없다고."

지서는 그를 올려다보며 침을 꼴깍 삼켰다.

"나 지금까지 학교도 잘 못 다녔어. 어릴 때 교통사고 당해서 크게 다쳤거든. 그래서 뭔가를 제대로 해본 적도 없고 어디에 소속된 적도 없었어. 친구도 없고."

말문이 막힌 듯, 상혁은 입을 뗐다 닫기만을 반복했다.

지난 학교에서 잠시 친구로 여겼던 아이들의 얼굴이 지서의 눈앞을 지나갔다. 자발적이든 선생님이 시켜서든 지서에게 관심을 가지다가 이내 차갑게 돌아서던…. 친구들의 외면과 교묘한 괴롭힘이 지서에게 악순환을 가져왔다. 밖에만 나가면 위축되었고, 건강은 정신적으로도 육체적으로도 악화되기만 했다. 지서에게 타인은 언제든 공황을 부추기는 시한폭탄이 되어갔다.

"이 학교로 온 건 나한텐 마지막 기회야. 나, 여기서 잘 적응하지 못하면 더 이상 갈 곳이 없어."

"네 사정은 안타까운데, 다른 동아리도 있으니까 딴 데 알아봐. 우리도 규칙이 있어. 그리고 이게 쉬운 줄 알아?"

상혁은 역시 쉽게 물러서지 않았다.

"쉽다고 생각 안 해. 물론 인라인을 바로 타지도 못하겠지만 뭐든, 어떻게든 할게. 나 진짜 뭐라도 해내고 싶거든. 기왕이면 도와주려는 친구들이랑 같이."

저도 모르게 두 손을 꼭 맞잡은 채 빌고 있었다. 그 순간만큼은 상혁이 기도를 들어줄 신처럼 보였다.

"친구들?"

"응. 시온이랑 도운이."

지서는 고개를 세차게 끄덕였다.

"하아… 정 그러면 한 번은 체험할 수 있게 해줄게. 입부는 나 혼자 결정하는 게 아니야."

상혁이 한숨 쉬며 제 머리를 흐트러뜨렸다.

"아니야. 한 번으론 싫어. 난 꼭 부원이 되고 싶어."

지서가 단호하게 고개를 저었다. 상혁은 입술을 깨물다가 고개를 뒤로 젖히며 "하!" 하고 한숨을 내뱉었다.

"한번 알아보긴 할 테니까 제발 좀 일어나."

그날 바로 약속을 받아낸 건 아니었지만 결국 상혁은 부탁을 들어준 셈이었다. '인라인 하키부 특별 체력 향상반'에 유일한 부원으로 들어갔다는 소식을 들었을 때 지서는 웃음이 새어 나오려는 걸 꾹 참았다. 어딘가에 소속된다는 게 이렇게 좋은 건지 몰랐다.

첫 동아리 시간을 기다리며 나머지 공부 후 하교하던 날이었다. 복도 창문 너머로 보이는 경기장에 불이 켜져 있었다. 홀린 듯 가서 그 앞에 섰을 때, 어느덧 거대한 문에서 느꼈던 위압감은 사라지고 없었다.

트로피가 진열된 복도를 지나 '끄응' 하고 무게를 실어 문을 여니 탁 트인 링크가 드러났다. 옅은 잿빛 바닥이 드넓었다. 그곳에선 예상과 달리 한 선수만이 조용히 달리고 있었다. 그가 지서를 발견하고는 헬멧을 벗으며 다가왔다. 젖은 앞머리가 얼굴에 착 달라붙어 있었다.

"왜 왔어?"

정말 귀찮아하는 표정이었다.

'나도 너 싫거든.'

"고맙단 말 하려고."

하고 싶은 말을 꾹 참고, 해야 할 말을 했다. 고마운 건 사실이기노 하고.

"다른 애들은?"

"다른 애들은 없으니까 가."

상혁은 한 치의 망설임도 없이 대답하고는 뒤돌아 가버렸다. 그런데 조금 가다가 멈추더니 다시 지서에게 돌아왔다. 지서는 차가운 뒷모습을 씩씩거리며 노려보다가 급히 표정을 가다듬었다.

"저쪽으로 따라 와봐."

상혁이 뒤로 고갯짓하며 스케이트를 가볍게 굴렸다. 지서는 냉큼 걸음을 옮겼다. 지서가 관중석을 지나쳐 막힌 곳에 섰을 때, 상혁이 펜스 너머에서 문을 열어주었다. 펜스에 숨어 있던 문이 지서 눈에는 비밀스럽고 신기했다.

"선수들 벤치석이야."

지서는 들뜨는 마음을 감추고 상혁이 가리키는 곳으로 조심스럽게 발을 디뎠다. 상혁이야 그냥 구경을 시켜주는 것이겠지만 이곳에 오빠가 있었다고 생각하니 마음이 소란해졌다. 이제는 상혁이 친절하게 느껴지기까지 했다.

"운동하고 여기 와서 구경해도 돼?"

"바라는 게 점점 많아지네."

그럼 그렇지.

"무, 물론, 구경만 하겠다는 건 아니구. 내가 신세 졌으니까 뭐라도 할게. 청소라도 할까?"

지서는 빗자루 같은 게 없나 하고 두리번거렸다.

"필요 없….."

상혁은 말하려다 말고 입을 닫았다.

"정 그러면 이걸 해줘."

그러고는 역할을 하나 주었다. 팀끼리 연습 중일 때 도와주면 고마울 것이라며, 하나도 고맙지 않은 얼굴로 방법을 알려주었다. 마대로 플로어를 닦는 일이었다. 그리고 선수들의 훈런 일과를 대강 알려주더니, 마지막에는 당부하듯 여러 번 말했다.

"저 통로로는 들어가면 안 돼. 로커 룸이랑 연결된 통로야. 잊지 마. 절대 들어가면 안 돼."

"로커 룸이 왜?"

하지 말라면 더 하고 싶어지는 것이 인지상정. 지서는 되레 더 궁금해져 눈을 빛냈다.

"…로커 룸에서 뭘 하겠냐. 생각 좀 해. 가라."

지서는 얼굴이 확 달아오름과 동시에 열받았다. 저 귀찮다는 표정, 하찮다는 말투. 정작 말을 내뱉은 상혁은 아무렇지 않게 제자리로 돌아가 아까 하던 것을 계속했다. 장애물을 피해 요리조리 퍽을 핸들링하기도 하고, 슛을 연습하기도 했다. '저기서 골을 어떻게 넣지?' 싶은 곳에서 될 때까지 슛을 시도했다. 아니, 됐는데노 계속했다. 시무하리만치 같은 것의 반복이었다.

'저 까만 동그라미가 대체 뭐길래.'

어느덧 상혁의 연습에 빠져든 지서의 머릿속에 '나도 뭔가를 열심히 할 수 있을까? 그만큼 좋아하는 게 생길까?' 하는 생각이 불쑥 스쳤다. 하지만 바로 고개를 흔들어 머릿속을 비워냈다. 생각이 깊어지면 우울해질지도 모른다. 예전이라면 그렇게 되도록 놔뒀을지 몰라도, 이제는 다르다.

상혁은 지서가 아직 벤치에 남아 있는 것을 눈치챘지만 신경 쓰지 않기로 한 것 같았다. 하지만 점점 시계 보는 횟수가 잦아지더니 지서에게 다시 다가왔다.

"늦었는데 안 갈 거야?"

"네가 갈 때 같이 갈까 하고."

상혁은 잠시 생각에 잠기더니, 헬멧을 벗으며 벤치로 들어왔다.

"잠깐 있어. 금방 올게."

얼마 안 되어 상혁이 옷을 갈아입고 나왔다. 언제 운동했냐는 듯 멀끔한 차림이었다. 상혁은 손짓으로 나가자는 말을 대신했다. 얼떨결에 같이 하교하게 된 지서는 살짝 후회했다.

'아까 그냥 갈걸. 좀 어색한데.'

둘은 말없이 학교 정문 밖까지 나왔다. 차가운 바람에 몸이 저절로 움츠러들었다.

"어디로 가?"

"나? 저기."

지서가 가로등이 죽 늘어선 길을 가리켰다.

"난 이쪽이야. 가."

상혁이 반대편을 가리키며 인사하자, 지서도 손을 들어준 뒤 발걸음을 뗐다. 몇 걸음 안 가 문득 뒤를 돌아보는데, 다시 학교로 들어가고 있는 상혁의 뒷모습이 보였다.

✦✦✦✦✦

지서는 지하층에 있는 체력 단련실에서 착실하게 재활 운동을 했다.

"이건 가벼운 걸로 양쪽 열 번씩 들고, 이건 20분씩만 걸어."

서울에서 받아 온 의사 소견서를 살펴본 상혁이 여러 가지 운동법을 알려주었다.

"내가 시범 보여줄게. 러닝머신은 꼭 낮은 속도부터 시작해야 해. 혹시나 비상시엔…."

시온은 상혁보다는 자세하고 친절하게 가르쳐주었다. 시범까지 보여주다가 결국에는 자기 운동 자랑이 되어버렸지만.

"이건 혼자 있을 땐 하지 말고, 꼭 팀원들 있을 때 해. …필요하면 나 부르고."

도운은 다리 힘을 길러순다며 뭔가 엄청 나 보이는 기구를 소개해 주었다.

더 굉장한 운동을 하고 있는 다른 팀원들에 비하면 보잘것없지만, 지서는 창피하다고 생각하진 않기로 했다.

'차근차근히 하자. 서두르지 말고. 천천히, 꼭 나아지는 거야.'

재민이 옆에서 약 올리듯 빠르게 달릴 땐 좀 미웠지만, 땀흘리는 데 집중하다 보면 어느새 개운하고 기분 좋았다. 상혁이 강조한 대로 아령을 제자리에 가지런히 두면 정리까지 끝이었다.

다 마치고 링크로 나가 보면 어김없이 상혁이 연습하고 있었다. 그는 이따금 지서가 할 만한 일들을 찾아 시켜주었다. 지서는 힘들 때도 있었지만, 자신이 꼭 필요한 사람인 것처럼 느껴져서 기꺼이 다 해냈다.

'오빠도 상혁이처럼 열심히 했을까? 오빠는 포지션이 뭐였을까?'

상혁은 개인 연습도 지독하게 했고, 팀 훈련도 열심이었다. 가끔 몇몇 1학년들을 직접 가르치기도 했다. 그 후배들은 인라인 하키 때문에 타 지역에서 전학 왔다고 했다. 어쩔 수 없이 쫓기듯 온 자신과는 달리, 목표를 가지고 온 그들이 부러웠다.

"공격수가 빛나는 건 골을 넣어서가 아니야. 팀의 믿음을 끝까지 책임지기 때문이야."

공격수 후배들을 모아놓고 상혁이 말했다. 후배들이 진중한 표정으로 고개를 끄덕일 때, 지서는 '오' 하고 작게 감탄했다.

'저런 멋진 말은 어디서 배웠대?'

그렇게 몇 주가 지나자, 지서는 재수 없다고만 생각했던 상혁에 대한 인상이 확연하게 바뀌었다. 저렇게 자기 일에 열심인 사람은 그래도 괜찮은 사람이 아닐까 하고.

[엄마, 나 잘 지내고 있어요.]

엄마에게 보낸 메시지는 며칠째 1이 사라지지 않고 있었다. 지서는 한숨을 푹 쉬고 침대에 털썩 널브러졌다. 청선에 오면 많은 게 나아질 줄 알았고, 실제로 그런 것도 있었지만 모든 게 나아지진 않았다. 할머니와 같이 살게 되면 오빠에 대해 편하게 여쭤볼 수 있을 줄 알았다. 집에서와는 다르게, 엄마와는 다르게 오빠에 대해 마음껏 얘기하면서 구멍이 숭숭 뚫린 기억을 채울 수 있으리라고 생각했다. 묻고 싶은 말이 한가득이었는데, 막상 할머니를 보니 지서는 목구멍이 턱 막혔다. 손자를 잃은 할머니도 슬퍼하실 거란 것을 왜 생각하지 못했을까.

'이럴 줄 알았으면 차라리 오빠 일기를 가져오는 건데….'

그때, 엄마의 답장이 도착했다.

[그래.]

[얌전히 지내. 위험한 것 하지 말고, 멀리 가지도 말고.]

[아프면 바로 연락하고.]

지서는 본능적으로 느꼈다. 인라인 하키부에 가입했다는 말은 절대 하면 안 되겠다고. 엄마는 늘 이런 식이었다. 아빠는 엄마의 눈치를 보느라 바빴고. 이해할 수 있었다. 아니, 이해해야 했다. 지서는 이것도 엄마의 사랑이라고 스스로를 다독였다. 하지만 청선에 내다 버려진 것이라는 생각이 불쑥불쑥 튀어 올랐다. 그 생각이 자꾸만 눈물샘을 건드렸다.

지서는 오빠 무릎에 머리를 베고 누웠다. 뒷좌석에서 눈을 감은 채 차에서 흘러나오는 음악을 들었다. 오빠가 노랫소리를 따라 흥얼거리면서 지서의 머리칼을 부드럽게 쓰다듬었다. 다정하고 따스한 손길이 편안하고 기분 좋았다.

"오빠는 왜 노래도 잘해?"

지서가 불쑥 묻는 말에 앞좌석에 앉은 엄마, 아빠가 크게 웃었다. 가족 모두가 행복했다. 지서는 어딜 가는지 잘 몰랐지만 상관없었다. 가족과 함께 차 타고 놀러 가는 게 좋았다. 그때 갑자기 차가 크게 흔들리더니 오빠가 소리쳤다.

"지서야!"

뒤이어 귀를 찢을 것 같은 엄마의 비명이 들렸고, 오빠가 다급히 지서의 얼굴을 감쌌다. 꽉 껴안는 느낌에 지서는 그대로 굳어버렸다. 들어본 적 없는 굉음, 느껴본 적 없는 충격이 이어지며 엄청난 공포에 휩싸였다. 지서는 오빠를 꽉 붙잡고 애타게 소리쳤다.

"오빠! 오빠아!"

지서는 발밑이 훅 꺼지는 느낌에 놀라 깨어났다. 아직도 귓가에선 경적이 울리고 있었다. 오른 다리가 너무 아파서 무릎을 손으로 감싸 쥐었다. 오빠가 괜찮은지 살펴보려고 재빨리 주변을 더듬었지만 달빛만이 창문을 타고 겨우 들어오고 있었다. 그제야 자신이 이불 위에 있다는 걸 깨닫고 몸이 축 늘어졌다. 식은땀이 등줄기를 따라 흘러내렸다. 지서는 숨을 몰아쉬며 얼굴을 덮은 땀을 닦아내었다. 어떨 땐 낭떠러지, 어떨 때는 고속도로 한가운데였다. 집 안이 갑자기 차로 바뀐 적도 있었다. 꿈은 빠르게 옅어지고 있었지만 자신을 안아주던 오빠의 품이나, 그날의 충격과 공포만큼은 생생했다. 악몽보다 더 지서를 괴롭게 하는 건, 악몽을 꾼 후에 혼자 오롯이 감당해야 하는 새벽 시간이었다. 결국 지서는 다시 잠들지 못하고 뜬눈으로 아침을 맞이했다.

평소보다 훨씬 일찍 집을 나서는데, 이미 하늘에 떠 있는 태양이 따스했다. 적당히 데워진 바람은 여름이 성큼 오고 있음을 알렸다. 그리고 공터 앞 자전거 보관소에 이미 하복을 입은 익숙한 실루엣이 보였다. 커다란 몸에, 만지면 까슬까슬할 것 같은 짧은 머리. 도운이 자신의 빨간 자전거를 막 빼내고 있었다. 부지런히 다가가려는데, 다리가 시큰거렸다.

자갈이 끌리는 소리에 도운이 돌아보았다.

"안녕, 지서야."

"안녕. 되게 일찍 가네."

지서도 작게 손을 흔들어 인사했다.

"응. 아침마다 혼자 하는 연습이 있어서."

도운이 잠시 지서 얼굴을 유심히 보았다. 무슨 말을 하려는 듯 입을 옴짝달싹하다가 그냥 다물었다. 지서는 괜히 찔려서 손바닥으로 눈 주변을 문질렀다.

도운은 자전거를 탈 줄 모른다는 지서를 잠시 신기해하더니 옆에서 자전거를 끌며 함께 걸었다. 나란한 발걸음과 부드러운 체인 소리에 지서의 기분이 나아지고 있었다. 그러고 보면 도운의 도움을 많이 받았다. 덕분에 학교 도서관에도 가보고, 같은 반 친구들도 사귀었다. 사람이 많은 걸 힘들어하는 건 언제 눈치챘는지 급식실이 한가한 시간대도 쪽지에 적어 슬쩍 건네주었다. 그런 생각을 하며 빤히 쳐다보자, 시선을 느낀 듯 도운이 고개를 돌렸다. 눈이 마주치자 지서가 살포시 웃었다. 어색하게 마주 웃고 황급히 정면을 바라본 도운의 귀가 새빨개졌지만 가벼운 발걸음을 옮기고 있는 지서는 알아채지 못했다.

친선경기가 코앞으로 다가올수록 하루하루 최고기온이 올라가고 있었다. 팀원들이 막바지 훈련으로 바쁜 가운데, 지서는 웬일로 일찍 훈련을 마친 상혁의 아지트를 찾았다. 아직 해가 떨어지지 않았는데, 암막 커튼을 쳐서 어두웠다. 책상 위 스탠드가 유일하게 빛나고 있었다.

"나 왔어. 왜 불렀어?"

"거기 앉아."

상혁은 하던 작업에서 눈을 떼지 않은 채 붓으로 옆쪽에 마련

된 의자를 가리켰다. 의자에 앉은 지서가 찬찬히 주위를 둘러보았다. 앞서 왔을 땐 보이지 않던 것들이 차차 눈에 들어왔다. 깔끔한 교실 바닥, 가지런히 놓인 연필과 붓, 벽에 크기별로 세워진 캔버스들. 그리고 눈길은 상혁의 옆모습에 다다랐다. 상혁은 잠시 말없이 붓질에 집중하더니, 그 붓을 물통에 집어넣고 나서야 지서를 쳐다보았다.

"친선경기 때 해야 할 일, 알려주려고."

"응. 나 뭐 할까?"

지서는 의욕이 솟아 주먹을 불끈 쥐었다.

"훈련 때랑 크게 다르진 않아. 대신 경기 중에는 양쪽 골키퍼들이 널 향해 손을 들 거야. 두 명 모두 잘 보고 있다가 얼른 들어가야 해."

"…들어가? 어, 어딜?"

"어디긴 어디야? 링크 안. 플로이. 플로이로 들어가야 비닥을 닦든 말든 할 거 아냐."

지서의 바보 같은 물음에 상혁이 답답한 듯 대답했다.

"원래 경기 땐 협회에서 나온 운영 요원이 하는데, 친선경기라 운영 요원이 없어. 그래서 이번엔 네가 해야 해."

상혁이 설명을 더했지만 지서는 입을 다물지 못하고 얼어붙어 버렸다. 상혁의 눈길이 점점 매서워지는 걸 보고 겨우 목소리를 끄집어냈다.

"나 못 해."

"이제 와서 무슨 소리야?"

상혁이 한숨을 내쉬며 팔짱을 꼈다. 지서는 머릿속이 엉킨 털실처럼 복잡해졌다. 사정을 설명하는 건 괜찮은데, 상혁이 핑계라고 생각할까 봐 입안이 말라갔다. 이제야 상혁의 진심을 알게 됐는데, 오해하면 너무 속상할 것 같았다.

"저번에 교통사고 당했다고 했잖아…."

지서가 잠시 입을 닫고 상혁의 눈치를 살폈다. 금방이라도 '내 알 바 아니다'라는 말이 돌아올 것 같았다.

"그러니까… 그 이후로 사람들이 많거나 시끄러우면 숨이 좀 가빠져."

애써 아무렇지 않게 말하며 관자놀이를 긁적인 지서가 가만히 자신을 쳐다보는 상혁을 보고 얼른 말을 이었다.

"…그래도 할 건 해야겠지? 알았어. 그럼 내가…."

"또?"

"어, 또?"

"또. 내가 또 뭘 알아야 하냐고."

의외의 반응에 솜사탕이 물에 녹듯 마음이 사르르 풀어졌다. 지서는 눈시울이 조금 뜨거워져 눈을 빠르게 깜빡였다.

"어, 그게… 아직 다리가 좀 불편해. 평소엔 괜찮은데 가끔, 아주 가끔 아픈 정도? 티도 별로 안 나."

지서가 오른쪽 다리를 낮게 들며 두 검지로 가리켰다. 상혁이 팔짱을 풀고 다시 이젤을 향해 돌아앉았다.

"알았어. 괜히 무리하진 마."

"고마워. 그리고 미안해. 뭐든 다 하겠다고 해놓고."

지서가 손가락을 꼼지락거리며 말했다. 자신을 있는 그대로 인정해 주는 친구를 또 만났다는 생각이 들었다. 싱숭생숭한 줄만 알았는데, 생각해 보니 조금 벅찬 것 같기도 했다. 지서는 괜히 상혁에게 말을 더 붙여보고 싶어 주위를 두리번거렸다. 상혁 뒤로 바다, 들판, 나무를 그린 풍경화가 놓여 있었다.

"넌 그림도 잘 그리네. 부럽다. 하키도 잘하고, 공부도 잘한다면서. 어떻게 그렇게 다 열심히 해? 나도 언젠가 너처럼 뭔가에 푹 빠질 수 있을까?"

상혁은 지서의 말을 듣다가, 엉뚱하게 되물었다.

"넌… 내가 천재라고 생각하진 않아?"

농담인 줄 알고 웃었는데 그의 표정과 말투는 진지했다.

"뭐 재능도 있겠지만, 넌 노력파잖아. 하키 열심히 하는 건 내가 직접 봤으니까, 그림도 공부도 그렇겠지. 아니야?"

"…그냥 한 것뿐이야. 너도 그냥 하면 돼. 부러워할 거 없어."

머쓱한 투로 상혁이 말을 덧댔다.

"그러게. 나도 그럴 수 있으면 좋겠다."

환하게 웃고 싶었지만 지서의 얼굴에는 씁쓸한 미소가 잠깐

떠 있다 사라졌다.

친선경기에서 뭔가를 할 순 없게 되었지만, 대신 지서는 팀원들이 훈련할 때 더 열심히 움직였다. 수건도 일일이 챙겨주고, 팀원들 물병에 물을 채워 부지런히 날랐다. 뿌리는 파스와 테이프도 벤치에 항시 대기 상태였다. 그 누구도 해달라고 한 것은 아니었지만, 팀원들이 고마워하는 모습을 보면 그렇게 뿌듯할 수가 없었다. 모두는 아니었다. 상혁은 벤치로 들어올 때마다 지서에게 자신의 빈 물병을 대놓고 흔들어 보였다.

'아, 물을 왜 이렇게 많이 마셔!'

물병을 채워 갖다주면 아무 말 없이 벌컥벌컥 마셔버리는 게, 한 대만 때리고 싶을 정도로 얄미웠다. 지서가 빤히 노려보니, 상혁이 마지못해 고맙다고 성의 없이 말했다. 엎드려 절 받기가 따로 없었다.

하지만 약간의 짜증도 연습 경기를 보고 있으면 다 잊혔다. 친선경기라는 것이 무색할 정도로 진지한 분위기였고, 모두 굉장히 열심이었다. 지서의 눈에는 팀원들이 스케이트를 타고, 슛을 시도하는 것만으로도 멋졌다.

'좋아하는 일에 몰두하는 건 어떤 기분일까.'

팀원들을 보고 있으면, 그 사이에서 오빠가 지서를 향해 손을 흔들 것만 같았다.

꽤 오랜 시간이 지나고 드디어 쉬는 시간이 주어졌다. 다들 종잇장처럼 흐물거리며 벤치로 들어왔다. 재민의 다리가 후들후들 떨리고 있었다.

"재민아, 괜찮아? 빨리 여기 앉아."

놀란 지서가 바로 옆 벤치를 손으로 팡팡 쳤다.

"야, 잼민. 뭐, 그 정도, 가지고, 그, 렇게, 지치냐."

재민을 갈구는 시온은 말을 제대로 하지 못할 정도로 숨을 거칠게 몰아쉬었다.

"너는 숨넘어갈 것 같아."

도운이 시온을 놀리듯이 소리 내어 웃었다. 하지만 시온이 지서 옆자리에 앉아 어깨에 머리를 기대자 웃음소리가 뚝 그쳤다. 지서도 시온의 돌발 행동에 그대로 굳었다. 시온의 젖은 머리가 지서의 한쪽 얼굴에 닿으며 귀를 살짝 간질였다. 체육복 어깨가 축축하게 젖어들었다. 그렇게 땀이 나는데도 시원한 냄새가 났다.

"지서야, 친선경기 때 어떡할 거야? 보러 올 거야?"

시온이 아직 가쁜 숨을 쉬며 물었다.

"으음… 친선경기 땐 아무래도 못 갈 것 같아. 에이, 아쉽다. 부원이 되고 나서 처음 있는 경기인데."

지서가 쿡쿡 웃었다.

"역시 그렇겠지? 아쉽네. 근데, 잘 생각했어. 우리 팀끼리 할 때랑은 또 다를 거야. 관중들도 있고. 넌 힘들 거야."

시온은 혼잣말하듯 중얼거렸다. 그의 숨소리가 점차 편안해지며 들썩이는 움직임이 가라앉았다.

"휴식 끝!"

상혁이 뒤쪽에서 외치자 팀원들의 탄식이 이어졌다. 시온도 고개를 들고 바로 앉았다. 그의 뺨이 붉었다. 아직 휴식이 충분하지 않은 것 같아서 상혁에게 말하려던 순간, 지서는 그의 날카로운 눈빛과 마주쳤다. 하려던 말이 쏙 들어갔다.

블루피어스의 마지막 연습 게임이 시작되었다. 잔뜩 지쳐 있던 그들의 눈빛이 다시 살아났다. 재민의 밀착 수비, 우성의 돌파, 상혁의 슛, 시온의 퍽 스틸을 보다가 문득 지서의 머릿속에 한 가지 생각이 떠올랐다.

'내가 시온이한테 사고 얘길 했던가?'

✦ 상혁

[준비 잘돼가지?]

[하긴 여상혁인데]

정진현. 한때는 같은 팀, 선의의 라이벌. 그러나 지금은….

[우린 너 없이도 우승했는데]

[너네 팀 애들은 주장 잘못 만나 무슨 고생이냐ㅋㅋ]

처음엔 무시하려고도, 차단하려고도 해보았다. 다 소용없었다. 진현은 다른 사람을 끌어들여서라도 이 짓을 계속했다. 남한테 피해를 줄 바에야 그냥 자기가 참고 말겠다며 상혁이 결심한 것도 벌써 1년 전이었다. 평범한 날에는 안부 같은 사소한 메시지였지만, 상혁은 거기서도 진현의 악의를 읽어낼 수 있었다.

그리고 경기가 가까워질수록 메시지는 과격해졌다. 잘 견뎌왔는데, 오늘따라 그의 적의가 꽤 피로하게 느껴졌다.

[말없이 떠난 게 멋있다고 생각하냐?]

[이번에도 각오해. 네가 진짜로 잃은 게 뭔지 알게 해줄게.]

'언젠간 끝나겠지. 언젠가는….'

생각이 하나에만 꽂혀 있기엔 신경 쓸 게 많았다. 책상 위에 펼친 책을 애써 외면하고 침대로 몸을 던졌는데, 눈앞이 핑 돌았다. 잠시 눈을 감았다가 뜬 상혁은 자리에서 일어나 방의 한쪽 벽을 채우고 있는 책장 앞에 섰다. 어머니의 취미인 필름 카메라로 찍은 사진 앨범들이 한 칸 가득 꽂혀 있었다. 상혁은 손가락으로 앨범을 훑은 후 그중 하나를 빼서 첫 장부터 넘겨보았다. 한 장, 두 장 넘기던 손길이 멈췄다. 초등학교 시절, 상혁이 처음 하키를 시작하게 된 순간을 담은 작은 사진이었다. 어린 상혁과 키가 큰 형이 나란히 웃고 있었다. 그 사진을 떼어 앞면을 휴대폰 뒤에 붙였다. 투명 케이스를 다시 끼웠을 때 보이는 건 사진의 하얀 뒷면뿐이지만, 그 존재만으로도 조금은 든든해졌다.

★★★★★

정진현과는 다른 의미로, 상혁은 지서가 정말 성가셨다. 작년 초반, 인하부에 몇몇 여학생들이 가입했었다. 하지만 그들은 노닥거리며 사심 채우기에 바빴다. 도촬해서 인스타에 올리기, 친한 척 과시하기, 선수들 사이에서 양다리 걸치기, 같은 남자애를 두고 서로 싸우기까지…. 상혁은 그 모습을 보고 치가 떨렸다. 2학기에 자신이 주장이 되고 나서는 실제 선수가 아닌 다른 부원은 받지 않았다. 앞으로도 당연히 그럴 예정이었다. 그 다짐을 번복하는 게 정말 쉽지 않았다. 우선 회칙을 점검해서 그럴듯한 명목을 만들어야 했고 감독, 코치님을 잘 설득해야 했다. 무엇보다, 상혁은 자신의 신념을 거스르는 게 가장 괴로웠다. 손에 꼽을 만한 인생 최대의 위기였다.

"…그래서 특별반을 창설해 부원이 가입하도록 허락해 주셨으면 합니다."

나름 철저하게 준비했지만 말도 안 되는 소리인 걸 알고 있었다. 코치진 앞에서 막 발표를 끝냈을 때, 상혁은 그들의 벙찐 표정을 잊을 수 없었다. 얼굴이 화끈거리고, 뒤로 감춘 손이 바르르 떨렸다.

"그, 그래, 상혁아. 알았어. 문제없으니까 네 뜻대로 해라."

침묵 속에서 김 감독이 대답했다. 상혁이 인사하고 급히 회의실을 빠져나오자마자, 안에서 웃음을 터뜨리는 소리가 복도를 울렸다.

"상혁이 저놈이 저렇게 헛소리도 할 줄 알고. 으하하하."

다행히 그 앤 자기가 말한 대로 운동을 열심히 했고, 소소하게 팀에 도움을 줬다. 팀 분위기도 묘하게 화기애애해진 것 같았다. 무엇보다 그 애의 표정이 밝아지는 게 느껴졌다.

다들 상혁을 보고 천재라고만 했었다. 사람들에게 그는 '천재면서도' 노력을 게을리하지 않는 대단한 선수였다. 지금까지 어떤 어려움을 이겨냈는지, 얼마나 애쓰는지 따위에는 아무도 관심 없었다. 그리고 그런 시선 뒤에는 늘 동경과 시기가 뒤따랐다. 처음에는 동정심을 외면하기 어려워 부탁을 들어주었다. 하지만 이제는 자신을 조금이라도 알아준 친구를 도와주고 싶었다. 형식적인 부원으로 금세 흐지부지되지 않도록.

그런데 걱정하던 일이 조금씩 일어났다. 그 애가 있으면 시온이 집중을 하지 못했다. 그런 시온을 볼 때마다 상혁은 마음이 급해졌다. 지서 문제가 아니란 건 안다. 하지만 시온은 블루피어스에 꼭 필요한 선수다. 그러니 나가야 한다면….

'임지서. 내가 후회하지 않게 해줘.'

✦✦✦✦✦

'공격수가 빛나는 건 골 때문만이 아니라, 팀의 믿음을 끝까지 책임지기 때문이야.'

드디어 친선경기가 있는 날. 간밤에 중요한 꿈을 꾼 것 같은

데 제대로 기억나지 않았다. 아릿한 느낌만 남긴 꿈은 상혁을 찜찜하게 괴롭혔다.

경기장 분위기가 정규 리그 못지않게 무거웠다. 수림이 도착했다는 얘길 전해 듣고, 상혁은 로커 룸으로 향했다. 로커 룸으로 가는 복도에 말소리가 울렸다.

"그것보다 장비 쓰는 데 어려움이 없게 해줘야죠. 뭐 하나 망가지거나 닳으면 구하기도 어렵고 너무 비싼데 지원도 없으니, 애들이 어떻게 다 감당합니까."

"저희도 위에서 예산이 안 내려오면 별수가 없어요. 비인지 스포츠가 다 그렇죠. 그나마 여긴 후원인이 있고…."

이신주 코치가 협회에서 온 사람들과 대화 중이었다. 그놈의 예산, 예산…. 협회는 항상 예산을 방패로 핑계만 댔다. 상혁은 곧 선수 명단에 이름을 올릴 신입들이 생각났다. 선수 인원을 늘리는 것은 좋지만 그만큼 필요한 예산은 늘어날 것이다. 블로커의 패드 부분이 터졌는데도 직접 꿰매 쓰고 있는 도운도 생각났다.

상혁은 머리를 휘휘 젓고 발걸음을 재촉했다. 일단 오늘 경기에서 이겨야 한다.

"선배, 오셨어요?"

재민이 상혁을 발견하고 명랑하게 인사했다. 긴장감 제로인 재민의 목소리에 마음이 조금은 가벼워졌다. 팀원들은 이미 대부분 경기장에 나갈 준비를 마쳤다. 상혁도 서둘러 안에 받쳐 입는 장비를 착용한 후, 옷걸이에 걸린 유니폼을 바라보았다. 유니폼 어깨에 등번호 17과 캡틴을 의미하는 'C' 마크가 표시되어 있었다. 상혁의 가슴을 뛰게 하는 동시에 짓누르는 것들이었다.

"오늘 잘하자."

상혁은 자신을 바라보는 팀원들을 둘러보며 짧게 말했다.

"야, 걱정 마. 우리 진영 쪽으론 얼씬도 못 하게 한다, 내가."

시온이 기다렸다는 듯 큰 소리로 나댔다. 그가 긴장할 때 나오는 허세였다. 엄지를 세워 보이는데 한쪽 입술이 어색하게 떨렸다. 상혁을 돌아본 시온이 고개를 보일 듯 말 듯 살짝 끄덕였다. 시온은 상혁만큼이나 인라인 하키를 오래 한 선수였고, 도운을 이 세계에 발 들이게 한 장본인이었다. 청선중에 있을 때부터 끈질기게 자신을 마크했던 그의 실력을 상혁은 알고 있었다.

"주장, 오늘 열심히 막을게. 꼭 이기자."

도운이 다가와 나지막이 말했다. 담담한 말투였지만 나름의 각오가 느껴졌다. 그 말에 상혁의 입가가 살짝 올라가자, 도운이 같이 웃으며 그의 팔을 툭 쳤다.

몸풀기에 이어 경기 전 의식이 휙 지나갔다. 친선경기지만 라이벌인 학교들의 빅 매치여서, 그럴듯한 절차는 다 밟았다.

오늘 선발은 상혁, 도운, 재민 그리고 1학년의 공격수와 수비수였다.

심판의 휘슬이 울리고 퍽이 떨어졌다. 첫 번째 퍽은 카시우스가 가져갔다. 맹렬히 치고 나가는 카시우스의 몸놀림이 가벼웠다. 블루피어스는 몸이 덜 풀렸는지 수비수들이 연이어 날아오는 퍽을 거둬내느라 정신이 없었다. 상혁 역시 상대 골대 근처에도 가지 못한 채 수비에 가담했다.

"오른쪽!"

"공간 만들지 마!"

벤치에서 바쁘게 외치는 소리가 들렸다. 상혁이 뒤로 빠져 카시우스가 잡은 퍽을 눈으로 치열하게 따라갔다. 퍽을 잘 지켜낸 카시우스는 어느덧 골대 대각선 앞까지 가 있었다. 도운의 오른편에서 카시우스 공격수가 슛 자세를 취했다. 그때 상혁의 기억 속에서 익숙한 장면이 떠올랐다. 상혁이 재빨리 옆을 바라보았다. 다른 공격수가 대기 중이었다.

"페이크!"

상혁의 짐작대로, 공격수는 슛을 날리는 척 기다리던 동료에게 패스했다. 다행히 재민이 얼른 팔을 뻗어 퍽의 경로를 바꿨고, 도운이 캐처로 안전하게 감쌌다. 상혁은 몰래 안도의 한숨을 내쉬었다. 그러는 동안 진현이 센터라인을 넘어 상혁에게 다가왔다.

"기억해 주니 기쁜데? 다음엔 진짜 슛일까, 또 페이크일까?"

경기에 집중하지 않고 쓰잘머리 없는 신경전을 벌이다니 한심했다. 상혁은 그의 비열한 입꼬리를 애써 무시했다.

블루피어스의 위기 상황이 몇 분 더 이어졌다. 도운이 또다시 퍽을 감싸안아 잡은 후에야 양 팀 선수들이 교체를 시작했다. 블루피어스도 우성과 시온이 투입되었다.

"패스, 패스!"

지친 재민이 놓친 퍽을 카시우스가 채 갔다. 퍽은 순식간에 반대 방향으로 움직였다. 분위기가 넘어가려는 순간, 시온이 채를 한 손으로 잡고 잽 동작으로 퍽을 거둬냈다. 상혁이 빠르게 튀어 나가 퍽을 휙 가져왔다. 곧바로 상대 수비수들이 붙으며 양쪽에서 어깨를 밀었다. 패스 각이 보이지 않아 끝까지 드리블하긴 했는데, 수비수들이 너무 가까워 채를 휘두를 수 없었다. 상혁은 골대 구석을 겨냥해 가볍게 퍽을 때려냈다. 하지만 골키퍼의 블로커에 막혀 튕겨 나왔다.

"아아…."

벤치에서 아쉬움의 탄식이 터지던 순간, 우성이 재빨리 달려들었다. 결승전에서의 한을 풀려는 듯, 골키퍼가 미처 막지 못한 공간에 퍽을 꽂아 넣으며 리바운드를 성공시켰다.

"고올!"

휘슬과 함께 시원한 환호가 쏟아졌다. 우성도 개운한 듯 눈을 한껏 찡그리며 양팔을 들어 올렸다. 상혁은 한시름 놓으며 벤치로 들어갔다.

재개된 경기에서는 패스 미스가 연이어 나왔다. 카시우스가 패스 경로를 교묘하게 가로막을 때마다 상혁이 눈을 찌푸렸다. 플로어에 있는 팀원들이 태클에 걸리고 퍽을 빼앗길 때는 마치 자신이 당하는 것처럼 초조했다. 결국, 얼마 안 가 카시우스의 슛이 도운의 다리와 겨드랑이 사이로 절묘하게 들어가 버렸다. 1 대 1 동점. 옆 벤치에서 커다란 포효가 터져 나왔다. 상혁의 눈이 전광판에 있는 점수와 남은 시간을 빠르게 훑었다.

전반이 얼마 안 남은 시점에 공격수 교체 사인이 나자마자 상혁은 빠르게 휠을 밀며 들어갔다. 재민이 짧은 눈짓과 함께 넘긴 퍽이 블레이드에 툭 닿았다. 그새 상대 수비수들이 다가 와 위협하듯 블로킹했다. 상혁은 걸리적거린다는 듯 차가운 시선으로 무시한 뒤, 스틸할 수 없게 블레이드를 최대한 눕혔다. 그리고 몸과 발을 이용해 반칙을 의식하도록 유도했다.

'침착해. 끝까지 봐.'

세 사람의 채가 탁탁 부딪쳤다. 틈을 노려 재민에게 퍽을 흘리자, 두 수비가 마침내 상혁을 놔주었다. 괜히 어깨를 밀치는 시비가 있었지만 대응할 필요가 없었다. 분위기가 거칠어지는 가운데 상혁은 집중력을 올리며 상대 골대와 거리를 좁혔다. 마침내 앞에 있던 2학년 공격수가 정면을 향해 뚫고 들어가다가 상혁에게 백 패스로 퍽을 돌렸다. 왼쪽 엔드존 페이스오프 스폿. 골대를 노리는 찰나, 상대 선수들이 재빨리 방어진을 치며 각을 내주지 않았다. 데드 앵글이었다. 하지만 상혁은 왼쪽 귀퉁이를 향해 강렬한 스냅 숏[*]을 쏘아 날렸다. 퍽이 수비의 어깨를 아슬아슬하게 비껴갔다.

'들어가라, 들어가.'

참았던 숨을 내뱉기도 전에, 골키퍼 뒤로 골망이 흔들렸다.

재민이 순식간에 달려와서 안겼다. 다른 두 선수도 달려와 함께 머리를 맞대었다. 2 대 1로 앞선 채 전반전이 끝났다.

후반전은 골키퍼를 교체하며 시작되었다. 항상 벤치에서 대기하던 1학년 골키퍼 지훈에게 기회가 온 것이다. 상대적으로 부담이 덜한 친선경기에서라도 경험을 쌓게 하려는 김성록 감독의 배려였다. 지훈은 도운이 등을 팡팡 두드리는 것을 신호로, 플로어에 발을 디뎠다.

리드하고 있는 덕에 흐름이 나쁘지 않았다. 얼마 지나지 않아 상대측 벤치에서는 선수 교체가 이루어졌다. 옆에서 펜스를 뛰어넘는 진현이 벤치에 있던 상혁의 시야에 들어왔다. 분명 뒤처지고 있는데 그의 표정이 너무나도 여유로웠다. 상혁은 문득, 펜스에 걸쳐놓은 손이 마치 남의 것인 양 떨리고 있는 것

● 하키 채를 크게 휘두르지 않고, 손목을 이용해 퍽을 짧고 빠르게 쳐내는 숏.

을 보았다. 덜덜거리며 떨려서 누구든 육안으로 알아챌 정도였다. 미처 감추기도 전에, 옆에서 선수들에게 파이팅을 넣어주고 있던 도운이 낮게 물었다.

"여상혁, 괜찮아?"

"괜찮아."

무안한 나머지 대답이 너무 급하게 나가버렸다. 숨을 크게 내뱉고 떨림을 진정시키려 해보았다. 고개를 들고 옆을 보는데, 도운이 여전히 지켜보고 있었다. 덩치와는 안 어울리는 순하디순한 얼굴에 걱정이 가득했다.

"…좀 긴장돼서. 진짜 괜찮아."

상혁이 다시 한번 말했다. 다행히 우성이 보내는 교체 신호에 자리를 피할 수 있었다. 카시우스의 센터인 진현이 페이스오프에 나섰다. 상혁이 그와 마주 본 채 카시우스 골대에서 가까운 페이스오프 스폿에 섰다. 그 주위로 선수들이 원을 그리며 섰다. 진현은 심판이 던진 퍽을 재빨리 거둬서 곧장 반대편 골대로 질주했다. 시온과 재민이 그를 쫓았지만 추월하진 못했다. 상혁이 나란히 달리며 태클을 시도한 게 어느새 골대 바로 앞이었다. 진현은 눈 깜짝할 새 슛을 쏘았다. 지훈이 반사적으로 팔을 들어 잘 막아냈지만, 튕겨 나온 퍽이 위로 떠올랐다. 진현이 놓치지 않고 다시 달려들었다.

"리바운드!"

"조심, 조심!"

상혁도 진현을 막으려 바닥을 짓치고 나아갔다. 그 순간, 진현이 무리하게 리바운드를 시도하려다 블레이드로 지훈의 상체를 후려쳤다. 상혁의 눈앞이 하얘졌다. 생각할 틈도 없이 몸이 먼저 움직였다. 상혁은 채를 내동댕이치고 진현을 밀쳐 골대 뒤 펜스까지 몰아붙였다. 글러브 낀 주먹이 진현의 가슴과 목덜미를 눌렀다. 숨이 거칠게 새어 나왔다.

"야."

스스로도 처음 듣는 낯선 목소리였다.

"이 개새끼야. 죽을래?"

이를 악물고 노려보는 눈에 힘이 잔뜩 들어갔다. 양 팀 선수들이 몰려들었다.

"주장! 진정해."

"선배, 안 돼요!"

시온이 상혁의 팔을 붙잡고 다급하게 말했다. 재민은 뒤에서 허리를 감싸안고 잡아당겼다, 소용은 없었지만. 상혁은 진현을 한 번 더 세게 밀어버린 후 힘을 풀고 떨어졌다. 심판은 진현에게 페널티를 선언했다. 진현은 페널티 박스로 이동하면서도 거들먹대며 웃음기를 거두지 않았다.

'승부가 어떻게 되든 상관없다는 건가.'

상혁의 주먹이 아직도 바르르 떨렸다. 자신도 모르게 폭발한 감정 때문인지, 무엇 때문인지 알 수가 없었다.

이후 블루피어스가 수적 우세를 이용해 추가 골을 넣었고, 3 대 1로 승리했다. 생각보다 담담해 보이던 팀원들은 로커 룸에 들어와서야 환호했다. 상혁은 못 말리겠다는 듯 고개를 저었다.

'어차피 옆 로커 룸에 다 들릴 텐데.'

땀을 닦고 있는데, 이신주 코치가 상혁을 불러냈다. 상혁은 팀원들을 뒤로하고 코치를 따라 회의실로 들어갔다. 김성록 감독이 굳은 표정으로 협회 관계자 서너 명과 어색하게 앉아 있었다. 상혁은 고개를 숙여 인사한 후 감독 옆에 앉았다.

"다시 한번 말씀드리지만 요즘 국제 스포츠 리더가 필요하다는 목소리가 커서요. 지도자를 배출한 실적이 있어야 지원금이 많이 들어오죠. 특히 천재 소리 듣는 유망주 출신의 최연소 지도자라면⋯."

넓은 이마에 주름이 깊게 팬 관계자가 상혁과 감독을 번갈아 보며 말했다. 그 사람이 협회의 사무처장이었다는 게 기억나던 참이었다. 그는 상혁을 향해 입꼬리를 늘였다.

"여상혁 선수. 지도자 연수 받고 자격증 따보는 거 어떤가?"

"네?"

"국제 스포츠 지도사. 마침 캐나다 레스브리지 대학교에서 자네를 요청하더군. 기억하지? 선수 스카우트 들어왔었던."

상혁은 중학교 때의 일이 떠올랐다. 눈을 질끈 감는데, 저절로 인상이 찡그려졌다.

"제안은 감사하지만 저는 청선에서 선수로 졸업하고 싶습니다. 아직 이룰 게 많아서요."

답은 정해져 있었다. 그게 상혁의 첫 번째 목표였으니까. 그에겐 꿈이 있었다. 팀과 함께 리그에서 우승하고, 아시아 국제 대회에 나가고, 또…. 그런데 그의 대답에 회의실이 잠시 정적에 휩싸였다.

"흠흠. 협회는 점점 운영 부담이 커지고 있어요. 마침 두 학교는 붙어 있고…."

옆에서 잠자코 있던 또 다른 사람이 입을 열었다. 좀 더 젊은 운영 위원이었다.

"뭐, 아시다시피 청선군이 수림시에 편입된다는 얘기가 계속 있었잖아요."

"얘기야 계속 있었죠. 하지만 얼마 전에 무산됐다고 발표 났잖습니까. 청선군이 체육 문화 지구 사업하면서 인구가 몇 년 새 많이 늘었어요."

"타지에서 사람들이 와서고요. 학생 수는 계속 줄잖아요."

상혁은 김 감독과 운영 위원이 탁구공처럼 주고받는 말을 가만히 들었다. 무슨 얘기가 나올지 바쁘게 머리를 굴리는데, 이야기 흐름이 좋지 않았다. 심장이 두방망이질 쳤다.

“그래서 두 팀 통합을 의논하고 있어요.”

누군가 명치를 가격한 듯한 충격에 상혁이 고개를 홱 들었다. 불편한 헛기침이 오가는 와중에 정작 그 말을 한 사람은 어깨를 으쓱할 뿐이었다.

“뭐, 아직 의논 단계이긴 합니다만, 그렇잖아요. 굳이 두 개 팀을 운영할 필요가 없다는 게 대다수 의견입니다.”

“통합하면, 청선이 수림에 흡수된다는 얘깁니까?”

김성록 감독이 공격적인 말투로 물었다.

“아무래도 그렇겠죠? 수림이 규모도 크고 위치도 더 좋은 건 사실이잖아요.”

사무처장이 대신 대답했다. 상혁은 아랫입술을 깨물었다. 주먹을 세게 쥐어 손톱이 손바닥을 파고들었다.

“우리 팀, 여전히 타 지역에서 꾸준히 입단 문의 옵니다.”

“맞아요. 올해도 신입생들 전학 와서 연습 중이에요. 이번 국제 대회 전에 선수 등록할 겁니다.”

이신주 코치가 감독을 두둔하며 나섰지만 관계자들은 별 상관없다는 태도였다.

“확실한 건 명성이에요. 사실, 성적은 두 팀 합치면 잘 나올 거고. 국제 지도자만 나온다면야….”

협회 사람들이 서로 눈길을 주고받으며 끄덕였다.

“그래서 강력하게 제안하는 거지요.”

사무처장이 말을 끝내자, 그때까지 팔짱 끼고 조용히 있던 협회장이 탁자에 팔꿈치를 올렸다.

"여상혁 선수."

상혁은 자신의 이름을 부르는 쪽으로 눈길을 휙 돌렸다. 협회장이 그를 보며 씩 웃었다.

"유학 제의, 이번에야말로 받아들여야 하지 않겠나? 자네가 꼭 했으면 하네."

상혁이 미처 대답하기 전에 김성록 감독이 나섰다.

"말도 안 됩니다. 국내 톱 선수를 왜 굳이 지도자로 돌립니까? 경력이 아깝잖아요."

목소리에 화가 꾹꾹 눌러 담겨 있었다.

"우리라고 왜 안 그럽니까. 근데 우리가 아무나 보낼 순 없잖습니까. 여상혁 선수, 해외에서 지도자 자격증 따고 실전 경험도 쌓고 나면 동문을 위해 목소리를 낼 수 있지 않겠어?"

협회장은 능청스럽게 말하더니 상혁을 보며 물었다.

"우리나라 사람들은 하여튼 유학파한테 약하잖아."

능글맞게 웃는 협회장의 얼굴이 뱀 같았다. 상혁은 똬리에 갇혀 숨이 가빠지는 듯한 착각에 빠졌다.

"절대 안 됩니다. 상혁이는 한창 선수로 뛰어야 해요. 차라리 선수로 보내주시죠."

이신주 코치가 강하게 항의하는 투로 받아쳤다.

"그 나라도 이미 좋은 선수들 갖고 있는데 뭐 하러 한국에서 데려가겠습니까."

"여상혁 군이 중학생일 땐 유망주여서 키우겠다는 제의가 들어온 거고, 지금은 아니라니까요. 올 하반기부터 시작하는 국제 스포츠 리더 코스입니다. 10월에 가면 돼요."

아까 말하던 사무처장과 젊은 운영 위원이 대신 대답했다. 짠 듯이 자연스러웠다.

"어때, 여상혁 선수? 에이, 당장 팀이 합쳐지는 건 아니야. 얘기만 나오다 말 수도 있고. 한 2년 하고 돌아와, 협회에서 일하면서 자네 팀을 계속 지원하면 돼."

캐나다, 10월, 2년… 누군가 상혁의 머리를 붙잡고 흔드는 것 같았다.

"아시아 대회 끝나면 생각해 보겠습니다."

힘겹게 꺼낸 목소리는 자신이 듣기에도 침울했다.

"그럼 시간이 별로 없구만. 긍정적으로 생각해야 할 거야. 능력이 되면 그에 부여되는 책임도 져야지."

망할 협회 따위. 해주는 건 없으면서 바라는 건 많다. 띄워주는 척하는 말에 상혁은 속으로 차갑게 욕을 내뱉었다.

"상혁아, 신경 쓰지 마. 네가 짊어질 게 아니다."

협회 사람들을 배웅한 뒤 감독이 자못 심각한 표정으로 말했다. 코치는 옆에서 말없이 바닥을 내려다보고 있었다.

"너한테 책임 지우지 않을 거야. 내가 어떻게든 힘써보마."

감사한 말이었지만 아무리 감독이어도 협회 앞에선 아무 힘이 없다는 것쯤은 잘 알고 있었다. 더군다나 강직한 성품 덕에 연줄 하나 없는 김성록 감독은 더더욱.

"감사합니다."

상혁은 로커 룸으로 돌아갔다. 선수들이 정리하고 떠난 자리가 휑했다. 상혁은 불을 꺼버렸다. 벤치에 가만히 앉아 오랫동안 어둠 속을 응시했다.

그때 휴대폰에 불빛이 반짝였다.

[고작 친선 이겼다고 좋아하는 거 봐라ㅋㅋ]

[다들 감정 조절 안 되는 건 주장 닮아가지고ㅉ]

[결승에서 발린 주제에 친선 이기고 좋아하는 클라스ㅋㅋ]

상혁은 캐비닛에 머리를 기대고 한숨을 내쉬었다. 시선을 내리니 휴대폰 뒤에 넣어둔 사진이 보였다. 그는 사진을 꺼내 한참이나 들여다보았다.

도운

따듯한 햇볕에 최면 걸린 듯 노곤해진 눈이 감기려는데, 지서가 갑자기 작게 말을 걸어왔다.

"도와줘."

뜬금없는 말에 도운은 선생님의 눈치를 보며 한 박자 늦게 되물었다.

"뭘?"

"배드민턴. 해볼게."

지서가 굉장히 대단한 결심이라도 한 듯 눈에 힘을 주었다.

"이따 체육 시간에. 나 꼭 도와주기야?"

지난번엔 무시했으면서 마치 도운에게 맡겨놓은 듯한 말투였는데, 얄밉지 않았다.

지서는 배드민턴에 대해 정말 아는 게 없어서 도운은 채를 어떻게 잡는지, 어떻게 휘두르는지부터 알려주었다.

"간다?"

도운이 적당히 거리를 벌린 후 셔틀콕이 너무 멀리 날아가지 않도록 가볍게 쳤다. 나름 정확히 보냈다고 생각했는데, 지서는 잘 받아내지 못했다. 계속 반복해도 셔틀콕을 바닥에 꽂거나 머리 위로 올려 보냈다. 심지어 제자리에서 크게 움직이지 않았는데도 금세 숨이 찬 듯 보였다.

"음… 안 되겠다."

도운이 셔틀콕을 쥐고 지서에게 다가가 말했다.

"그러게, 안 되네. 그냥 다른 애랑 해. 나 때문에 점수 못 받으면 어떡해."

지서가 당황한 얼굴로 대답했다. 아까 당당하게 도와달라던 태도는 어딜 가고, 자신감이 떨어진 모양이었다. 도운은 지서 얼굴 앞으로 손목을 내밀었다.

"자세를 바꾸자. 포핸드 말고 백핸드로. 채를 이렇게 잡고, 이렇게 쳐."

그립을 잡고 까딱이며 보여주다가 아예 지서의 뒤로 가 섰다. 그리고 지서의 오른손을 가볍게 감싸 쥐고 백핸드 자세를 잡아주었다. 그러다 왼쪽으로 팔을 비틀 때, 생각보다 가까워진 거리에 도운은 화들짝 놀라 제자리로 돌아갔다. 하필 그 모습을 본 반 친구들이 놀려댔다. 무시하고 스텝을 내딛는데 가슴이 쿵쾅거렸다.

어쨌든 새로운 방법은 훨씬 나았다. 몇 번 따라 하더니 감을 잡은 듯 지서가 어떻게든 받아 쳐냈다. 랠리가 이어지자 지서는 꽤 재미있어하는 눈치였다.

"이렇게 움직이는 건 처음이야."

살짝 감격한 것 같기도 하고.

"보기만 하는 것보다 훨씬 재밌었어. 다음엔 더 잘할 수 있을 것 같아."

수행평가 날엔 처음으로 제대로 해본 체육 수행평가라며 환하게 웃었다.

'이렇게 웃을 줄도 아네.'

다음에도 같이 하자고 말하고 나서야, 도운은 지서의 얼굴에서 시선을 떼었다.

친선경기에서 이기고 나니 확실히 팀 분위기가 부드러워졌다. 고등부 아시아 대륙 토너먼트, 일명 ARC(Asia Roller hockey Competition) 훈련이 시작되기 전, 도운은 모처럼 팀원들과 동아리실에서 자유로운 시간을 보냈다.

"지서야, 오늘 반찬 맛있었지?"

소파에서 시온과 지서가 함께 시온이 가져온 만화책을 보고 있었다. 시온의 다정한 말투에, 뒤쪽 탁자에 앉아 폰 게임을 하던 재민과 우성이 토하는 시늉을 했다.

"응. 급식 진짜 최고야. 내가 왜 진작 안 먹었을까."

아쉽다며 입맛을 다시는 지서의 모습에 시온이 시원하게 웃었다. 소파 맞은편 바닥에 앉은 도운은 만화책 내용이 눈에 잘 들어오지 않았다. 그다지 재미도 없었다. 힐끔힐끔 볼 때마다 자꾸만 닿는 두 어깨가 신경 쓰였다.

"상혁이 형은 지금 뭐 하실까? 시온 형, 상혁 선배 좀 불러보세여, 네?"

"왜 나한테 그래? 나 바쁘다."

시온이 재민을 돌아보지도 않고 툭 던졌다. 재민이 입을 삐죽거리며 중얼거렸다.

"치, 바람둥이."

그 말에 시온이 재민을 향해 돌아앉더니 대뜸 크게 소리쳤다.

"나 바람둥이 아니라고!"

시온이 갑자기 목소리를 높이자 부실이 순간 조용해졌다. 지서의 딸꾹질 소리에 시온이 뒤늦게 아차 싶었는지 미안하다며 지서의 손을 붙잡았다. 도운이 그 손을 잠시 바라보다가 시온을 올려다보고 말했다.

"야, 문시온. 왜 급발진이야?"

시온이 도운을 노려보곤 반대편 두 후배를 향해 매섭게 고개를 돌렸다.

"야, 너네. 내가 바람둥이인 증거 있어?"

도운도 처음 들어보는 진지한 목소리였다.

"죄, 죄송해요. 농담이었어요."

재민이 비 맞은 똥강아지처럼 잔뜩 풀이 죽어 말했다.

"형. 죄송해요. 형 바람둥이 아닌 거 알아요. 장난이었는데, 앞으론 안 그럴게요."

우성은 좀 더 침착하게 사과했다.

"형이 모솔인 거 다 알아요. 완전 모솔인 거 다 알고 있어요."

우성이 은근히 먹이려는 듯 '모솔'을 강조해 말했다.

"야, 그만해라? 모솔은 아니거든?"

어느새 평상시의 모습으로 돌아온 시온이 눈을 굴리며 말했다.

도운은 우성과 눈으로 신호를 주고받았다.

'얘 오늘 왜 이러냐?'

'몰라요. 저번 연습 때 상혁 선배한테 총 맞은 듯?'

우성이 머리에 총 쏘는 제스처를 하고는 어깨를 으쓱했다. 망한 분위기를 어떡해야 할지 몰라 난감해하고 있는데, 동아리실 문이 벌컥 열렸다. 모두의 시선이 문가로 향했다. 상혁이었다. 울먹이던 재민의 얼굴이 순식간에 환해졌다. 상혁은 주욱

둘러보다가 지서가 여기 있어도 되는지 생각하는 것처럼 눈을 깜빡였다. 그가 안쪽으로 들어오자, 재민이 재빠르게 소파 앞에 의자를 가져다주었다.

"할 말이 있어서."

상혁의 말에 모두 그의 주변으로 모였다. 상혁은 막상 애길 꺼내지 못하고 머뭇거렸다. 괜히 휴대폰을 만지작거리는데, 그 뒷면에 끼워둔 흰 종이 같은 것이 도운의 눈에 띄었다. 지서에게 눈을 돌리니 지서도 상혁의 손을 유심히 쳐다보고 있었다. 안경을 한번 치켜올린 뒤 마침내 상혁이 입을 열었다.

"내가… 리그 끝나고 너무 예민했어."

의외의 말이었다. 아이들의 눈이 조금 커졌다. 상혁이 담담하게 말을 이어나갔다.

"우승 못 한 거, 너희를 탓한 적 없어. 우리는 팀 경기를 하고 있고, 팀이 다 같이 잘하도록 이끌지 못한 내 잘못이야. 그걸 받아들이기 어려웠나 봐. 너희도 속상한 건 마찬가지였을 텐데, 그럼에도 잘 따라줘서 고마워."

그의 말이 끝나자 잠시 침묵이 찾아왔다. 도운이 상혁의 어깨를 부드럽게 두드렸다. 골키퍼로서 무겁게 가지고 있던 짐이 조금 내려가는 것 같았다.

"그게 왜 네 잘못이냐."

시온이 침묵을 깼다.

"넌 너대로 최선을 다한 거지. 야, 그리고 뭐, 질 수도 있는 거 아니냐?"

"앞으로 저희가 더 잘할게요, 형."

재민이 울컥해서 말하자, 그 옆에서 우성이 손으로 코를 문지르는 척, 입을 가리고 웃음을 참았다. 상혁도 그제야 살짝 미소를 보였다.

"그러니까, 너무 거기 4층만 가지 말고 여기도 자주 오고 그래. 서재민이 맨날 너 찾는단 말야."

시온이 상혁의 눈을 피하며 손가락으로 위를 가리켰다. 재민이 왜 자신을 끌어들이냐는 듯 당황해했다.

"뭐? …그걸 알고 있었어?"

상혁은 몸을 곧추세우며 지서를 바라봤다. 지서가 눈을 동그랗게 뜨고 고개를 가로저었다.

"우리가 너에 대해 뭘 모르겠냐. 걱정 마, 딱 우리만 알아."

시온이 순식간에 거만한 자세를 취하며 으스댔다. 상혁이 떨떠름한 표정을 지웠다.

"뭐, 그래. 다음 주부터 대회 준비도 들어가니까 잘 쉬고. 그리고 임지서."

지서가 자길 부르는 소리에 움찔했다.

"넌 당분간 운동 시간 줄여줘. 선수들이 공간을 많이 써야 할 것 같아."

“아이고, 아쉬워라!”

웃음을 머금은 지서가 이마를 ‘탁’ 치며 말하자 시온과 우성이 낄낄 웃었고, 도운도 슬며시 웃음이 터졌다. 상혁이 자리에서 일어나자 재민이 아쉬운지 입을 삐쭉 내밀었다.

“아, 맞다. 윤도운.”

상혁이 나가려다 말고 도운을 불렀다.

“포지션 다시 변경하자. 포워드 준비해.”

그 말에 다른 팀원들이 소리 내어 숨을 들이켰다. 도운도 깜짝 놀라 어버버하며 되물었다.

“왜? 어떻게? 그럼 골키퍼는?”

팀에 골키퍼는 두 명이 있어야 했다.

“신입 중에 구했어.”

“오올, 윤도운. 공격수를 다시 하게 되다니!”

“형, 잘됐네요.”

자신에게 축하가 쏠리자 도운은 쑥스럽게 뒷머리를 긁적였다.

“난 간다.”

도운보다 더 신난 동료들을 뒤로하고, 상혁이 나가려고 실내화를 신었다. 시온이 한껏 격양된 목소리로 툴툴거렸다.

“와, 하여튼 여상혁 쟤는 자세히 설명도 안 하고. 성격 진짜 이상하다니까.”

“나 아직 안 나갔다.”

문가에서 상혁이 이를 꽉 물고 말했다.

"하여튼 참 이상적인 주장이라고. 여상혁 같은 주장이 어딨냐. 그치?"

지서는 쿡쿡 웃다가 도운이 상혁을 따라 일어나자 그의 옷자락을 붙잡았다.

"너도 교실 가려고? 같이 가자."

"아니, 잠깐 얘기만 하려고. 금방 올게."

그 말에 지서가 손에서 힘을 풀었다. 도운이 얼른 상혁을 따라 나가는데 잠깐 스친 시온의 표정이 딱딱했다.

"포워드, 계속하고 있었지?"

뒤따라온 도운에게 상혁이 물었다. 아침 일찍 남몰래 연습하던 것을 상혁이 알고 있었다니 민망했다.

"으응."

"다시 기회가 왔네. 잘해보자."

상혁이 계단을 내려가려다 겸연쩍게 웃는 도운에게 다시 돌아와 목소리를 낮춰 물었다.

"근데, 그거 어떻게 알았어?"

상혁의 손가락이 위를 가리켰다. 도운은 슬쩍 웃음이 나오려 했다.

"서재민이 한번 날 잡고 너 미행했어. 걔, 조심해."

상혁이 웃음을 터뜨렸다. 모처럼 후련한 상혁의 웃음소리에 도운도 기분이 좋았다.

싱가포르에서 열릴 ARC 대회까지는 두 달이 남았다. 그동안 예전 포지션으로 돌아가 준비해야 했다. 평소에도 감을 잃지 않으려 틈틈이 연습했는데, 상혁의 말대로 다시 기회가 온 셈이었다.

도운은 청선중 3년 내내 공격수였다. 작년 블루피어스에 들어올 때도 공격수 포지션이었는데, 갑자기 골키퍼가 필요해지자 체격 조건이 맞는 도운이 어쩔 수 없이 그 자리를 채우게 된 것이었다. 상혁이 그 점을 계속 생각하고 있었다는 것이 놀라웠다. 시온은 장난처럼 말했지만, 상혁은 정말로 이상적인 주장이 아닐까.

다시 동아리실에 들어가려는데, 열어둔 문으로 대화 소리가 새어 나왔다.

"지서야. 이번 주말에 읍내에 가자. 너랑 가고 싶은 곳 있어."

상대방이 거절하지 않을 거라는 듯 자신감 넘치는 말투였다.

"우와, 맛있는 데라도 있어?"

"당연하지. 같이 갈 거지?"

둘의 기분 좋은 목소리가 이어졌다. 반대로 도운의 기분은 한순간에 곤두박질쳤다. 문틈을 피해 선 채 들어가지도, 돌아서지도 못하고 한참을 가만히 서 있었다.

3장
라인업

　"윤도운."

　가볍게 농담처럼 물어보려 했는데 막상 이름을 부르고 나니 입이 떨어지지 않았다. 시온은 손에 쥔 것을 좀 더 꽉 잡아보았다.

　"왜. 왜 불러놓고 말이 없어?"

　"너, 지서 좋아하냐?"

　도운의 눈이 동그래졌다. 잠시 머뭇거리더니 입을 열었다.

　"…뭐, 조금 관심…."

　"좋아하지 마. 나 지서 많이 좋아해. 내가 먼저 좋아했어. 넌 좋아하지 마."

시온이 빠르게 선수 쳤다. 도운이 특유의 순한 얼굴로 어버
버거렸다. 평소라면 시온이 놀렸을 표정이었다.

"감정이 그렇게 마음먹은 대로 돼?"

"그렇게 마음먹고 노력해 줘. 지서도 날 좋아하게 될 거야."

시온은 장난기 쏙 뺀 표정으로 단호하게 말했다. 도운은 상
처받은 얼굴이었다. 마음이 약해지면 안 된다. 쐐기를 박아야
했다.

"우리, 잘되는 쪽 응원하기로 하자. 약속해."

한참이나 대답이 없었다.

"응? 약속해."

"…몰라. 난 그런 약속 못 해."

그러든 말든, 시온은 자리를 박차고 나왔다. 오랜만에 도운
의 집에 다짜고짜 찾아가서는 고작 한다는 말이.

'문시온, 많이 찌질해졌다.'

자괴감이 든 것도 잠시, 곧 발걸음이 가벼워졌다. 이곳에도
한발 늦게 여름이 찾아왔다. 푸르른 것들은 점차 짙은 색을 얻
어갔고 움직이는 모든 것이 활기 넘쳤다. 부쩍 따가워진 초여
름의 햇볕도 시온에게는 생기를 더해줄 뿐이었다. 초록 대문
앞에 도착해서 옷차림을 확인하고 앞머리를 매만졌다. 빳빳하
게 다린 연둣빛 셔츠가 슬랙스에 단정히 들어가 있는지 살폈
다. 얼마 안 있어 지서가 나왔다.

“왔어?”

두둥실 뜨는 마음이 진정되지 않아 더 환하게 인사했다. 귀 뒤로 넘긴 짧은 머리, 귀여운 연노랑 티셔츠, 복숭앗빛 뺨이 동그랗게 솟은 얼굴. 오늘은 특히나 더 사랑스러웠다. 지서는 꽤 북적이는 버스를 잘 참았고, 시온이 보여주는 읍내 이곳저곳을 모두 좋아했다. 사람이 많은 곳에서 은근히 감싸안은 어깨, 조금씩 닿는 손끝에 심장이 진정할 틈이 없었다. 마음에 드는 것이 있으면 두 손을 모아 손가락 끝으로만 박수 치는 버릇이 있다는 걸, 새롭게 알았다.

인형 뽑기에서 우스꽝스러운 인형을 뽑아 얼굴 가까이 내밀었을 땐, 까르르하고 웃음을 빵 터뜨렸다. 귓가에 닿는 맑은 웃음소리가 귤 알갱이 터지듯 상큼했다. 그동안 꾹꾹 누른 웃음소리를 겨우 낼 뿐이었는데.

‘그래, 넌 그렇게 웃는 애였지.’

밝은 얼굴을 더 자주 보고 싶었다. 아니, 혼자만 보고 싶었다.

“와, 진짜 맛있었어.”

두 사람 앞에 놓인 접시가 깨끗이 비어 있었다. 지서가 함박웃음을 지으며 엄지를 내밀었다. 같이 웃지 않고는 못 배기는 미소였다.

“가장 좋아하는 게 뭐야?”

“난 다 잘 먹어.”

좋아하는 게 뭐냐고 물었을 뿐인데 먹는 건 다 좋다는 대답이 지서다웠다.

"고마워, 시온아. 덕분에 이런 데도 와보고. 처음이야."

지서가 흥분을 조금 가라앉히고 말했다.

"생각해 보면 네 덕에 친구들도 사귀고 인하부에도 들어갔어. 나, 청선 올 때까지만 해도 우울했는데. 네 덕에 자주 웃어."

쑥스러운지, 손가락으로 테이블을 긁는 지서의 얼굴엔 멋쩍은 웃음이 떠올랐다.

"처음엔 말도 잘 안 나왔는데. 넌 남을 편하게 해주는 능력이 있는 것 같아."

"흠. 맞는 것 같아. 전에도 내가 말을 트게 한 애가 있었지."

시온의 머릿속에 하필 도운이 불쑥 떠올랐다. 그래서 네모난 것을 손에 꽉 쥐었다. 드디어 이걸 꺼낼 때가 되었다고 생각하니 심장이 작은북에서 큰북으로 바뀌는 것 같았다.

"지서야, 너한테 줄 게 있어."

시온은 목을 가다듬었다. 정작 어떻게 말을 꺼낼지 생각해 두지 않았단 걸 방금 깨달았다.

"손, 줘볼래?"

시온의 말에 지서가 손을 뻗었다. 그의 표정이 진지해지자 지서도 덩달아 어색하게 웃었다. 시온은 한 손으로 지서의 네 손가락을 붙잡았다. 차갑고 보드라웠다. 다른 손으로는 손바닥 위에 그것을 조심스럽게 올려놓은 후 지서의 손을 감싸 쥐었다. 이제 그 물건은 주인을 찾아 시온의 손을 떠났다. 되돌릴 순 없다. 시온이 10년 넘게 소중히 간직했던 것이 지서의 작은 주먹 안에 있었다.

"열어봐."

시온은 지서가 천천히 손을 펴는 그 순간을 눈에 담았다. 이제 지서는 거기에 새겨진 이름을 보았을 것이다. 웃음으로 휘어졌던 지서의 눈이 점차 커졌다. 크게 뜬 눈 속에 당황스러운 빛이 스쳤다. 아크릴 재질의 명찰 하나가 지서의 손바닥 위에서 바르르 떨렸다. 지서는 명찰에서 힘겹게 눈을 뗀 후 떨리는 목소리로 물었다.

"이게… 뭐야? 이걸, 네가, 왜?"

★★★★★

10여 년 전 여름, 누나들과 숨바꼭질하던 꼬마 시온은 멀리까지 도망쳐 낯선 동네에 도착했다, 겁도 없이. 뜨겁고 습한 날씨 때문에 지쳐서 땀을 뻘뻘 흘렸다. 그러다 한 초록색 대문 앞에 다다랐다. 호기심 많던 시온은 열려 있는 대문 안쪽을 빼꼼히 들여다보았다. 그 집의 앞마당이 보였는데, 한쪽에 있는 벤치에서 여자아이가 책을 보며 앉아 있었다. 시온은 여자애를 계속 쳐다보았다. 시선을 느꼈는지 여자애가 대문으로 눈길을 옮겼고 시온과 눈이 마주쳤다. 들켰다고 생각했지만 몸은 굳어서 움직일 수 없었다. 그사이 여자애가 다가와서 누구냐고 물었다. 키가 시온보다 조금 컸고 말투는 새초롬했다. 다만 앞니가 빠졌는지 발음이 동생 같았다.

"난 문시온이야."

꼬마 시온은 나름 당당하게 어른들이 하는 것처럼 손을 내밀었다. 그 애는 시온의 손을 내려다보더니 잡아주는 대신 되물었다.

"뭉시언이 몬데? 너 왜 와써?"

자기보다 큰 여자애의 날카로운 말에 서러움이 터져버린 시온은 팔에 두 눈을 묻었다. 자존심은 세서, 울음소리가 나지 않도록 입을 앙다문 채 어깨를 들썩였다. 여자애는 당황했는지 그제야 허겁지겁 시온을 달래주었다. 그러고는 시온의 손을 이끌고 들어가 함께 그늘에 있는 벤치에 앉았다. 시온은 소매로 남은 눈물을 훔쳤다. 뒤늦게 창피함이 몰려왔다. 다행히 여자애는 놀리는 대신, 자기가 읽던 책을 소리 내어 읽어주었다. 자신을 누나라고 칭하며 나긋나긋하게. 시온은 얌전히 앉아서 듣다가 그만 잠들어버렸다.

눈을 뜬 곳은 자신의 방 안이었다. 모든 게 꿈이었나 싶어 서러웠다. 하지만 이웃 동네에서 잠들어 있는 걸 데려왔다며 엄마한테 혼나면서, 희망이 생겼다. 다음 날 또다시 찾아가 그 여자애를 보았을 때, 꿈이 아니었단 생각에 가슴이 벅차올랐다. 이번에는 어떤 형아도 함께였다. 그 여자애의 오빠였다.

"지환이 형! 형이 우리 형아였음 좋겠다."

여자 형제뿐인 시온이 툭하면 형에게 하던 말이었다.

"형은 착해. 동생한테도 잘해주고. 우리 누나들은 맨날 나 때린단 말야."

시온이 지환의 다리를 껴안으며 머리를 부볐다. 지환은 그런 시온에게 따스하게 웃어주었다.

"그래? 그럼 시온이, 누나들 싫어?"

"그건 아니야. 나랑 잘 놀아줘."

지환은 히히거리며 웃는 시온의 머리를 쓰다듬으며 말해주곤 했다.

"우리 시온이 기특하네."

초록 대문 집의 할머니는 인자했고, 형은 다정하고 재밌었다. 그리고 지서라는 여자애는 예쁘고 사랑스러웠다. 시온은 처음부터 그 애가 너무 좋았다. 하지만 남매는 방학 동안만 그 집에 머물다 가버렸다. 시온은 남매를 만나지 못하더라도 종종 할머니 댁에 놀러 갔다. 조부모가 없는 시온은 할머니를 친손주처럼 따랐다.

그러다 그 일이 일어났다. 여전히 꼬마였던 시온은 형의 죽

음과 지서의 상태를 이해하지 못했다. 잔인하게도, 시간의 흐름이 자연스럽게 알려주었다. 지서네 가족은 오랜 시간 동안 깊은 슬픔의 수렁에서 벗어나지 못했다. 할머니도 중학생이 된 시온에게 이야기를 들려줄 때 많이 힘들어했다. 이곳으로 오다 사고가 났다며 괜스레 당신 탓을 하는 할머니를 위로하는 건 시온의 몫이었다. 그래도 할머니는 시온에게 어릴 적 지서 남매와 시온에 관해 많은 이야기를 들려주었다. 셋이 무엇을 하며 지냈고, 형이 어떻게 놀아주었고, 지서와 시온은 어떤 꼬마들이었는지. 그 이야기가 쌓이고 쌓여 시온의 기억이 되었다.

가끔 지서가 할머니 댁에 왔지만 시온은 차마 그 애를 볼 자신이 없었다. 사고 이전의 기억을 많이 잃었다는 말에, 자신도 기억하지 못할까 봐 두려웠다. 고2를 앞둔 겨울에는 지서가 청선으로 아예 살러 올지도 모른다는 소식이 들렸다. 정말 설레는 가능성이었다. 비록 트라우마 때문이라는 건 마음 아팠지만. 그리고 그 소식은 얼마 후 현실이 되었다.

지서가 이사 오기 며칠 전, 시온은 방과 후에 꽃을 사 들고 초록 대문을 열었다. 현관문을 제집처럼 열고 들어간 그는 할머니에게 꽃다발을 건넸다. 비록 조화였지만 할머니가 좋아하는 능소화였다.

"꽃 필 때가 아니라서 조화밖에 못 구했어요."

"어서 와. 할미가 너 좋아하는 거 해놨지."

할머니의 말에 시온이 코를 킁킁거렸다.

"역시! 할머니 최고야! 할머니, 내가 사랑하는 거 알죠?"

어느덧 키가 훌쩍 자란 소년은 스스럼없이 할머니를 뒤에서 안으며 너스레를 떨었다.

"할머니, 능소화 꽃말이 뭔지 아세요?"

두 사람이 식탁에 마주 앉아 밥을 몇 숟갈 떴을 때 느닷없이 시온이 물었다. 할머니는 대답 없이 남자아이답지 않은 곱상한 그의 얼굴을 빤히 바라보았다.

"능소화 꽃말이 많더라구요. 근데 그중에 기다림, 그리움이 있대요."

할머니는 오물거리던 입을 멈추었다.

"할머니도, 나도 많이 기다렸잖아."

"…."

"지환이 형 보고 싶다."

그날 시온은 눈시울이 붉어진 할머니를 다시 한번 위로했다. 그리고 시온은 할머니와 한 가지를 약속했다. 어릴 적 친구의 존재를 비밀에 부치기로.

"내가 다시 처음부터 지서랑 친해질게요. 응? 나 자신 있어."

그 집을 나서는 순간까지 몇 번이고 강조했다.

마침내 지서가 전학 온 날, 1반 교실 뒷문에 서서 가만히 앉아 있는 지서를 본 순간, 낯선 감정이 시온을 휘감았다. 이번에는 절대 놓치고 싶지 않았다. 그 생각이 시온을 사로잡았다.

좋아한다. 쟁취한다. 시온에게 연애란 그런 것이었는데, 그 공식에 예외가 생길지도 모른다는 예감이 들었다.

딱딱한 감촉도, 가벼운 무게도 분명 느껴지는데, 그럼에도 오빠의 명찰은 너무나 비현실적이었다. 주먹을 다시 쥐었다 펴면 먼지처럼 사라질 것만 같았다.

"그래서 결론은… 그냥 그렇다구."

엄청난 이야기를 해놓고, 시온의 말은 싱겁게 끝났다.

"빨리 말해주고 싶어서 얼마나 마음 졸였는지 알아?"

능청스러운 웃음과 말투는 몇 주 동안 알고 있던 시온의 모습이었다.

"이 가게도 우리 어렸을 때부터 있었어. 형이랑 같이 온 적도 있다?"

지서는 오래되어 보이는 분식집 내부를 다시 찬찬히 둘러보았다.

"근데 자세한 건 기억 안 나. 미안."

그는 눈웃음을 지으며 겸연쩍게 말했다. 지서는 고개를 가로저었다.

시온의 마음에 대한 고마움도 잠시, 가슴 깊은 곳에서 잠자코 있던 슬픔이 자꾸 지서를 삼키려 들었다. 지서의 기억에는 이곳이 없었다. 아직도 자신의 빈 구멍을 마주하는 것이 쉽지 않았다. 분위기를 망치고, 시온이 눈치 보게 하는 상황이 싫었지만 저도 모르게 혼자 생각에 잠기는 바람에 둘의 대화가 끊기기 일쑤였다. 시온은 그 시간을 기다려주었다.

"지서야. 궁금한 거 없어?"

해가 저물 무렵, 버스에서 내려서 집까지 걸어가는 길에 시온이 침묵을 깨고 물었다. 분명 궁금한 게 많아야 할 것 같은데, 무엇을 물어야 하는지 지서는 아무것도 생각나지 않았다. 하지만 시온을 실망시키고 싶진 않았다.

"흠… 오빠가 제일 많이 하던 말이 뭐였어?"

"할머니 얘기에서 빠지지 않는 게 있는데, 형이 우리한테 꼭 '기특하다, 기특하다' 해줬대. 자기도 중학생이었으면서, 어르신처럼. 그건 나도 기억나."

시온이 작게 낄낄거렸다. '오빠의 손길이 어땠더라' 하는 생각이 들자 지서는 덜컥, 걸음을 멈추었다. 역시 기억이 나지 않았다. 참을 새도 없이 눈물이 흐르고, 목에서는 꾸꾸하는 소리가 터져 나왔다. 시온이 가만히 다가오더니 지서의 머리를 부드럽게 안아 자신의 품으로 이끌었다. 등을 토닥이는 손길이 다정했다.

초록 대문 앞에 도착할 때쯤 지서는 겨우 진정했다. 뒤늦게 부끄러움이 몰려왔다.

"흠흠, 고마워, 시온아. 너무 울어서 미안해."

"아니야. 잘 울었어. 그래야 시원하지."

길쭉한 손가락이 지서의 눈가에 남아 있던 눈물을 콕 찍었다. 지서가 민망함에 작게 웃음소리를 흘렸다.

"그런데, 앞으로는 많이 웃어줘. 넌 밝게 웃는 게 잘 어울리니까. 내가 웃을 일 많이 만들어줄게."

시온이 고개를 옆으로 기울이며 미소 지었다.

도운

시온이 주말 아침부터 찾아와서 이상한 질문과 선언으로 한바탕 휘저어놓고는 지서와 데이트한다며 훌쩍 떠나 버렸다. 집에 혼자 남은 도운은 시온을 그렇게 보낸 게 찝찝했다. '데이트'라는 단어가 하루 종일 머릿속을 뒤흔들었다. 열받아서 결국 에어컨을 켜고 온도를 낮췄다. 둘은 뭘 하고 있을까. 무슨 이야기를 할까. 무엇보다 도운을 가장 괴롭히는 생각은 이것이었다.

'문시온이 오늘 고백하면 어쩌지?'

'그리고 지서가 받아들이면? 아니, 만약 지서도 문시온을 좋아하면?'

혼자 결론을 내릴 수 있는 질문은 아무것도 없었다.

처음엔 그저 도와주고 싶을 뿐이었다. 위태로워 보이는 발걸음, 우울한 표정이 신경 쓰였다. 하지만 그 애는 점차 달라지고 있었다. 말이 많아지고 행동이 커졌다. 그늘진 얼굴은 밝아지고, 즐거워 보였다. 그런 변화를 가까이에서 볼수록 도운의 눈길은 저절로 지서를 따라갔다.

이제 막 좋아하는 마음을 눈치챘는데, 가장 친한 친구도 그렇다니. 불쑥불쑥 떠오르는 두 사람이 데이트하는 모습을 밀어내느라 도운은 괴로운 주말을 보내고 있었다. 웹툰을 보는데도 무슨 내용인지 하나도 눈에 안 들어왔다.

긴 한숨과 함께 툭 내던진 휴대폰의 검은 화면이 침대 끝에서 도운을 응시했다. 그러다 화면이 반짝 켜졌다. 멍하게 지켜보던 도운은 화면에 뜬 이름에 깜짝 놀랐다.

"여보세요?"

목을 가다듬고 얼른 받는데, 폰 너머로 들리는 목소리가 이상했다. 도운은 곧 꺼질 듯 느릿하게 이어지는 소리를 가만히 듣다가 침대를 박차고 나왔다. 그러고는 집에 있는 비상약들을 챙겨 곧장 골목을 달렸다. 지서가 불러준 비밀번호를 천천히 누르고 들어선 집은 고요했다.

"지서야!"

아무 대답이 없었다. 그때 위층에서 인기척이 들려 그쪽을 향해 계단을 뛰어 올라갔다.

속을 게워 내는 소리에 다가가니, 화장실 문틈으로 지서가 주저앉아 있는 게 보였다.

"지서야, 괜찮아?"

"오지 마!"

도운이 가까이 가자 지서가 당황하며 외쳤다. 도운은 그 말을 무시하고 들어가 지서의 등을 두드렸다.

겨우 진정한 지서는 입을 헹구고 이불 안으로 쏙 들어갔다. 바닥에 깔린 토퍼 위에 아직도 두꺼운 겨울용 이불이 깔려 있었다. 도운은 벽에 등을 기대고 그 옆에 앉았다.

"괜찮아졌어?"

한참 대답이 없다가, 웅얼거리는 소리가 들렸다.

"창피해."

도운은 웃음이 나오는 걸 참고 대답했다.

"아파서 그런걸. 창피해하지 않아도 돼. 진짜야."

그 말에 지서가 이불 위로 눈만 빼꼼히 내밀었다.

"비밀로 해줄 거야?"

결국 참지 못하고 푸흐흐 웃음이 터져 나왔다. 도운은 고개를 끄덕였다. 지서는 도운의 반응이 진심인지 알아보려는 듯 가만히 바라보다가, 드디어 이불을 내리고 얼굴을 드러냈다. 가뜩이나 짧은 단발머리가 사방으로 뻗쳐 있었다.

"할머니는 1박 2일로 꽃놀이 가셨거든. 집에 들어와서 쉬고 있는데, 갑자기 추워지더니 머리가 아팠어. 몸도 떨리고. 어떻게 해야 할지 모르겠어서 너한테 전화했는데, 갑자기 속이 울렁거려서….."

증상을 들어보니 체기에 몸살 기운도 있는 듯했다.

"저녁은 먹었어?"

"아니. 속이 안 좋아서."

"안 먹어도 되겠어?"

"그게, 아까 다 게워 냈더니. 헤헤."

민망해하는 지서를 보며 도운이 말없이 몸을 일으켰다.

"속 편한 거 간단하게 준비해 올게. 잠시만 누워 있어."

잠시 후 도운이 소반을 들고 오자 지서가 후다닥 이불을 거두고 가까이 다가왔다. 흰죽에서 김이 모락모락 피었다. 지서가 한술 떠 후후 불더니 입안에 쏙 넣었다. 지서의 눈썹이 올라가며 눈이 커졌다. 곧바로 두 번째 숟가락을 뜨는 게 나쁘지 않은 반응이었다.

'다행이다.'

숟가락이 그릇을 바쁘게 긁는 소리만 나는 동안 달빛이 방안을 푸르게 비쳤다.

지서는 도운이 챙겨준 약까지 먹고 다시 누웠다.

"아까, 점심에 뭘 먹었길래 체했어?"

도운은 괜히 컵을 만지작거렸다.

"오늘 시온이랑 놀았거든. 떡볶이랑 맛있는 거 잘 먹었는데, 속이 좀 불편했나 봐."

지서는 평소와 같이 말했다.

"신기한 거 알았다? 시온이가 어릴 적에 나랑 친구였대. 오빠 방학마다 청선에 놀러 왔었거든. 나랑 오빠랑 같이 놀았었대."

"뭐?"

아침에 시온이 쳐들어왔을 때 했던 말이 떠올랐다.

'내가 먼저 좋아했어.'

"우리 할머니랑 거의 절친이던데. 할머니도 날 속였다니 완전 충격이야. 할머니 돌아오시면 얼른 물어봐야지. 아무튼 시온이가 나랑 오빠를 기억하고 있다는 게 신기했어. 정말… 시온인 정말 좋은 애야."

도운도 공감하는 말이었는데 지서의 입으로 들으니 가슴에 무거운 돌을 얹은 것 같았다.

"오빠가 있구나? 넌 시온이를 기억 못 했어?"

단순한 질문이었는데 지서의 이야기는 생각보다 길어졌다. 조곤조곤 이어지는 말을 들으며 도운은 첫날 지서의 침묵과 체육 시간에 스쳐 지나간 어색한 순간들이 하나씩 떠올랐다.

아, 그래서였구나.

안쓰럽다는 생각이 먼저 들었고, 그다음엔 설명하기 어려운 기분이 남았다. 시온은 그 시간을 알고 있었다는 사실이 자꾸만 마음에 걸렸다.

도운은 어느새 새근새근 잠든 지서를 내려다보았다. 힘들면 오늘처럼 또 나한테 연락해 줄까? 무의식에 뻗은 손이 지서 이마에 닿기 직전 멈추었다. 도운은 조용히 손을 거두어 방을 나왔다.

시온

상혁을 제외한 여덟 선수가 플로어에서 저마다 몸을 풀고 있었다. 시온은 콧노래를 부르며 일직선으로 왔다 갔다 했다. 설렁설렁 타는 것같이 보여도 나름 자신이 생각하는 대로 거리를 조절하는 중이었다. 평소라면 자아도취의 노랫말을 듣고 옆에서 도운이 비웃었겠지만, 지금 도운은 멀리 떨어진 곳에서 속도를 높여 길게 달리고 있었다.

"모여!"

이신주 코치가 들어오며 선수들을 불러모았다. 그 뒤에 상혁과 신입들이 뒤따라왔다.

"얘들아, 새 팀원들이다. 기초 훈련은 마친 상태니 오늘부터 바로 합 맞추자."

"드디어! 뉴비들이여, 어서 오라!"

재민이 들떠서는 주먹을 불끈 쥐고 작게 외쳤다.

"좋냐, 잼민아?"

"당연하져. 후배들인데. 막 굴려주겠으."

"까불지 마라? 너랑 동갑이거든?"

시온이 어이없다는 말투로 톡 쏘았다. 재민은 입학하기도 전, 1월부터 리그를 대비해 훈련했는데, 그렇다 해도 채 다섯 달이 되지 않았다. 그땐 군기가 바짝 들었었는데. 언제 이렇게 건방져졌지?

"그래도 처음부터 있던 저랑 비교가 되나여?"

재민이 새침하게 대꾸하고는 고개를 돌렸다. 하지만 그들의 소개를 대강 들어보니 완전히 신입은 아니었다. 초등학교 때 잠깐 하고 관뒀다 다시 시작하거나, 중3 때 부상으로 잠시 쉬었거나, 서울 팀이 있는 학교로 가려 했는데 떨어지는 등. 각자의 사정이 다양했다. 그러고 보니 이름이 익숙한 선수도 있고, 중학부 시합에서 본 것 같은 선수도 있었다.

재민과 떠드느라 코치가 말한 뒷부분을 놓친 시온은 눈치껏 수비수들이 모인 곳으로 따라갔다. 신입 중에 수비수가 두 명이었다. 다른 쪽에 공격수가 모인 그룹이 있었고, 또 다른 쪽에는 더 작은 그룹이 있었다. 도운과 예비 골키퍼 지훈, 그리고 새 골키퍼였다. 덩치가 도운만큼이나 크고, 눈빛이 영민해 보이는 후배였다. 상혁이 종이를 보며 세 사람에게 무언가를 설명했다. 종이에는 포지션별 연습, 합동 연습과 게임 스케줄이 가득 정리되어 있을 터였다.

"여상혁, 저 독한 놈."

혼자 중얼거리는 것을 도운이 들었다면 동의하며 같이 웃었을 텐데. 그렇게 생각하며 시온은 진지한 표정으로 대화하는 도운에게서 시선을 돌렸다.

신입이 들어온 날임에도 불구하고, 마치 집중 훈련 기간처럼 훈련이 빡빡했다. 신입들이 힘없이 로커 룸으로 들어가고 있었다.

"쟤네들 못 하겠다고 관두면 어쩌지? 이제야 엔트리에 여유가 생기는데."

시온은 진심으로 걱정이 들었다.

"그러게. 첫날이니까 살살 할 법도 한데."

어느덧 도운이 옆에 와 있었다.

"내 말이. 어휴, 여상혁."

시온이 투덜거리며 상혁이 있는 쪽을 흘끔거렸다. 도운도 덩달아 상혁의 뒷모습을 체크했다.

"뭐, 데이트는 잘했나?"

도운이 한쪽 발을 왔다 갔다 굴리며 시온에게 넌지시 물었다.

“완전 좋았지.”

“그래서? 사귀기로 했어?”

“음, 거의? 거의 그렇지?”

“아직 아닌 거네. 차인 거 아니냐?”

“아니거든? 아직 고백할 타이밍이 아니어서 그렇지. 난 성급
하지 않거든. 왜, 쫄리냐?”

“하긴. 갑자기 고백하면 지서가 다시 전학 갈지도 몰라.”

“넌 지서가 그렇게 나약한 줄 아냐?”

둘은 목소리가 커지는 줄도 모르다가, 뒤에서 뻗어 오는 어
둠의 기운을 느꼈다. 상혁이었다.

“야, 좀! 기척 좀 내고 다녀라.”

시온이 벌렁벌렁한 가슴을 부여잡고 제 발 저려 화를 냈다.
상혁은 둘을 조용히 노려보다가 로커 룸으로 향했다.

연습 게임이 있는 날이었다. 이제 블루피어스는 지서를 제
외해도, 모두 열네 명이 되었기에 5 대 5로 경기를 해볼 수 있
었다. 게다가 대체 선수도 있었다. 시온은 그 사실에 새삼 감
격했다.

“실전 경기처럼 하자. 서로 최선을 다해야 도움이 되는 거야.”

상혁이 김 감독의 말버릇을 따라 했다.

“포워드들은 숏 여러 가지로 시도해 보고.”

마지막 말은 도운을 보며 덧붙였다. 상혁의 말이 끝나자 팀은 둘로 나뉘어 양쪽으로 흩어졌다. 시온은 오랜만에 공격수인 도운과 상대 팀으로 만난다는 것이 설렜다. 자신이 수비수인 이상 골을 양보할 수 없을뿐더러, 도운과 승부할 절호의 기회였다.

경기 시작 전에 상혁과 시온 팀이 모여 작전을 짰다.

"교체 신호 잘 보고, 윤도운 집중 공략해. 새 포지션에 어떻게 적응하고 있는지 봐야겠어."

상혁이 빙 둘러선 동료들에게 말했다. 그때 상대 팀에서 큰 소리가 들렸다.

"서재민! 너 왜 거기 있어?"

그 말에 모든 시선이 재민에게 쏠렸다. 상혁 옆에 있던 재민은 입을 삐죽거리며 자신의 팀으로 돌아갔다.

"…쟤가 이런 스파이 같은 행동도 했나?"

상혁이 재민의 뒷모습을 바라보며 어이없어했다.

"으이구. 후배의 마음을 이렇게 몰라서야, 원."

시온이 그에 대고 비웃어주었다.

"아무튼, 도운 선배에게 블루피어스 포워드 자리가 결코 호락호락하지 않다는 걸 보여주죠."

우성이 자신감 넘치는 말투로 말했다.

"문시온. 윤도운이 커트 인* 잘했던 것 같은데. 다른 건 또 뭐 있어?"

"글쎄. 처음부턴 아니었는데 중2 때쯤 덩치 커지면서 몸싸움도 잘했지."

상혁의 물음에 시온이 잠시 기억을 떠올렸다. 상혁도 기억난다는 듯 끄덕였다.

"오늘 반칙하지 않는 선에서 윤도운 세게 밀어붙여 봐. 채가 몸에만 안 닿게 주의해. 특히 끝부분."

상혁이 신입들을 하나하나 보며 얘기했다.

경기를 시작하려니 도운도 긴장한 내색이 역력했다. 팀끼리지만 오랜만에 공격수로 자신을 증명해야 하는 자리니 그럴 만도 했다. 시온은 그런 그를 보고 씨익 웃었다.

우성과 도운이 페이스오프 센터에 섰고, 그 주변을 다른 선수들이 감싸듯 자리 잡았다. 코치가 퍽을 떨어뜨리자마자 블레이드가 날카롭게 부딪치며 퍽이 옆으로 튀었다. 재민이 재빨리 낚아챘다. 시온은 재민이 앞으로 나아가지 못하게, 그와 마주 보며 달렸다. 더 과감히 거리를 좁혀 몸싸움을 걸다가 재민이 순간적으로 힘에 밀려 삐끗한 사이, 시온이 퍽을 채 갔다. 그러자 전방에서 도운과 상혁이 동시에 다가왔다. 상혁에게 재빨리

● 상대 진영의 골대 앞에서 수비진을 제치고 날카롭게 파고들며 퍽을 패스 받는 플레이.

패스했지만 도운과의 충돌을 피할 수는 없었다.

"아야야…."

시온은 왼팔을 부여잡았다. 어깨 보호대가 모든 충격을 막아 주는 건 아니었다. 도운은 그런 그를 거들떠보지도 않고 퍽을 쫓았다.

'힘은 여전히 엄청나네.'

분위기가 달아올랐다. 시온도 게임이 더욱 재밌어지고 있었다. 멀리서 상혁과 우성이 패스를 주고받으며 골대로 향하는 것이 보였다. 재민이 둘을 막기 위해 퍽을 집요하게 쫓았다. 재민을 아슬하게 피한 상혁이 시온을 뒤돌아보고 퍽을 길게 전해 주었다.

"받아!"

시온은 퍽을 정확하게 넘겨받아 자기 팀 골대 뒤로 몰고 갔다. 한 호흡 쉬면서 상대 수비 진영을 흐트러뜨릴 필요가 있었다. 그는 팀원들이 가까이 와줄 때까지 숨을 골랐다. 상대 팀 중 한 명이 슬슬 가까이 다가오자 옆에 있던 팀원이 신호를 주 듯 상대 진영으로 나아갔다. 시온은 그에게 퍽을 넘긴 후 같은 방향으로 내달렸다. 그사이 우성이 골대 가까이 가서 상대 팀 의 수비 범위를 넓혔다.

"크로스, 크로스!"

"옆에 봐야 돼!"

두 팀이 서로 정신없이 외쳤다. 시온은 팀원들과 퍽을 주고받으며 빼앗을 틈을 주지 않았다. 퍽을 뺏으려는 도운을 제치고 지나가며 괜스레 한 바퀴 빙글 돌아 보였다.

"못 뺏었죠?"

시온의 약 올림에 도운이 입술을 꽉 깨물었다.

"야, 문시온!"

반대편 사이드에서 상혁의 외침이 들렸다. 분노가 실린 샤우팅에 몸이 움찔했다.

다행히 실수 없이 퍽을 우성에게 전달했고 우성은 무난히 첫 골을 넣었다. 선수 교체 뒤, 상혁이 두 골을 추가해 3 대 0으로 전반을 마쳤다. 상혁의 스냅 숏은 같은 선수가 봐도 인정할 만했다.

"나이스요."

시온은 아까 까분 데에 대한 잔소리가 없길 바라며 벤치로 들어오는 상혁에게 손을 내밀었다. 상혁은 손을 마주치며 시온을 노려보았지만, 기분이 좋은 듯 한쪽 입가는 올라가 있었다.

후반전에 들어가자 도운 팀의 움직임이 조금 달라졌다. 점수가 뒤지고 있는데도 차분하고 침착한 분위기였다. 도운이 퍽을 잡자 시온 팀에서 두 명이 달라붙어 그를 펜스로 몰아붙였다. 도운을 돕기 위해 팀원이 다가가 채를 내밀었지만, 그는 팽팽한 힘겨루기 중에도 퍽을 잘 지켰다. 퍽을 빼앗으려는 블레이

드끼리의 충돌이 날카로웠다. 다른 팀원들은 세 블레이드 사이에 오가는 퍽을 숨죽여 지켜보았다. 끈질긴 몸싸움 끝에 도운이 수비를 빠져나왔다. 어느새 엔드존 페이스오프 스폿까지 파고든 그의 블레이드 페이스에 여전히 퍽이 붙어 있었다.

그때 도운이 퍽을 골대 옆 굽은 펜스 쪽으로 세차게 쳤다. 골대 앞에는 시온 한 명밖에 없어 충분히 제칠 만한데, 그의 엉뚱한 스윙에 두 팀 선수들이 모두 주춤했다. 황당해하던 것도 잠시, 빠른 속도로 튕긴 퍽이 길게 이동하더니 맞은편 코너에 한 번 더 튕겨 나왔다. 속도가 많이 느려지긴 했지만, 퍽은 골대 앞에 안착했다. 시온은 그 움직임을 눈으로만 쫓다가 도운이 다가온 줄도 몰랐다. 도운이 그 틈에 퍽을 골대 안으로 가볍게 때려 넣었다. 신입 골키퍼도 순식간에 벌어진 일에 어안이 벙벙해 보였다. 그제야 시온은 예전 기억이 떠올랐다.

'아, 맞다. 윤도운이 진짜 잘하던 건데.'

다른 선수들도 퍽이 펜스에 맞고 튀어나오는 걸 가끔 써먹곤 하지만, 도운은 달랐다. 그는 각도와 거리까지 치밀하게 재는 듯했다. 그럴 때면 펜스는 마치 도운의 포스트 플레이 파트너이자 여섯 번째 팀원 같았다. 그것이야말로 도운의 진짜 장기였다. 특히, 25미터나 되는 폭을 그렇게 이용하다니.

'괴물 같은 놈. 깜빡했네. 여상혁한테 혼나겠는데?'

그래도 결국 시온 팀이 5 대 2로 승리하며 연습을 마쳤다.

"야, 바로 돌아왔는데?"

시온이 도운의 등을 툭 치자, 도운이 웃어 보였다.

"웃기는. 그럼 뭐 해, 이 형님한테 발렸는데. 하핫."

두 사람은 로커 룸으로 들어가면서도 평소처럼 투덕거렸다.

상혁

"야, 괜찮냐?"

상혁을 깨운 건 시온의 목소리였다. 고개를 들어보니 시온뿐만 아니라 도운과 재민, 우성이 그를 쳐다보고 있었다. 앉은 채로 그만 생각에 너무 깊이 빠져버렸다.

"혹시 요즘에도….."

시온은 무슨 말을 하려다가 "아니다" 하고 뒤돌았다. 끝까지 머무르는 도운의 눈길에 '우리가 너에 대해 뭘 모르겠냐' 했던 말이 떠올랐지만, 상혁은 별말 없이 일어났다.

"11시 정각까지 늦지 마."

팀원들은 상혁의 말이 떨어지자마자 각자의 연습 장소로 움직였다. 주말 훈련은 대회를 앞두고 늘 하는 것이었는데 어쩐지 오늘은 달랐다. 몸은 물에 젖은 솜처럼 무겁고 머릿속은 검은 물감을 탄 것처럼 혼탁했다.

"컨디션 안 좋아?"

도운이 다른 팀원들의 눈치를 살피다 슬며시 물었다.

"괜찮아질 거야."

이게 다 그놈의 미친 협회 때문이다. 당장 이번 대회가 마지막일 수도 있다는 게 상혁을 옥죄었다.

'내가 팀을 구할 수 있을까? 상황이 더 안 좋아지면 어쩌지?'

"힘들면 쉬어. 넌 좀 쉬어도 돼."

도운이 달래듯 말했지만 상혁에겐 어림없는 말이었다.

"가자."

상혁의 고집은 도운도 별수 없었다.

체력 단련실을 비롯한 소규모 연습실이 모여 있는 지하층에서는 팀원들이 체력 단련이나 기능 훈련을 하고 있었다. 코치의 호통과 선수들의 기합, 끙끙 앓는 소리만이 복도를 채웠다. 상혁은 자신이 뭔가를 잊고 있다는 생각에 훈련에 집중할 수가 없었다. 유학 문제와 더불어 정체를 알 수 없는 허전함이 상혁의 신경을 자꾸만 긁었다.

정해진 시간에 가까워지자, 선수들이 차츰 링크로 모여들었다. 플로어에서는 아직 시온과 우성이 포스트 플레이를 맞춰보는 중이었다. 둘의 까랑까랑한 목소리가 펜스를 넘어왔다. 보나 마나 자기가 더 잘했다며 티격태격할 터였다. 도운이 그들을 보며 낮은 웃음소리를 흘렸다.

“잘 맞추고 있어?”

한 차례 패스 연습을 마치고 벤치로 돌아온 상혁이 도운에게 물었다. 도운은 신입들처럼 다른 팀원들과 합을 맞추는 데 집중해야 했다. 연습 때 호흡이 잘 맞지 않았다는 것을, 상혁은 알면서 모르는 체하고 물었다. 도운은 민망한 듯 대답했다.

“뭐, 이제 막 시작한 거라.”

“좀 더 편한 파트너를 찾아보자.”

그렇게 말하며 물병을 드는데, 가벼웠다. 상혁은 옆으로 팔을 뻗어 물병을 까딱까딱 흔들었다. 하지만 그곳에는 아무도 없었다. 그제야 지서가 없다는 걸 알았다.

“스프레이 어디 있지?”

“에어 파스? 글쎄요. 여기 있었는데….”

한쪽에선 뿌리는 파스를 찾는 대화가 들렸다. 주말이라 훈련이 있다는 얘기도 안 해줬는데, 있을 리가 없지. 내민 손이 머쓱했다. 부원으로 들일 때만 해도 그 애의 빈 자리가 느껴질 줄은 몰랐다.

1피리어드 연습 게임을 끝으로 점심시간이 되었다. 식사 때를 조금 넘어선 시간이었다.

"밥 먹고 포지션별로 연습해라. 윤도운, 문시온은 잠깐 사무실 오고."

코치가 나간 후 시온이 배고프다며 투덜거리기 시작했다.

"야, 윤도운. 너 뭐 잘못한 거 있냐?"

"아니거든. 잘못은 네가 한 거 아냐?"

채로 여기저기 널브러진 퍽을 모으며 티격태격하다가 시온이 상혁에게 물었다.

"야, 여상혁. 아는 거 없어?"

"아마 부주장 문제일 거야."

상혁의 말에 시온의 표정이 환해졌다.

"드디어! 이 속박의 굴레를 벗어나는 건가!"

그는 두 팔을 들어 올리며 천장을 향해 외쳤다. 시온은 누구보다도 더 부주장이나 주장 자리 따위에 관심이 없었다. 상혁이 고개를 저으며 벤치로 들어가 또다시 왼손을 자연스레 옆으로 뻗었다.

'아, 맞다. 없지.'

공중에 어정쩡하게 떠 있는 팔을 내리려는데 손끝에 뭉툭한 것이 툭 하고 닿았다. 움찔한 상혁이 돌아보자 지서가 물병을 흔들며 빙그레 웃고 있었다. 이마에 땀이 송글송글했고 약간 숨이 차 보였다.

"휴, 안 늦었지?"

“어, 어.”

상혁은 얼떨결에 물병을 건네받으며 시선을 피했다. 마침 바닥에 떨어져 있는 수건이 눈에 띄어 냉큼 허리를 숙이는데, 동시에 같은 행동을 한 그 애와 얼굴이 가까워졌다. 왠지 상혁은 심장이 쿵 떨어지는 것만 같았다.

“지서야! 주말인데 왜 왔어?”

뒤에서 시온이 웃음기 가득한 목소리로 지서를 불렀다.

“왜 오긴. 훈련일이니까 와야지, 나도 부원인데! 그렇지, 주장님?”

지서가 시온을 향해 대답하더니 상혁에게 되물었다. 손끝에서 시작된 열기가 어느새 목까지 올라오고 있었다. 대답도 잊은 채 상혁은 도망치듯 자리를 벗어났다.

“여상혁! 점심 먹어야지! 어?”

뒤에서 시온이 다급히 외쳤지만, 상혁에겐 들리지 않았다.

캔버스 앞에 앉은 상혁은 빈 화면을 눈대중으로 나누고, 필요한 물감들을 골랐다. 코발트블루와 울트라마린라이트로 먼저 화면을 덮고 블루그레이, 프러시안블루를 덜어내어 붓을 좌우로 움직였다. 색깔들의 경계가 사라지며 자연스러운 그러데이션이 생겼다. 상혁의 손이 물감들 사이에서 잠시 방황하더니 라일락 색깔을 집어 들었다. 푸른빛으로 가득한 화면에 라일락색 곡선들이 지나갔다. 상혁이 생각한 완성은 여기까지였다.

전체적인 느낌은 분명 꽤 만족스러운데, 무언가 채워지지 않은 듯한 느낌이 들었다. 그래서 다시 물감 케이스 위를 손으로 훑었다. 옐로라이트에서 머뭇거리던 손은 기어코 그것을 집어 들었다. 팔레트에 적당히 덜고, 붓으로 둥근 형태를 그려 넣었다. 크고 작은 노란색 원이 곳곳에 꽃처럼 피었다. 상혁의 입에서 헛웃음이 터졌다. 역시나, 노란색은 홀로 뜬 채 어울리지 않았다.

'내가 드디어 미쳤나.'

망친 작품을 허망하게 바라보고 있을 때 문이 스르륵 열렸다. 이젠 소리도 내지 않고 아주 능숙했다.

"왜?"

그러면 안 되는 걸 아는데, 마음과는 다르게 눈에 힘이 들어갔다.

"이제 안에서 안 잠그네?"

지서는 상혁의 속도 모르고 해맑게 말했다.

"네 도시락 가져왔어. 다들 밥 먹으면서 네 걱정하더라. 도시락 줘야 한다고. 근데 애들이 여기 오면 네가 싫어할 것 같대서. 오늘 밖에 엄청 덥다, 그치?"

도시락을 뜯으며 조잘거리는 지서를 보며, 사춘기 시절에도 없었던 반항심이 들었다.

"임지서. 네가 내 비밀을 지켜준 건 고맙지만, 그렇다고 이렇게 막 네 멋대로 와도 되는 건 아니야."

지서가 냉담한 말에 움찔했다.

"내 맘대로 와도 된다고 생각한 적은 없어."

지서가 잠시 머뭇거리다 입을 열었다. 조금 전까지 활기차던 기운은 훅 수그러들었다.

"그래도 도시락은 줘야 할 것 같아서. 훈련하고 배고플 거 아냐."

짜증 내서 미안하다고 말해야 하는데, 상혁은 타이밍을 놓쳤다. 그 바람에 침묵이 감돌았다. 선풍기 돌아가는 소리만이 어색한 공백을 채웠다. 마침내 지서가 손가락을 움찔이며 입을 열었다.

"그리고 고마워서. 인하부는 이제 나한테 중요한 의미야."

상혁이 눈을 들어 의아하게 바라보았다. 어둑한 실내에서 맑은 두 눈이 빛났다.

"내가 어렸을 때 교통사고 당했다고 했잖아? 후유증도 있다고. 사실, 그때 그 사고로 오빠도 잃었어."

알알하게 매운 고백이었다. 정작 지서가 당황한 상혁을 달래듯이 말했다.

"괜찮아. 그때 일, 잘 기억도 안 나. 그냥 하는 말이 아니라 실제로 기억을 많이 잃었거든. 그래도… 오빠를 기억 못 하는 건 아쉬워. 다정했다는 느낌만 있어. 근데 있잖아, 우리가 어렸을 땐 방학 때마다 청선에 오곤 했거든. 할머니 댁에. 그리고 오빠도 여기서…."

지서는 말을 끝내지 못했다.

"무거운 얘기 해서 미안. 아무튼 다 네 덕분이야."

뜬금없이 공을 돌리는 말에 상혁이 퍼뜩 정신 차리고 고개를 저었다.

"인하부에 든 덕에 애들이랑 더 가까워졌으니까. 네 덕분이 지. 그래서 나, 부 활동 더 열심히 할 거야."

상혁은 이전에 같은 자리에서 '너도 그냥 하면 된다'라고 쉽 게 지껄였던 것이 떠올랐다. 너무나도 부끄럽고 화가 났다. 수 습하고 싶은데 어디서부터 해야 할지 감조차 오지 않았다.

"…미안해."

"미안하면 얼른 밥 먹어. 이거 빨리 가져다주려고 나도…."

지서가 명랑하게 말을 이었다. 그때였다. 상혁의 휴대폰 진 동이 지서의 말을 잘랐다. 하필 책상 위에 올려둔 탓에 연이어 울린 진동 소리가 꽤 컸다. 둘의 눈길이 반사적으로 화면을 향 했다.

[새 팀원은 뭐 하러 모으냐?]

[그래봤자 먹튀 주장한테 버림받을 텐데ㅠ]

[니가 졸라 무책임한 주장인 건 얘기했냐?]

이렇게 어처구니없게 남한테 들킬 줄은 몰랐다. 상혁이 재빨리 휴대폰을 거두어 주머니에 집어넣었다. 그런데 정작 자기 얘기를 할 땐 담담했던 지서의 표정이 찡그려졌다.

"누구야? 누가 너한테 이래?"

"아무것도 아니야. 못 본 척해. 별거 아냐."

같은 대화가 창과 방패처럼 몇 번이나 반복되었다. 답답했는지, 지서가 버럭 울화통을 터뜨렸다.

"여상혁, 너! 너 진짜 바보야? 왜 쓸데없이 고집부려?"

"너야말로 왜 그래? 네가 뭔 상관이야?"

상혁은 자리를 박차고 일어나며 소리쳤다. 막상 깜짝 놀란 건 자신이었다. 물론, 지서의 얼굴도 상처받은 듯 굳어 있었다. 하지만 곧 그에게 손을 내밀었다.

"상혁아, 내가…. 아니, 나도 도와줄 수 있을지 모르잖아."

상혁은 당혹스러웠다. 보통은 이렇게 되기 전에 알아서 멀어지니까.

"도와주고 싶어. 너도 나 도와줬잖아."

상혁은 결국 못 이기는 척 휴대폰 잠금을 풀고 건넸다. 지서는 곧바로 범인을 찾아낸 듯했다. 스크롤을 내리며 다른 손 엄지손톱을 깨물었다.

상혁은 점점 심각해지는 지서를 가만히 쳐다보았다. 누군가 이 일을 알게 되면 수치스러울 줄 알았는데, 오히려 마음이 편안해졌다. 미간을 좁히며 꾸역꾸역 탐독하는 지서를 보니 왠지 모를 용기가 생기는 기분이었다. 신기한 느낌이었다.

휴대폰을 다시 넘기는 지서의 손이 살짝 흔들렸다.

"나한테 열등감이 있어서 그래. 그리고, 나를 배신자라고 생각하고."

할 말을 잃은 듯한 지서에게 상혁이 먼저 말을 꺼냈다. 그리고 정진현에 대한 이야기를 들려주었다. 수림중 시절부터 같은 팀 동료이자 친구였다는 것. 같은 포지션이어서 선의의 경쟁을 하곤 했는데 원체 승부욕이 강해서 곤란한 순간이 종종 있었다는 것. 중학교 때 상혁이 스카우트 제의를 받은 것을 가지고 질투했고, 고등학교를 수림고가 아닌 청선고로 오자 배신으로 여겼다는 것. 이후 대회에서 겨루게 되면서 감정이 극단적으로 치닫게 된 것 같다고.

"아무리 그래도,"

이야기를 묵묵히 듣던 지서가 어렵게 입을 열었다.

"이건 아니야."

지서의 눈에 그렁그렁하던 눈물이 툭툭 한 방울씩 볼을 타고 떨어졌다. 상혁은 당황해 휴지를 찾아 두리번거리는데, 하필 항상 두었던 자리에 휴지가 보이지 않았다.

"이걸 왜 그냥 보고만 있어? 차단이라도 해야지! 왜 참고 있는 거야…."

지서가 훌쩍이며 다가오는 바람에 상혁은 그대로 굳어버렸다. 안아주려 했던 것 같은데, 키 차이 때문에 도리어 지서가 안긴 꼴이었다. 체육복 왼쪽 가슴이 축축해지고 있었다.

"왜 고므두 자라고 또또카먼서 이른 니레 바보가치 구러…."

지서는 얼굴을 묻은 채 웅얼거리더니 주먹 쥔 손으로 상혁의 어깨를 툭 쳤다.

"뭐라는 거야."

픽 웃음이 새는 걸 참고, 상혁은 갈 곳 모르던 손을 잘게 떨리는 어깨 위에 살며시 올려놓았다.

누구라도 알아주었으니 됐다. 어차피 진현은 무시한다고 멈출 사람이 아니었다. 이쯤에서 끝낼 생각이었다면 애초에 시작도 안 했을 것이다. 상혁은 그걸 알고 있었다. 그래서 지금까지 그래왔듯, 말없이 견뎌보기로 했다. 아무 일도 없던 것처럼, 흔들리지 않는 것처럼.

도운

시온과 함께 사무실로 갔더니 이신주 코치가 서성이며 두 사람을 기다리고 있었다. 그는 허리에 손을 얹고 서두를 꺼냈다.

"시온아. 네가 지금까지 부주장으로서 상혁이랑 같이 팀을 조화롭게….."

"코치님."

평소와 달리 올곧게 서 있던 시온이 코치의 말을 비집고 들어갔다.

"배고파요."

뜬금없는 배고픔 타령에 코치의 표정이 벙쪘다.

“윤도운이 부주장 하자는 말씀이시죠? 길게 안 하셔도 돼요. 전 좋아요. 무조건 백퍼 찬성.”

시온의 시원시원한 말에 코치도 마음이 조금 편해진 듯, 옅은 미소를 띠었다.

“그래. 고맙다. 도운아, 너는? 주장과 같은 공격수 라인이라 교체하기도 좋을 거야.”

“다른 2학년들도 괜찮다면 좋습니다.”

싱거운 부주장 교체가 그렇게 비공식적으로 정해졌다. 이제 조만간 팀원들에게도 공지되면 도운은 공식적으로 블루피어스의 부주장이 된다. 갑자기 경기를 앞둔 것처럼 긴장감이 밀려들었다.

그때 김성록 감독이 사무실로 들어왔다.

“이 코치, 우리 숙소 아직인가?”

“아, 예….”

코치가 대답하면서 왠지 두 사람을 힐긋거렸다. 도운이 의아해하는데, 시온의 태도는 좀 더 적극적이었다.

“숙소가 왜요? 싱가포르 숙소 말씀하시는 거, 맞아요?”

그제야 감독도 아차 싶었는지 어색하게 헛기침을 퍼부었다. 시온은 물러날 생각이 없어 보였다. 선수들은 신경 쓸 것 없다고 했지만, 시온의 재촉에 코치가 결국 백기를 들었다.

“여상혁, 얘기 좀 해.”

점심을 먹고 다시 모인 자리에서 시온이 상혁을 불렀다. 둘이 로커 룸을 나가 빈 연습실로 들어갔다. 도운이 뒤를 따라 들어가며 문을 단단히 닫았다.

“그거 무슨 말이냐?”

시온이 들어가자마자 물었다.

“그게 뭔데?”

“우리 돈이 없다던데. 비중, 부담 어쩌고 뭐라고 하면서.”

시온이 대강 주워섬기는 말에 상혁이 작게 한숨을 뱉었다.

“협회가 대회에 지원해 주는 예산이 줄어서 팀 자체 부담이 늘었다며. 우리, 대회 나갈 예산이 부족해?”

도운이 시온의 말을 다시 차분히 정리해서 물었다.

“너희가 신경 안 써도 돼.”

상혁은 툭 던지듯 말한 후 돌아섰다. 시온의 음성이 무겁게 깔렸다.

“여상혁. 넌 이게 문제야.”

그 말에 상혁이 돌아보았다. 시온을 쳐다보는 눈에 힘이 잔뜩 들어가 있었다.

“그럼 너는 왜 알고 있는데? 왜 너만 알고 있는데? 팀의 문제인데 항상 너만 알고, 너만 고민하고, 너 혼자서만 해결하려고 하잖아!”

시온의 고함이 작은 연습실을 텅텅 울렸다. 도운이 진정하라는 의미로 그의 팔을 붙잡았지만, 시온은 그 손을 휙 뿌리쳤다.

"내가 해결할 수 있으니까."

상혁은 흥분을 가라앉히려는 듯 목소리를 꾹꾹 눌러가며 말했다. 시온이 한숨을 혹 내쉬며 가슴팍을 두드렸다.

"여상혁. 같이 머리를 맞대면 좋은 수가 생각날 수도 있잖아. 문시온 말은 너 혼자 고민할 일이 아니라는 거야."

상혁은 도운의 말에 마지못해 사실을 인정했다. 하지만 해결할 수 있다고, 팀원들은 정말 신경 쓰지 않아도 된다고 다시 강조했다. 이미 학교 예산 편성이 어려운 시점에 알아서 하라는 듯 통보한 협회의 태도에 화가 난 건 세 사람 모두 마찬가지였다.

셋이 할 말을 잃고 가만히 서 있는데, 시온이 어느새 열려 있는 문가에서 누군가를 발견하고 표정을 풀었다. 도운도 그쪽을 돌아보니 지서가 서 있었다. 상혁은 지서를 보더니 인상을 찌푸리며 입술을 씹었다.

"우리, 문제 생겼어?"

지서가 조심스럽게 물었다. 상혁이 시온을 노려보았다.

"문시온. 내가 이래서 얘기 안 하는 거야. 제발 입 좀 다물어."

그가 시온을 향해 톡 쏘아댄 뒤 지서를 지나쳐 연습실을 나가버렸다. 상혁이 완전히 사라지자마자 시온이 꿍얼거리며 불만을 한참 늘어놓았다.

"대회 나가는데 돈이 모자란다는 거야?"

지서가 걱정되는 표정으로 시온과 도운을 번갈아 보았다. 언제 들어왔는진 모르겠지만 중요한 내용은 다 들은 것 같았다. 두 사람은 차마 아니라고도, 그렇다고도 대답하지 못하고 어물쩍거렸다.

"방법을 찾아야지. 방법을 찾아보자. 응?"

단순히 걱정하는 말인 줄로만 알았는데 며칠 뒤 점심시간, 지서는 동아리실에 주전 멤버들을 불러 모았다. 지서의 계획은 이랬다. 일명 '블루피어스 팬 미팅 모금 행사'. 도운은 그럴듯하다고 생각했는데, 상혁은 아예 못 들었다는 듯이 주전들에게 잔소리만 한 뒤 자리를 떴다.

"그놈의 연습 시간 지켜라, 청소 제대로 해라, 정리해라…. 어휴, 저 지독한 새끼."

"근데 지난번 친선 때 진짜 멋있지 않았어여? '우리 팀 건드리면 가만 안 둬!' 막 이랬잖아여."

"선배가 언제 그럼? 망상 그만하셈."

나머지 세 사람이 떠드는 동안, 도운은 시무룩한 지서가 신경 쓰였다.

"아무래도 여상혁은… 팬 미팅 같은 거 할 성격이 아니라서."

도운이 말을 건네봤지만 지서는 고개를 숙인 채 움직이지 않았다. 시온이 가만히 서 있는 지서 앞으로 가더니 허리를 숙여 눈을 맞췄다. 학교 끝나고 즉석 떡볶이 먹으러 가자는 그의 말이 도운은 왠지 얄미웠다.

"야, 오늘 학교 끝나면 연습…."

시온을 말리려다가 어떤 생각이 머릿속에서 번쩍했다. 도운은 시온에게 하던 말을 멈추고, 재빨리 일어나 상혁을 쫓았다. 상혁은 벌써 교실에 들어가 앉아 있었다. 도운은 이제껏 다른 반에 들어간 적이 거의 없었지만, 시선이 쏠리는 것을 감수하고 1반 교실로 들어갔다.

"여상혁."

도운이 옆자리에 앉아 부르자, 상혁이 커진 눈으로 도운을 쳐다봤다.

"아까 지서가 말한 거 말이야. 네가 팬 미팅 같은 것도 싫어하긴 하지만, 대회 연습 일정 때문에 그런 거지? 훈련 못 하고 팬 미팅으로 하루 날릴까 봐."

"뭐, 그런 셈이지."

그는 보고 있던 영어책으로 시선을 돌리며 답했다.

"그럼 이벤트 매치는 어때? 우리 연습 게임 한다고 생각하면 되잖아. 관중들 있으면 실전 연습도 되고."

도운이 눈치를 살피며 조심스럽게 말했다. 상혁은 잠시 생각하는 듯하더니 싱겁게 말했다.

“그러든지.”

어차피 안 될 테니 해볼 테면 해보라는 태도였다. 도운은 살짝 발끈해서, 어떻게든 되도록 만들고 싶었다. 그래서 여느 때보다 적극적으로 움직였다. 그는 곧장 동아리 담당 교사를 찾아가 허락을 맡고, 훈련 시작 전에 감독, 코치와도 상의했다. 마침내 일정에 피해가 되지 않는 선에서 해도 된다고 허락받았다. 기쁜 마음으로 지서에게 알려주려는데, 지서가 보이지 않았다. 시온도 마찬가지였다. 정말로 훈련을 빼고 기어코 떡볶이를 먹으러 간 것이었다.

“문시온, 미친 거 아니야?”

상혁에게 괜한 성화를 부려보는데, 상혁의 표정이 의외로 온화했다.

‘뭐야? 설마 여상혁 네가 이 땡땡이를 허락했다고?’

실망감과 질투심에 발끈하는데, 문득 그런 자신이 낯설었다. 도운은 한숨을 쉬며 공연히 머리카락만 탈탈 털었다.

‘빨리 알려주고 싶었는데.’

4장
프리게임

지서

도운에게 기쁜 소식을 들었다. 얼떨결에 성사된 이벤트 매치. 잘 준비해 보자는 도운의 말이 너무나 든든했다. 용기 내길 잘했다는 생각까지 들었다.

뭔가 해보려는 결심을 하기까지 쉽지만은 않았다. 지서가 뭔가 해보겠다고 나설 때마다 상황은 더 꼬이기만 했었다. 가만히 있으면 최소한 망치지는 않는다는 생각에, 늘 한발 물러서 있곤 했다.

처음으로 바뀌고 싶다고 생각한 것은 중3 때였다. 모처럼 수업을 끝까지 마치고 집으로 돌아가는 길에 맞은편에서 교복 입은 학생 두 명이 전동 킥보드를 타고 달려왔다. 옆으로 비켜서는데, 곧바로 두 사람이 지서 앞에서 고꾸라졌다. 둔탁한 소리와 동시에 들려온 날카로운 비명, 킥보드가 바닥을 긁는 소리에 이은 누군가의 신음 소리.

지서는 그대로 굳어버렸다. 발끝에 힘이 들어가지 않았다. 숨 쉬는 법을 잊은 것 같았다. 도와야 하는데, 몸이 말을 듣지 않았다. 그날 집에 어떻게 돌아왔는지는 기억나지 않았다. 다만 그 자리에서 아무것도 하지 못했다는 사실만 또렷이 남아 있었다. 종종 그 두 사람이 생각났다. 그때 괜찮았을까, 많이 다치진 않았을까 하고. 뒤늦은 걱정이 지나가고 나면 머릿속에 떠 있는 생각은 늘 하나였다. 이대로라면 자신은 중요한 순간마다 한발 늦고 말 거라고.

이번에는 그러고 싶지 않았다. 자신이 속한 팀의 위기를 또다시 멀리서 바라보고만 있고 싶진 않았다. 하지만 소속감이나 의무감 때문만은 아니었다. 동아리 규칙을 바꾸면서까지 자신을 받아준 상혁, 늘 말을 걸어주며 학교에 적응할 수 있게 해준 시온, 어려울 때마다 말없이 도와주고 챙겨주는 도운. 그리고 툴툴거리면서도 자신을 배려해 주던 다른 팀원들까지. 그런 매 순간이 지서의 마음에 차곡차곡 쌓였다. 고마움을 꼭, 조금이라도 갚아주고 싶었다. 막상 어려운 부분은 도운이 다 해결해 준 것이나 마찬가지지만 지서는 조금 더 용기를 내기로, 할 수 있는 것을 찾아 열심히 나서기로 마음먹었다. 비록 상혁은 '이벤트 매치'에 '팬 미팅'이 붙었다는 것을 안 뒤부터 협조적이지 않았지만.

우선 홍보 영상을 찍어 팔로워가 많은 시온의 계정에 올렸고, 직접 만든 홍보지를 붙이러 읍내를 돌아다녔다. 도운은 학교에서 도와줄 친구들을 모아주었고 시온은 연습으로 바쁜 와중에도 읍내에 나갈 때 같이 나서주었다.

청선의 자랑 블루피어스 이벤트 매치 & 팬 미팅 모금 행사
블루피어스가 아시아에서 날개를 펼칠 수 있도록!

시온과 함께 한 아파트 게시판에 첫 홍보지를 붙였을 때는 뭉클함에 눈물도 찔끔 날 뻔했다.

'누가 만들었는지 차암 잘 만들었네.'

스스로를 놀리듯 웃었지만 가슴은 벅차올랐다.

"근데 좀 의외다? 너보다 상혁이가 인기 더 많은 거. 난 네가 1등일 줄 알았어."

"그러게. 나도 의외야. 사람들 눈이 좀 삐었나? 근데 뭐, 괜찮아."

시온은 장난스레 웃으며 덧붙였다.

"난 내가 좋아하는 애한테만 1등이면 돼."

지서는 그의 능청스러움에 웃음을 터뜨렸다.

다음 날, 어쩐지 도운의 표정이 평소와 달랐다.

"재밌었냐? 어제."

막 벤치석에 들어서는 시온에게 도운이 물었다.

"어, 완전 좋았어."

시온은 약 올리듯 고개를 좌우로 흔들었다. 장난기가 가득한 대답인데, 도운은 어쩐지 진지했다. 미간이 순간적으로 작게 움찔했다. 둘을 번갈아 보며 눈치를 살피던 지서는 무언가 생각난 듯 얼른 둘 사이에 끼어들었다.

"우리, 어제 안 놀고 계속 이거 열심히 붙였어. 진짜야."

그러면서 홍보지를 붙이고 찍어뒀던 폰 사진을 증거용으로 들이밀었다. 하지만 도운은 여전히 상처받은 강아지 같은 표정을 하고 있었다. 그를 보고 웃는 시온의 눈에도 서늘한 빛이 감돌았다.

'시온이 얘, 왜 이렇게 깐족거리는 거야, 눈치 없게.'

시온에게 눈빛으로 신호를 보내보아도 의미를 모르는 건지, 지서를 향해서는 그저 생글생글 웃을 뿐이었다.

'다음엔 도운이도 같이 나가자고 해야겠어. 둘이 놀고 온 줄 알고 화났나 봐.'

잡생각에 빠지는 바람에 마지막까지 경기장에 남아버린 지서는 가장 늦게 정리를 마친 도운과 둘이 링크를 나섰다. 늦어서 미안하다고 말하는 도운의 표정이 아까와 달리 온화했다.

그런데, 문을 열고 홀에 나왔는데도 센서 등에 불이 들어오지 않았다.

"불이 안 들어와."

지서가 손을 위로 뻗어 저어봤지만 소용없었다.

"스위치 문제인가 봐. 누가 건드린 것 같은데. 내가 다녀올게."

도운이 어둠 속에서 약한 빛을 따라 계단으로 향했다.

"어, 나도 같이 가!"

깜깜한 곳에 혼자 있기 싫었던 지서도 그의 뒤를 따라 종종 걸었다. 계단 중간층에서 비상구 유도등만이 희미하게 빛나고 있었다. 지서는 플래시를 켜려고 허겁지겁 휴대폰을 꺼내며 계단을 내려갔다. 도운이 뒤에서 따라 내려오는 지서를 향해 뒤돌며 손을 내밀었다.

"조심해."

공교롭게도 그 순간, 지서가 계단 끝을 잘못 디디면서 미끄러졌다. 순식간이었다. 몸이 기울어지면서 짧은 비명이 터져 나왔다. 미끄러지나 싶을 때, 바닥이 아닌 어딘가에 폭 부딪혔다.

'폭?'

따스하고 든든한 느낌에 눈을 뜬 지서는 코앞에 있는 도운을 보고 화들짝 놀라 몸을 떼어냈다. 너무 빠르게 떨어져서 오히려 더 어색했다.

"아, 미안 미안."

"아냐, 내가 미안해. 괜찮아?"

누군가 북을 두드리는 것같이 심장 소리가 귓가에서 쿵쿵 울렸다.

'이러다 심장 소리 들리겠어.'

안절부절못하는 사이 도운이 얼른 내려가 스위치를 딸깍 만지고 돌아왔다. 환하게 들어온 불빛에 지서가 눈을 찡그렸다.

"왜 스위치가 아래층에만 있는지. 설계가 잘못됐나 봐."

도운의 얼굴이 발갛게 달아올라 있었다. 내 얼굴도 저러면 어떡하지. 지서는 고개를 푹 수그렸다.

자전거 보관대에 도착해서야 도운이 다시 입을 열었다.

"자전거… 뒤에 타볼래?"

놀라서 눈을 크게 뜬 지서에게 도운이 말했다. 시간이 늦었다고, 빨리 갈 수 있다고, 하나도 안 무섭다고. 별일 아니라는 듯 가벼운 말투에 지서는 솔깃했다. 열기를 품은 바람이 천천히 불었고 어둑한 주변에서 풀벌레가 울었다.

"여기에 이렇게 앉으면 돼."

머뭇거리며 망설이는 지서에게 도운이 시범을 보였다.

"근데, 어딜 붙잡아야 해?"

도운이 잠깐 당황하더니, 등받이 없는 안장에서 튀어나온 부분을 가리켰다.

"손잡이 잡으면 돼."

그러고는 잠시 머뭇거리다 덧붙였다.

"불안하면 운전자 잡아도 되고."

이어지는 목소리가 작아서 지서도 덩달아 작게 고개를 끄덕였다. 윗입술을 문지르던 도운은 가방을 앞으로 바꿔 메고 먼저 앉았다. 지서는 침을 꼴깍 삼키고 안장에 앉아 어색하게 손잡이를 잡아보았다. 아슬아슬 불안정했다. 결국 눈을 질끈 감고 도운의 체육복 허리 부분을 꼬옥 붙잡았다. 따스한 공기가 뒤로 스쳐 지나갔다. 떨어져 있어도 얼굴까지 와 닿는 넓은 등의 온기와 손에 자꾸만 닿는 허리 감촉, 체인의 차르륵 소리, 이따금 덜컹거리면 따라서 같이 널뛰는 마음. 몇 년 새 그렇게 스릴 있는 모험은 처음이었다. 그날 밤, 지서는 어떻게 집에 들어갔는지 기억이 나지 않았다.

"지서야, 인하부 어때?"

이벤트 전날, 행사 준비를 도와주기 위해 같은 반 친구들이 왔다. 그중 알 없는 안경을 쓴 친구가 물었다. 지서는 상혁이 당부했던 말이 떠올랐다.

'애들이 물어보면 억지로 하는 거라고 해. 재미도 없고, 너무 힘든데 잡일까지 시킨다고.'

"어, 내가 재활 비슷한 게 필요해서 어쩌다 보니 하게 됐는데, 너무 힘들어. 어후, 장난 아냐. 지금도 봐. 이런 일도 해야 돼. 2학기엔 어떻게든 탈출할 거야.”

상혁의 말대로 계속 투덜거리듯 말했지만, 속으론 두근거렸다. 인하부 덕분에 여자 친구들과 이런 싱거운 대화도 해보고, 가슴이 간질거렸다.

“어떡해. 그래도 여상혁이랑 문시온 자주 봐서 좋겠다. 그치?”

옆에서 리본 줄을 자르던 친구도 거들었다. 밝은 갈색으로 염색한 그 애는 준비를 하면서도 “인하부 애들은 언제 와?”라며 틈틈이 두리번거렸다. 처음엔 단순히 궁금해서 그런 줄 알았는데, 들뜬 눈빛을 주고받는 친구들에게서 풋풋한 속마음이 엿보였다.

“운동은 선수들이랑 다른 곳에서 따로 해, 따로.”

“내일 몇 명쯤 올까?”

“어엄청 오지 않을까? 여기 홀 꽉 찰 것 같은데.”

지서는 그렇게 말하는 두 사람의 고개를 따라 홀을 쭉 돌아보았다.

“그래? 많이 올까? 많이 오면 좋지. 모금 잔뜩 받아야 돼.”

지서가 모금을 강조하면서 눈을 빛냈다.

“팀 인기가 많으니까. 솔직히 수림도 뭐, 째 괜찮은 애들이 있지만 우리 학교엔 여상혁이랑 문시온이 있잖아.”

알 없는 안경 친구가 시큼한 레몬이라도 먹은 듯 주먹을 쥐고 부르르 떨었다.

"맞아, 맞아. 인스타에서 떠들썩했다니깐."

"특히 문시온! 좀 바람둥이 날라리이긴 해도 너무 잘생겨서 용서돼."

"맞아. 근데, 걔 바람둥이인 거 맞아? 소문만 많아서 모르겠네. 아무튼 내 취향은 여상혁임. 걘 완벽하잖아. 운동부 주장에 키도 크고 얼굴도 괜찮고, 거기다 전교 1등인 게 말이 돼? 소설 주인공도 이렇게 만들면 욕먹어. 그치?"

맞장구친 염색 머리 친구가 점점 흥분하더니, 둘이 서로 손을 붙들고 호들갑을 떨기 시작했다.

"근데 수림시 쪽에서도 오지 않을까?"

"헐, 맞아. 백퍼. 그러면 체육관 앞에 줄 설 수 있게 해놔야겠다. 그치?"

지서는 자신의 계획보다 일이 커질 수도 있겠다는 생각에 걱정도 들었지만, 곧 마음이 부풀면서 함께 들떴다. 두 친구가 도와주어 정말 다행이었다. 평소엔 잘 몰랐던, 블루피어스에 대한 학교 친구들의 애정도 느낄 수 있었다.

준비를 마치고 친구들과 인사한 뒤 지서는 경기장으로 향했다. 바깥 온도와는 달리 시원한 경기장 안에서는 선수들이 개인 훈련을 하고 있었다. 링크로 들어가 보니 도운이 벤치석과 주변을 정리하고 있었다. 오늘의 정리 당번인 모양이었다. 그가 웃으며 지서를 맞이했다.

“준비 잘돼가?”

“응. 덕분에. 너희가 준비할 게 많지, 뭐. 내일 기대된다!”

둘은 약속한 듯이 벤치에 나란히 앉았다. 드넓고 눈부신 링크를 보고 있자니 개운했다.

“아, 좋다.”

도운이 그런 지서를 보고 웃음을 터뜨렸다. 나지막한 웃음소리가 편안했다. 둘은 말없이 링크를 바라보았다. 지서는 조금 신기했다. 이렇게 가만히 있어도 우울해지지 않는다는 게, 마음이 가벼울 수 있다는 게. 멀리서 스케이트 휠이 바닥을 짓치고 퍽이 미끄러지듯 지나갔다. 그 소리들을 하나하나 흘려보내며, 지서는 한참 동안 가만히 앉아 있었다.

상혁

　분명 연습 게임처럼만 할 거라며. 단단히 벼르고 있었다는 듯, 행사는 커지고 또 커졌다. 상혁은 이 근방에 사람이 이렇게 많이 살고 있는 줄은 몰랐다. 본격적으로 후끈해지기 시작한 6월 말의 늦은 오후. 경기가 시작되기 전부터 학교 전체가 시끌시끌했다. 가뜩이나 협회도 팀을 없애려고 하는 판에, 이러다 학교에서 먼저 없앤다고 하면 어쩌나 싶었다.

　이 모든 것의 원흉, 임지서가 생각났다. 분명 담당 교사나 감독 선에서 잘릴 줄 알았는데 기어코 현실로 만들어버렸다. 경기만으로는 충분하지 않다고, 팬 미팅을 해야 사람들이 많이 온다며 제법 논리적으로 떠들었다.

"그러지 말구, 상혁아. 응? 네가 핵심이란 말이야. 네가 인기 제일 많다며. 팬 미팅? 별거 없어. 좀 웃어주고 사인 슥슥 해주고 셀카 같이 찍어주고 악수도 좀 해주고. 응?"

상혁은 한동안 지서의 끈질긴 설득을 피해 다녀야 했다. 하지만 사실, 자신이 말만 던져놓고 막상 어떻게 해야 할지 몰라 막막했던 문제를 도와주려는 지서가 고마웠다. 그리고 이 모든 것의 진짜 원흉인 인라인 협회가 한층 더 싫어졌다.

경기장에 들어서 보니, 홀에는 이것저것 붙어 있어서 다소 어수선한 분위기였다. 그중에는 화려하게 꾸며둔 현수막과 커다란 모금함도 보였다. 모금함 겉면에는 블루피어스 계좌로 연결되는 큐알 코드까지 찍혀 있었다.

'돈에 환장한 팀으로 보이는 거 아니야?'

상혁은 실없이 웃음이 터져 나왔다.

'모금함은 최대한 크게 만들어야지. 많이들 넣으라는 의미로. 현금 없는 사람들을 위한 계좌도 준비 완료!'

뻔뻔하고 또랑또랑한 목소리가 어디선가 들려오는 듯했다. 그때 같은 목소리가 뒤에서 상혁을 불렀다. 다다다 달려오는 발걸음 소리가 들리더니 목소리 주인공이 눈앞에 나타났다.

"상혁아! 직접 보니까 어때? 마음이 좀 바뀌었어?"

지서가 그를 올려다보며 물었다. 기대감으로 목소리가 한껏 올라와 있었다.

"말도 안 되는 거 알지?"

상혁은 너무 쏘아붙인 것 같아 아차 했다. 하지만 지서는 눈동자가 보이지 않을 정도로 웃었다.

"아, 와주면 좋겠는데. 아무튼 시합 잘해. 알았지? 난 이거 준비할게. 이따 보자!"

응원하느라, 홀에 널브러진 것들을 가리키느라, 인사하느라, 저쪽으로 뛰어가는 지서의 손발이 바빴다.

이벤트 매치는 블루피어스 내에서 7 대 7로 팀을 나누어 치르게 되었다. 인원이 늘어나서 가능한 일이었다. 로커 룸 보드에는 두 팀의 엔트리가 적힌 종이가 붙어 있었다. '챔피언 팀 vs. 빅토리 팀'. 유치한 이름에 부끄러움이 몰려들면서 이벤트라는 것이 실감 났다. 마른세수를 한 뒤 명단을 살피니 자신은 도운, 재민과 함께 챔피언 팀에 속해 있었다. 시온, 우성은 빅토리 팀이었다. 엊그제 몇몇이 모여 열띠게 토론하던 게 기억났다. 이제 보니 팀을 짜는 거였다.

"너무 들뜨지 말고 실전처럼 해. 대회 얼마 안 남았어."

상혁이 복장을 갖춘 팀원들에게 말했다.

"주장. 실전처럼 하다간 동네 꼬맹이들 다 놀라서 도망간다? 즐깁시다, 엉? 즐기자고."

바로 옆에서 시온이 건들거리며 웃었다. 상혁이 어이없어하니 팀원들이 허허 웃었다.

"그래. 즐겁게 하자. 이런 거 처음이잖아."

도운이 거들었다. 그도 은근히 들떠 보였다.

"여상혁. 세리머니 생각해 놨어? 난 오늘 골 넣고 손흥민 세리머니 할 거다? 너도 세리머니 쩔게 해줘야 여자애들이…."

"거기까지."

시온이 정신 줄 놓은 말을 더 지껄이기 전에 상혁이 정색하고 가로막았다. 시온은 타격 없이 끌끌 웃다가 주변을 살피더니 작게 물었다.

"너 요즘, 별일 없냐?"

상혁은 뜨끔했다. 최근 시온이 안부를 묻는 일이 잦았다. 전에 '우리가 너에 대해 뭘 모르겠냐'라고 말하던 목소리가 겹쳐 들려오는 것 같았다.

"…없어."

"그래. 대회 가려면 건강해야 하니까, 몸 좀 신경 쓰고. 눈 나빠지니까 휴대폰 좀 덜 보고."

시온이 다른 데를 보며 주저리주저리 말했다. 싱거운 말투이긴 해도 진심이 담겨 있는 게, 왠지 그답지 않았다.

짧게 10분씩, 3피리어드로 짠 매치는 순식간에 끝났다.

'근데, 이벤트니까 즐기자더니.'

정작 즐기지 않고 불꽃이 튄 건, 즐기자고 말했던 시온과 도운이었다. 상대 팀으로 만난 둘은 한 치의 양보도 없이 서로 거칠게 퍽을 빼앗았다. 몸이 맞부딪치는 플레이가 몇 번 이어졌고 덕분에 반응은 엄청 뜨거웠다. 그 열기가 여전히 선수들에게도 머물렀다.

홍분 속에서 로커 룸으로 돌아왔을 때, 누군가 '팬 미팅'이라는 말을 던졌다. 선수들은 너 나 할 것 없이 정신이 든 듯, 샤워실로 뛰어 들어갔다. 5분 만에 샤워를 끝마친 시온은 거울 앞에서 가르마를 이리저리 넘겨 보며 머리를 매만졌다. 상혁이 보기엔 그게 그거였다. 옆에서 재민이 시온을 흘깃 쳐다보며 따라 했다. 누가 뭔가를 뿌렸는지, 평소 로커 룸에서 맡을 수 없었던 향기도 풍겨 왔다. 하긴, 상혁은 이해했다. 생애 첫 팬 미팅이다. 이제껏 운동밖에 모르던 어린 선수들이 설레는 것도 당연했다. 지금까지는 우리끼리 하는 싸움이었는데, 그런 우리를 응원하는 사람들을 가까이서 만난다니 상혁마저 새삼 낯간지러운 기분이 들었다.

"여상혁, 얼른 와라."

마지막으로 나가던 시온이 상혁의 등을 가볍게 두드렸다. 상혁은 빈 로커 룸을 한번 쓱 훑었다. 별다른 준비는 하지 않은 상태였다.

'엉망이어도 상관없으니까 일단 오기만 해줘.'

가기 싫어 온갖 핑계를 댔을 때, 지서가 손바닥을 맞대고 울상 지었던 게 떠올랐다. 솔직히, 여전히 내키진 않았지만 친구들의 노력과 기대에 부응하고 싶었다. 힘들게 준비했을 그 애도 실망시키기 싫었다.

'아까 문시온이 어떻게 했더라….'

거울을 보고 머리 상태를 확인하려니, 어색해서 그 속의 자신과 눈을 맞추기 어려웠다.

'엉망이어도 상관없댔으니까.'

심호흡을 하고 로커 룸을 나섰다. 복도로 나와 코너를 도는데, 앞에 누군가 서 있었다. 얼굴을 확인한 상혁이 흠칫해 걸음을 멈췄다.

"여어, 팀을 너무나도 사랑하는 여상혁."

벽에 기대어 있던 진현이 상혁을 발견하자 몸을 떼며 손을 흔들었다. 그는 특유의 비웃는 표정으로 비아냥거렸다. 상혁은 그를 향해 몇 발짝 내디뎠다.

"뭐야. 본론만 간단히 해."

상혁이 눈을 피하지 않고 낮은 음성으로 대꾸했다.

"뭐, 그냥. 너네 재밌는 거 한다고 해서 와봤지."

진현이 기분 나쁘게 피식거렸다.

"넌 너희 팀보다 우리 팀한테 더 관심이 많더라."

상혁이 받아치자, 진현이 주머니에 손을 넣은 채 정색하며 더 가까이 다가왔다. 둘은 이제 지척에서 마주 보고 있었다.

"이번 팀은 얼마 만에 버릴 거야? 응?"

매번 같은 레퍼토리에 상혁은 피로를 느꼈다. 더는 설명할 의욕이 없었다. 그저 고개를 돌리고 한숨만 크게 내쉬었다.

"넌 너만 잘난 줄 알지? 재수 없는 놈."

상혁의 한숨이 더욱 진현을 화나게 했는지, 그는 이글거리는 눈빛으로 상혁을 뚫어져라 쳐다보다가 갑자기 웃음을 터뜨렸다. 위층에서 웅성거리는 소리가 들렸다. 꽤 많은 사람들이 모인 걸 알 수 있었다.

"푸핫, 너네 되게 웃긴 거 알아? 이벤트에 팬 미팅에…. 많이 쪼들리나 봐. 하긴, 거지 같은 팀이 이렇게라도 발악해야지 어쩌겠어."

상혁은 진현의 눈에 시선을 고정한 채 주먹을 꽉 쥐었다.

"여상혁이 팀원들과 함께 즐기는 팬 미팅이라…. 다들 네가 자기밖에 모르는 이기적인 새끼라는 걸 알아야 하는데. 나중에 재밌겠다. 언젠가는 모두 알게 될 거니까."

진현은 그 말을 남긴 채 뒤돌아 가버렸다. 상혁은 무릎이 툭 꺾이는 것을 느꼈다. 얼른 조용한 곳으로 도망치고 싶었다.

시간이 얼마나 지났는지, 문득 정신을 차리니 떠들썩한 기운은 사라져 있었다. 로커 룸으로 힘없이 돌아가던 상혁은 김성록 감독과 마주쳤다. 복도 끝에서 상혁을 발견한 감독은 왠지 웃는 얼굴로 다가오고 있었다.

"감독님, 저, 그게…."

상혁이 팬 미팅에 가지 않은 걸 변명하려는데, 감독은 평소보다 두 배는 더 호탕한 목소리로 말했다.

"상혁아! 예산 문제 해결됐다. 고생 많았다, 주장."

그러더니 상혁을 와락 안아주었다.

"네? 팬, 미팅이 그렇게 잘됐나요?"

어리둥절해진 상혁은 안경을 고쳐 쓰며 물었다. 감독은 웃음을 터뜨리더니, 상황을 설명해 주었다. 평소 팀을 도와주던 한 후원자가 이번에 사정을 알고 크게 지원해 주기로 했다는 것이다. 국제 대회를 잘 준비해 보자며 어깨를 두드리는 감독의 손길에 아직 얼떨떨한 상혁의 몸이 크게 휘청였다. 껄껄 웃으며 돌아서는 감독에게 인사하며, 상혁도 기분이 한결 나아지기 시작했다.

상혁은 로커 룸에서 최소한의 보호 장비만 입고 다시 링크로 들어갔다. 전속력으로 큰 원을 그리며 도니, 어느덧 정진현의 말은 머릿속에서 지워져 갔다. 상혁은 퍽을 세차게 친 후 그 퍽을 따라 달렸다. 퍽은 이미 펜스에 튕겨 나왔는데 그는 멈추지 않고 펜스에 부딪혔다. 왼쪽 어깨로 강하게 부딪혀 몸이 튕기는 순간, 일부러 중심을 잡지 않고 그대로 바닥에 쓰러져 누웠다. 그러고 나니 오히려 개운한 느낌이 들었다. 숨을 몰아쉬며 상혁은 눈을 감았다. 하키 채를 쥔 손에 힘을 풀었다. 편안하게 몸이 늘어졌다.

"괜찮니?"

가만히 숨소리에 집중하고 있는데, 갑자기 가까이에서 목소리가 들렸다. 화들짝 놀라 눈을 뜨니 눈앞에 걱정하는 표정으로 내려다보는 얼굴이 들어왔다. 부모님 나이대의 낯선 여성이었다. 상혁은 얼른 일어났다. 그러자 여자는 안심한 듯 미소를 보였다.

"괜찮으면 다행이고. 그럼…."

여자는 상혁이 머뭇거리는 사이 멀쩡한 그를 한 번 더 눈으로 훑으며 확인하고는 돌아섰다.

"저, 잠시만요."

상혁은 왠지 그녀를 불러야 할 것만 같았다.

"…혹시 후원해 주시는 분인가요?"

깔끔하게 머리를 반묶음 한 여자의 옆얼굴이 드러났다. 처음 보는 사람인데 왜인지 낯이 익었다. 정말 후원자라면 언젠가 마주친 적이 있을지도 몰랐다. 싱긋 웃는 게 보였지만, 여자는 얼굴을 상혁에게 다 돌리지 않은 채로 멈춰 섰다.

"혹시 왜, 왜인지 여쭤봐도 되나요?"

"음, 그냥… 아줌마가 원해서라고 하자."

더는 길게 이야기할 수 없는 분위기였다.

"응원할게."

여자는 다시 출입구를 향해 완전히 뒤돌았다.

“…고맙습니다.”

상혁이 그 뒤에 대고 허리를 숙였다.

지서에게는 미안하다고 말하고 싶었는데, 이벤트 매치 후 지서가 며칠간 보이지 않았다. 어떻게 된 건지 아는 사람이 없었다. 부 활동을 열심히 하겠다 해놓고, 이렇게 말도 없이 빠져도 되는 건가. 혹시 전에 아프다고 했던 게 다시 문제가 된 걸까. 창밖으로 장맛비가 부슬부슬 내리며 유리창을 다다닥 두드렸다.

오래 생각할 여유는 없었다. 훈련 때문에 피곤하지만, 기말고사도 코앞이었다. 수림고 역시 기말고사 기간일 텐데, 진현의 메시지는 하루도 거르지 않았다.

[구질구질한 청선 어떡하냐, 주위에 거지라고 소문 다 남]

[생각해 보니까 팀이랑 잘 어울리는 듯ㅋㅋ 볼품없고 비겁하고]

자신 때문에 팀이 안 좋은 얘기를 듣고 있다고 생각하자 마음이 괴로웠다. 역시, 상혁의 오랜 라이벌은 그의 약점을 잘 알고 있었다.

[유학 안 간 이유, 아직도 말 못 하지?]

'신경 쓰지 말자. 시험 준비해야 해.'

[보나 마나지. 자신 없었겠지. 적응도, 실력도.]

[재수 없는 새끼. 분에 넘치는 기회였단 거 다른 사람들도 꼭 알게 할

거야.]

애써 시선을 떼려 했는데, 화면에서 눈이 떨어지지 않았다. 숨을 크게 들이마셔도 끝까지 들어오지 않았다. 상혁은 무의식적으로 가슴을 움켜쥐었다.

"헉, 헉⋯."

짧은 숨을 힘겹게 내뱉고 얼마 지나자, 다행히 호흡이 돌아왔다. 안도감에 긴 한숨을 내쉬었다. 관자놀이 옆으로 무언가 흘러내리는 느낌에 그제야 이마에 식은땀이 한가득인 걸 깨달았다. 이마를 쓸어 넘기며 일어나는데 방이 빙빙 돌았다. 비틀거리며 겨우 침대에 털썩 쓰러져 누웠다. 아주 오래된 기억이 눈앞에 겹쳤다.

상혁은 두 손으로 부모님 손을 꼭 쥔 채 체육관 안으로 들어섰다. 링크에 서자 저절로 눈이 커졌다.

"우와⋯!"

처음 맡아보는 금속 냄새와 바닥을 스치는 휠 소리, 하키 채가 부딪치는 소리에 심장이 두근거렸다. 인라인 스케이트를 타 보고 싶다는 말에 부모님이 데려가 준 청선고 인라인 하키 여름 캠프였다. 또래 아이들과 스케이트를 타면서도 자꾸 옆쪽에 있는 형들에게 눈길이 갔다. 키 큰 형들이 이상하게 생긴 공을 몰며 달리다 골을 넣는 순간, 그들의 환호와 함께 상혁도 가슴이 터질 것 같았다.

‘나도 저렇게 할 수 있을까? 해보고 싶다….’

오후에는 선생님이 상혁을 비롯한 어린이들을 형들과 짝지어주었다. 상혁은 운 좋게도 오전 내내 시선이 향하던 형과 짝이 되었다. 상냥하고 친절한 형이어서, 상혁은 그 형이 좋았다. 하키 채를 어설프게 휘둘러도 그 형의 말대로 하면 퍽을 맞혔고 골망도 흔들었다. 형은 마치 자신이 골을 넣은 듯이 상혁의 어깨를 두드리며 환하게 웃었다.

“패스가 이어지듯 믿음도 마찬가지야…. 공격수가 빛나는 건 골 때문만이 아니라, 팀의 믿음을 끝까지 책임지기 때문이야.”

두 팔을 들고 기뻐하던 상혁은 형의 얼굴을 자세히 보고 싶어 고개를 들었는데, 갑자기 형이 안개에 가려졌다. 입술이 움직이는데 소리는 먹먹해졌다. 축축한 눈가에서 이불 위로 눈물이 떨어져 내렸다.

✦✦✦✦✦

며칠 후 모처럼 햇빛이 비치는 주말, 지서가 모습을 드러냈다. 로커 룸에서 나갔더니 집합 시간 전부터 벤치석에 앉아 있었다. 지서도 상혁이 나오는 것을 발견하고 손을 흔들었다.

“나 오늘 도운이 자전거 같이 타고 왔다?”

손가락으로 브이를 그리며 말하는 모습이 평소와 다름없었지만, 얼굴이 왠지 수척했다.

"연락도 없이 빠지면 되냐?"

서운한 게 티 날까 봐 가볍게 물었다.

"미안. 일이 좀 있었어. 너 팬 미팅에 빠진 거랑 쌤쌤하자."

그 말에 피식 웃음이 흘렀다.

"넌 팬 미팅 때 어떻게 된 거야? 어휴, 사람들이 여상혁 어딨냐고 얼마나 찾았는지 알아?"

지서가 과장된 말투로 웃으면서 째려보았다.

"…미안. 가려고 했는데, 일이 좀 있었어."

상혁이 똑같은 대답을 돌려주었다.

"치이…. 그래. 너라면 이유가 있었겠지. 근데 나, 뭐 하나 물어봐도 돼?"

지서가 그를 올려다보며 집게손가락을 들었다. 상혁은 말해보란 의미로 가만히 쳐다보았다.

"폰케이스에 있는 거 뭐야? 사진 맞지? 예전부터 끼워져 있던데?"

지서가 상혁이 들고 있는 휴대폰을 가리키며 눈을 반짝였다. 상혁은 아차 싶어 폰을 뒤로 숨겼다.

"별거 아냐. 어릴 적 사진이야."

지서가 눈을 더 크게 뜨며 자리에서 벌떡 일어났다.

"뭐? 나 보고 싶어. 보여줘. 궁금하단 말이야, 꼬마 여상혁."

지서는 간절한 척, 두 손을 맞대며 발까지 굴렀다.

"말없이 빠지지나 마. 못 오는 날에는 미리 연락 좀 하고."

상혁이 눈을 피하며 말을 돌렸다. 다행히 뒤에서 도운이 나오고 있었다. 도운이 눈짓으로 인사하자, 상혁은 재빨리 로커룸을 향해 다시 통로로 들어갔다.

"어? 왜 다시 들어가? 여상혁!"

뒤에서 외치는 도운의 말을 무시하고 속도를 높였다.

기말고사 셋째 날, 점심을 건너뛰고 도서관에 가려는데 교실 앞에서 지서가 상혁을 기다리고 있었다. 어느새 꽤 자란 단발머리에 빨간 머리띠를 하고서는 흰 치아가 보이게 웃고 있는 모습이 꽤 잘 어울렸다. 지서는 내일 있을 시험 과목 공부를 도와달라고 또 두 손을 모아 빌었다. 이제 상혁은 그 연기가 친근하기까지 했다.

"근데 책을 부실에 두고 왔어. 부실에 같이 좀 가줘."

지서는 당연히 같이 가리라는 믿음이 있는 듯 앞장섰다. 상혁은 의뭉스러운 지서의 표정이 의심스러웠지만 그냥 따라가 주었다.

"근데 시험은? 잘 본 거야?"

"어어, 노력 중이야. 그러니까 내일 시험도 잘 보게 도와달라구."

살짝 당황한 듯한 지서에 상혁은 픽, 웃음이 터졌다. 인하부실 앞에 다다르자 지서가 잠시 상혁을 보더니 바보 같은 웃음을 지었다.

"히히."

상혁이 뭐지 싶을 때 지서가 문을 열어주며 뒤로 살짝 물러났다. 그러더니 허리를 숙이며 두 손을 문 안쪽으로 뻗었다. 두 눈까지 감고 정중한 척하는 제스처에 상혁은 어이없는 웃음을 참아야 했다.

'책 때문은 아니네, 확실히.'

그가 실내화를 벗고 부실 안으로 발을 내디뎠을 때, 벽 뒤에 숨어 있던 동료들이 튀어나왔다.

"서프라이즈!"

상혁이 움찔하는 사이, 뒤에 있던 지서가 상혁을 제치고 그들에게 합류하더니 선창했다.

"상혁아,"

"생일 축하해!"

"생일 축하드려요!"

상혁은 약간의 놀람에 민망함이 더해져 아무 반응도 하지 못했다. 그때 재민이 케이크를 내밀었다.

"형, 생일 정말 축하드려요."

케이크 위에는 데코펜으로 쓴 듯한 어색한 글씨의 생일 축하

메시지와 열여덟 살을 가리키는 초가 꽂혀 있었다. 동료들은 어서 소원을 빌라고 성화를 부렸다.

'소원이라….'

상혁은 잠시 눈을 감고 자신이 염원하는 것을 떠올렸다.

'제가 떠날 때까지 아니, 제가 떠나더라도 팀에 아무 일 없게 해주세요. 팀이 계속 남아 있도록 해주세요.'

그는 잠시 동안 자신의 모든 진심을 다해 기도한 후, 눈을 떠 촛불을 불었다.

"고맙다."

"형이 주장이서서 저희가 고맙죠."

두 손으로 케이크를 받치고 있던 재민이 냉큼 말했다. 그 말에 다들 경악했다가 동시에 웃음이 터져 나왔다. 상혁은 민망함에 괜히 머리를 쓸어 넘겼다. 그들은 음식을 차려놓은 탁자로 상혁을 이끌었다.

"배 안 고파. 너희끼리 먹어."

상혁의 말에 재민의 입이 또 삐쭉거렸다. 도운이 상혁의 팔꿈치를 살짝 붙잡았다.

"어차피 점심은 먹어야 하잖아. 조금만 먹자. 조금만."

"야, 여상혁. 분위기 깨지 말고 빨리 와. 사람은 여섯인데 음식은 10인분 준비했단 말야."

이미 자리에 앉은 시온이 재촉했다. 실제로 진수성찬이 차려져 있었다. 성의를 거절하기 어려워진 상혁은 자리에 앉았다. 아까부터 코를 자극한 음식 냄새가 허기를 깨우기도 했지만 동시에 구역질이 날 것 같기도 했다. 캐나다에 가는 쪽으로 정해지고 나서 상혁은 식사를 제대로 챙긴 적이 없었다. 하지만 재민이 덜어준 것을 받아 깨작깨작 먹는 시늉이라도 해야 했다. 정작 음식이 무슨 맛인지도 느끼지 못했다.

"싱가포르 가서 뭐 하지?"

"아, 부럽다."

재민이 꺼낸 얘기에 지서의 어깨가 축 처졌다.

"우리 설마… 진짜로 예산 때문에 대회 못 가는 건 아니죠?"

우성이 조심스럽게 상혁을 보며 물었다. 상혁이 퍼뜩 대꾸했다.

"아, 참. 예산 문제는 해결됐어."

그 말이 떨어지자마자, 어떻게 된 일인지 물어보는 목소리가 겹치면서 작은 소란이 일었다. 깜짝 놀라면서도 희망을 품은 얼굴들이 빛났다. 시끄럽다는 듯 귀를 막으면서도 상혁의 입꼬리가 슬며시 올라갔다.

"모금해도 모자란 것 같아서 어떡하나 싶었는데. 어떻게 된 거예요?"

우성이 평소와 달리 흥분한 말투로 물었다. 실제로 모금액이 꽤 많았지만 해외 경기 출전을 충당하기엔 부족했다.

"나도 자세한 것까진 모르고. 평소 후원해 주시던 분이 모자란 금액을 채워주시기로 했어. 곧 새 장비들도 도착할 거야."

지서가 너무 잘됐다며 두 손 모아 박수 쳤다. 그때 상혁의 휴대폰이 눈치 없이 울렸다. 지서와 시온의 눈길이 쏠렸다.

"근데, 시험은 잘 보고 있는 거야? 성적 미달돼서 대회 못 나가면 진짜 망신…."

상혁이 얼른 딴소리를 꺼내 주의를 돌렸다.

"어, 어. 거기까지."

다행히 시온을 비롯한 모두가 탄식하며 관심을 옮겼다. 상혁은 그렇게 위기를 넘기고 먼저 자리에서 일어났다. 문을 닫고 나오는데 다리에 힘이 풀렸다. 그런데 문이 다시 열리더니, 지서가 뒤따라 나와서 심각한 표정으로 속삭였다.

"너, 걔가 아직도 그러는 거야?"

상혁은 검지를 입에 갖다 대며 발걸음을 빠르게 옮겼다. 복도가 후끈거려서 금세 땀이 맺혔다. 지서가 결국 아지트까지 따라 들어왔다.

"나한테 연락하는 사람이 걔밖에 없는 줄 알아?"

무덤덤하게 넘어가 보려는데, 통하지 않았다. 에어컨 버튼을 누르는 손이 살짝 떨렸다.

"상혁아. 다른 사람들한테 알려. 너, 표정에서도 티 나."

지서가 상혁의 팔을 붙잡고 단호한 말투로 얘기했다. 상혁은 지서의 손을 감싸 떼어냈다.

"임지서. 지난번에 약속했잖아, 비밀로 하기로. 난 괜찮아. 약속 지켜줘."

다짐을 받아내려 마주 본 눈에 힘이 들어갔다. 그런데 의외로, 지서가 한 번 더 힘을 주어 상혁의 손을 꼭 쥐었다 놓았다.

"잘 생각해. 어떻게 할지는 네가 정하는 거야, 걔가 아니라."

이 애는 언제부터인가 달라져 있었다.

"게임을 어떻게 끝낼지는 내가 정하고 싶어. 우리, 지더라도 우리답게 하자."

단단한 눈빛을 더 이상 보고 있기가 힘들어 먼저 눈을 피하고 말았다.

"그러지 말고, 여기 정리나 좀 도와줘."

상혁이 화제를 바꾸었다. 지서가 상혁을 따라 주변을 두리번거렸다.

"진짜, 오늘은 웬일로 정신이 없네?"

항상 깨끗하게 정리해 오던 아지트가 요즘 걷잡을 수 없이 너저분해졌다. 마치 그의 머릿속을 대변하듯이.

"크흠, 저쪽에 있는 드로잉북들 크기별로 모아서 갖다줘."

상혁이 뒤편을 가리키며 말했다. 지서는 조금 머뭇거리다가 그가 가리킨 곳으로 터벅터벅 걸었다. 드로잉북을 모으고 착착 쌓는 소리가 붓을 모으고 있는 상혁에게도 닿았다. 그러다가 어느 순간, 아무 소리가 들리지 않는단 것을 깨달았다. 뒤를 돌아보니 지서가 멈춰 서서 드로잉북을 가만히 보고 있었다. 무엇을 보고 있을지 알아챈 상혁의 입에서 앓는 소리가 흘러나왔다. 창피해서 죽고 싶었다. 도와달라고 한 자신을 탓하며 애써 침착하게 지서 옆으로 다가갔다. 무슨 표정을 짓고 있을지 조마조마해하며.

"이게, 있잖아, 그게 아니고…."

"이거, 나야?"

뜻밖에 지서는 밝은 표정으로 상혁을 돌아보았다. 대답을 기다리는 두 눈에 기대감이 가득했다.

"뭐, 다른 의미가 있는 건 아니야. 그냥 영감이 떠올라서."

상혁이 종이 위에서 웃고 있는 단발머리 소녀를 보며 머리를 긁적였다.

"어! 그럼, 그거 뭐라 그러지? 아, 뮤즈? 내가 네 뮤즈야?"

상혁은 기대로 빛나는 눈빛을 계속 보기 힘들어 지서의 얼굴을 손바닥으로 가렸다.

"오버는 하지 마라."

투명한 웃음소리가 답답한 공기에 작은 균열을 만들었다. 그 틈으로 따뜻한 바람이 들어오는 듯했다. 역시, 같이 있으면 현재에만 집중할 수 있었다.

"모델료 지불하시죠? 비싸진 않아. 네 그 사진 보여줘."

지서가 한쪽 손바닥을 내밀며 새초롬하게 말했다. 상혁은 막다른 길에 들어선 기분이었다. 결국 눈을 피하며 손가락을 들었다가 재빨리 거두었다.

"모델료, 이미 지불했거든?"

지서는 상혁이 가리켰던 방향으로 자신의 머리에 손을 올렸다. 새빨간 머리띠에 자그마한 손가락이 닿자 눈이 동그래졌다.

"이거? 사물함에 네가 놓고 간 거였어?"

상혁은 더는 표정 관리가 힘들었다. 아지트의 온도가 바깥과 비슷해진 듯한 느낌에 얼굴이 뜨거워졌다. 분명 벌겋게 상기되었을 것 같아 재빨리 뒤로 돌았다.

"얼른 마저 정리하고 가자."

도운

도운은 간단히 워밍업 후 벤치로 돌아왔다. 지서가 웃으며 물병을 건넸다. 이 순간이 좋아서, 괜히 필요 이상으로 더 자주 벤치를 들락거렸다. 아직 팀원들이 오기 전이라, 링크 안에서는 상혁과 두어 명만 돌고 있었다. 도운은 은근슬쩍 지서 옆에 앉아버렸다.

"머리가 그새 꽤 자란 것 같아."

도운이 말 걸고 싶어서 한 얘기에 지서가 빙긋 웃었다. 도운의 눈길이 머리끝을 빗는 작은 손을 따라 움직였다.

"사실 여기 오기 전에 일부러 머리카락 잘랐어. 기부했거든. 내가 오빠 기억이 별로 없다고 했잖아? 아는 게 몇 가지 있는데, 오빠 일기장에서 본 것들이야. 착한 일을 하면 좋은 일이 생긴다고. 그래서 착한 일도 하고, 새출발한다는 의미로 잘랐어. 페이스오프처럼. 아! 나 지금 진짜 인하부원 같았다, 그치?”

도운은 응원하는 눈빛으로 고개를 끄덕였다. 머리카락이 자신에게 닿는 것처럼 간질간질했다. 이따 훈련 끝나면 같이 공부하자고 해볼까. 더우니까 같이 빙수를 사 먹자고 해볼까. 입에서 하고 싶은 말이 맴도는데, 마침 시온이 도착했다. 시온은 보란 듯이 지서의 어깨에 손을 올리며 인사했다. 기분이 금세 추락했다. 이러다 조울증에 걸릴 것 같았다.

오늘은 도운의 압박 훈련이 있는 날이었다. 1 대 다수는 항상 부담스러웠다. 앞 순서인 상혁이 하는 것을 보며, 도운은 저도 모르게 다리를 떨었다. 시온, 재민과 신입 선수들이 상혁에게 달라붙어 퍽을 빼앗고, 몸싸움을 걸고 있었다. 점점 움직임이 거세지더니 상혁이 동료들에게 부딪혀 큰 소리를 내며 넘어졌다. 그 순간, 지서가 눈에 띄게 움찔했다. 도운이 알아채고 옆을 돌아볼 정도였다. 상혁은 아무렇지 않은 듯 곧바로 일어나 다시 질주했지만, 지서는 여전히 긴장된 표정이었다.

“지서야, 보기 힘들면 들어가는 게 어때?”

도운이 걱정스러운 마음에 조심스레 제안하자, 지서가 고개를 휙 돌려 그를 쳐다보았다. 왠지 불만 있는 표정이었다.

“싫어. 볼 거야.”

하지만 곧 어깨를 축 늘어뜨리며 고개를 떨구었다.

"너무 힘들어 보여. 뭐랄까, 외로운 늑대 같아."

엉뚱한 말에 도운은 슬며시 웃음이 나려 했지만 지서의 얼굴이 여전히 심각해 얼른 표정을 갈무리했다.

"멋있고 카리스마 있는 늑대 말고, 무리에서 쫓겨난 늑대. 외롭고 처절하잖아."

도운은 그렇게 생각해 본 적이 없지만, 무슨 느낌인지는 어렴풋이 이해할 수 있었다. 자신도 이 훈련이 싫었으니까. 도운이 다시 상혁을 보았을 때, 상혁은 부딪히고, 걸리고, 차이는데도 퍽을 지켜내며 골대를 향해 질주했다.

"…하지만 늑대라니 왠지 마음에 드네. 혼자일 때가 있긴 해도, 기본적으로 무리 지어 생활하잖아. 사냥할 땐 동료들과 협동하고. 역할 분담도 할 줄 안대. 목표를 정하면 한 마리가 대표로 유인하기도 하고, 함께 몰이하기도 하고. 사냥감이 함정에 빠진 줄 알아챘을 땐 이미 늑대들이 유도한 대로 추격당하게 되는 거지."

도운이 늑대에 대해 가만히 생각하다 말했다. 처음엔 조심스러웠는데 점점 말이 길어졌다. 경기장의 소음을 뚫고 혼자 열심히 설명하다가, 어느 순간 지서에게 너무 가까워진 것을 깨닫고 황급히 허리를 세웠다. 지서가 그런 그를 빤히 쳐다보았다. 도운은 얼굴이 뜨거워지는 것을 느끼며 괜히 덧붙였다.

"아니, 그냥, 끈질기게 추격하는 게 우리 팀이랑 비슷하기도 하고."

더 이상 할 말이 없는데 지서는 마치 신기한 거라도 발견한 듯 눈빛을 반짝였다. 그 시선에 도운은 어쩔 줄 몰라 어색한 웃음을 흘렸다. 그러자 지서가 갑자기 웃음을 터뜨리더니 한동안 웃음을 멈추지 못했다. 손으로 의자를 쳐가며 웃은 탓에 플로어에 있는 선수들 몇 명이 돌아볼 정도였다.

"하… 네가 그렇게 길게 얘기하는 거, 처음 봐."

지서가 신기하다는 듯 아직 웃음기가 가시지 않은 목소리로 말했다. 도운이 뭐라 말해야 할지 난감해하고 있을 때, 마침 상혁의 훈련이 끝나 동료들이 벤치로 다가왔다.

"임지서. 여기 놀러 왔어? 놀 거면 나가서 놀아."

상혁이 헬멧을 벗으며 지서에게 쌀쌀맞게 말했다. 그의 머리칼에서 땀방울이 떨어졌다. 상혁은 경기할 때 쓰는 플라스틱 안경을 벗고 한쪽에 두었던 자신의 원래 안경으로 바꿔 썼다.

"노는 거 아냐. 너희가 훈련을 너무 거칠게 하니까 그렇잖아!"

지서가 발끈해서는 쏘아붙였다.

"거친데 왜 웃는 건데? 넌 거친 걸 보면 웃겨?"

상혁도 지지 않고 맞섰다. 도운은 유치한 상혁이 낯설었다. 시온도 벤치로 들어오며 어리둥절한 표정을 지었다. 날 선 침묵에 당황한 도운이 대신 대답했다.

"어… 늑대 같아서 웃었대."

도운과 지서의 눈이 마주치자, 동시에 풉 하는 웃음이 터졌다.

"…뭐?"

상혁이 벙쪄서 되물었다. 하지만 이내 고개를 흔들어 턴 후 원래의 여상혁으로 돌아왔다.

"5분 쉬고 수비팀 준비해 줘. 다음 윤도운이지?"

"헙."

도운이 몸을 풀려고 일어나자 지서의 표정이 다시 굳어졌다. 지서의 반대편 옆에 앉아서 등을 토닥이는 시온을 보고 상혁이 말했다.

"임지서. 이 시간부터 연습 구경 금지야. 운영 요원 역할도 하지 마."

꽤 단호한 상혁의 말에 지서가 고개를 번쩍 들었다.

"뭐? 전에는 빠지지 말라며. 빠질 땐 연락하라며. 대체 왜?"

"왜긴 왜야. 네가 이렇게 나오면 선수들 훈련에 집중하기 힘들어져."

도운이 지서를 도울 수 없을까 생각했지만 사실 상혁의 말에 어느 정도는 동의했다. 같이 있는 건 좋지만 훈련할 때 약한 모습은 보이고 싶지 않았다.

"야, 그렇게까지…."

"내가 뭘 했다고. 여상혁, 넌 너무 독단적이야!"

시온이 중재해 보려던 것 같은데, 지서가 먼저 외쳤다. 도운을 비롯한 동료들은 눈이 커진 채 그녀를 쳐다봤다.

"독단적? 내가, 독단적이라고?"

허리에 손을 얹은 상혁은 당황한 기색이 역력했다. 기가 찬 듯 말을 잇지 못하고 입술만 달싹였다.

"그래. 나도 엄연히 부원이야. 운동 안 해도 너흴 도와주려고 일부러 오는 거라구. 그냥 구경만 하는 게 아닌데 방해꾼 취급하잖아."

지서가 일어나서 상혁을 쏘아봤다.

"그리고, 내가 있다고 집중을 못 하면 그게 문제 아니야?"

지서는 마지막으로 일갈한 뒤 홱 뒤돌았다. 그러고는 몇 발짝 가다가 멈춰 다시 뒤로 돌더니 팀원들에게 말했다.

"팀원들, 시끄럽게 해서 미안해."

상혁에게 따지던 기세는 어디로 갔는지 조심스레 고개를 살짝 숙였다. 하지만 상혁을 보고는 흥 소리를 내고 휙 뒤돌아 가 버렸다.

그 뒷모습을 바라보면서 시온이 귀엽다는 듯 킥킥대며 웃었다. 도운은 상혁의 표정을 살폈는데, 의외로 화가 나 보이지는 않았다.

다음 주부터 지서는 정말로 경기장에 오지 않았다. 상혁에게 대신 말해보겠다고 하자, 지서는 도운의 귓가에 대고 상혁이 얄미워서 좀 더 버텨보겠다며 속삭였다.

하루하루가 아쉬운 와중에 좋은 소식도 있었다. 경기장에 새 장비들이 도착했다.

"일정이 급해서 일단 내가 급한 것부터 신청했어. 확인해 보고, 부족한 건 나중에 더 구입하자. 새 스케이트랑 스틱은 빨리 길들여 놔."

상혁이 앉아 있는 팀원들을 빙 둘러보며 말했다. 각자 자신의 용품을 만져보는 팀원들 얼굴에 웃음기가 가득했다. 특히 신입들은 자신만의 물건이 생긴 것에 감격하는 듯했다. 그 모습에 도운은 절로 흐뭇해졌다.

"이제 낡은 것들은 버리자."

도운이 신입 골키퍼가 정리하는 것을 도우며 말했다.

"아, 선배. 근데 전 왠지 이게 마음에 들어요."

신입이 도운에게 물려받은 블로커를 꼭 붙잡았다.

"아직 좀 더 갖고 있다가 나중에 제가 정리할게요."

정든 블로커를 버리는 게 내심 아쉬웠는데. 후배의 말에 도운은 한숨을 돌렸다. 오른팔에서 숱하게 퍽을 막아주었던 낡디낡은 블로커는 도운에게 든든한 동료 같은 장비였다.

잠시 후엔 상혁이 새 유니폼을 나눠 주었다. 유니폼까지 새로 받게 될 줄은 몰라서, 팀원들의 표정이 얼떨떨했다. 자세히 들여다보니 검은빛이 감도는 짙은 남색에 흰색이 적절히 어우러진 디자인이 힘 있고 세련되어 보였다. 삼삼오오 기분 좋은 술렁임이 일었다.

“여상혁 쟤는 이런 걸 뭐 비밀로 준비하냐. 사이즈 안 맞으면 어쩌려고.”

시온이 웃으면서 본심과는 반대로 투덜거렸다.

“진짜 멋있지 않아요? 세심하기까지 해.”

재민의 끝없는 주장 사랑에 여기저기서 웃음이 터졌다. 도운이 받은 새 유니폼 등에 ‘99’가 큼지막하게 찍혀 있었다. 그 숫자를 어루만지니 작년 초반 등번호를 정할 때가 떠오르면서, 공격수로서 뛴다는 것이 새삼스럽게 다가왔다. 유니폼을 다 나눠 준 상혁이 이번엔 한 장짜리 종이를 쭉 돌렸다.

“이건 숙소랑 일정표야. 더 자세한 건 대진표 떠야 알 수 있을 것 같아.”

상혁이 설명했다. 그가 팀원들을 바라보는 얼굴에 희미한 미소가 걸렸지만, 한편으로는 기운이 없고 어딘가 수척해 보였다.

“헐, 우리 숙소 2인 1실이에여? 이거 레알?”

재민이 숙소를 확인하고는 놀란 목소리로 외쳤다.

“엥? 새 유니폼에 숙소까지? 우리 후원자님 대단하신 분인가 본데? 가서 절해야 되는 거 아니냐?”

시온이 종이를 앞뒤로 살펴보며 말했다.

"이러다 비행기도 비즈니스 타는 거 아닌가여? 어쩌지? 나 비즈니스 한 번도 안 타봤는데."

"응, 아님."

재민과 우성은 투닥거리며 설레발쳤다. 뜬구름 잡는 재민이 웃기면서도 도운 역시 속으로는 혹시나 하는 생각이 들었다. 다들 싱가포르에 대해 말하며 잔뜩 들떠 있었다. 누군가는 숙소 이름을 검색하기도 하고, 대회가 없는 날엔 무엇을 할지 떠들기도 했다.

"선배, 준비하느라 고생하셨슴다."

우성이 재민과의 투닥거림을 멈추고, 가까이 다가온 상혁을 향해 인사했다. 도운도 상혁의 어깨를 쳐주었다. 손바닥에 닿는 그의 어깨뼈가 전보다 도드라졌다.

그렇게 생각한 순간, 상혁의 몸이 갑자기 옆으로 기울어지더니 바닥으로 고꾸라졌다. 도운이 쓰러지는 상혁의 몸을 겨우 받았다. 조금 전까지 구름 위에 둥실 떠 있던 로커 룸은 순식간에 아수라장이 되어버렸다.

병원 복도에서 바라본 창문 너머는 이미 새까맸다. 팀원들 모두가 따라간다는 것을 겨우 말리고, 이신주 코치와 주전 멤버들이 동행했다. 다행히 상혁은 그저 수면 중이었다. 의사에 따르면, 스트레스와 신경과민이라고 했다. 도운은 상혁이 대회 때문에 스트레스를 이렇게 심하게 받았다니 미안한 마음마저 들었다. 그런데 시온은 왠지 걱정보다는 화가 나 보였다. 복도를 왔다 갔다 하며 씩씩거리더니 코치에게 물었다.

"코치님. 여상혁 왜 저래요?"

"스트레스라잖아."

"그러니까 무슨 스트레스냐고요. 여상혁이 국제 대회 때문에 쓰러진다고요? 말도 안 되는 소리예요. 예전부터 큰 대회를 얼마나 많이 나갔는데. 쟤 승부욕에 미치는 애예요. 플레이해서 비타민 터져야 사는 놈이라구요. 아시잖아요."

"도파민, 도파민."

우성이 옆에서 정정해 주었다. 코치가 불편하게 목을 가다듬었다. 잠시 뭔가를 생각하는 듯하더니, 네 사람에게 협회가 제안했다는 내용을 찬찬히 알려주었다.

"어디 가서 말하진 마라. 아직 확정된 것도 아니고."

제안이라고는 했지만 사실상 강요와 압박이었다. 팀을 중요하게 여기는 상혁이 과연 그 제안을 물리칠 수 있을까. 도운은 한숨이 푹푹 나왔다. 아까 오른손에 닿았던 상혁의 마른 어깨가 자꾸만 떠올랐다.

'진작 이상하다는 걸 눈치챘어야 했어.'

도운은 머리를 감싸 쥐었다. 재민은 상혁이 불쌍하다고 울먹거렸고, 시온은 협회를 폭파해 버리겠다고 중얼거렸다.

"형님들, 일단 제 생각엔 모른 척해야 해요. 우리가 안다는 걸 상혁이 형이 알면 더 괴로워할 거예요."

우성이 말하자 다들 생각에 잠겼다.

"근데, 우리 팀 진짜 사라질지도 몰라요?"

재민이 울상이 되어 물었다.

"그렇게 안 되게 해야지."

코치가 팔짱을 끼며 고개를 저었다.

"절대 그렇게 두지 않을 거야. 그럴 일 없어."

시온이 단호하게 말하며 도운을 바라보았다. 도운은 그와 눈을 마주치며 고개를 끄덕였다. 조금은 데면데면했던 둘의 기류가 다시 이전으로 돌아간 듯했다. 시온의 눈빛은 '동료의 위기 앞에서 우린 하나'라고 말하고 있었다.

팀 내에서는 자연스럽게 '못 본 척, 모르는 척' 하자는 분위기가 만들어졌다. 상혁에게는 쓰러진 걸 도운만 알고 있다고 안심시켰다. 도운과 복도에서 얘기하다가 쓰러져서, 코치님과 함께 병원에 데려갔다고.

상혁이 쓰러진 당시를 기억하지 못해서 다행이었다. 그의 터진 입술이 자꾸만 눈에 들어왔지만 도운이 할 수 있는 건 열심히 연습하는 것뿐이었다. 그리고 상혁을 잘 지켜보는 것.

출국 날짜는 빠르게 다가왔다.

지서

날은 덥고, 부 활동이 없는 일상은 생각보다 재미없었다. 인하부 활동은 어느새 지서의 중요한 일과가 되어 있었다. 문제는 그걸 엄마에게 들켜버렸다는 거였다. 심지어 팬미팅이 있던 날 체육관에서 딱 마주친 거라 변명도 할 수 없었다. 인하부에 가입한 것도 모자라 이벤트 매치를 주도했다는 사실에 엄마의 얼굴이 일그러졌다. 경기장엔 사람들이 많았고 시끄러웠지만, 지서는 분명 잘 지내고 있었다. 하지만 엄마는 지서의 말을 끝까지 듣지도 않고 무서운 얼굴로 차에 태워 집으로 데려갔다.

그날 이후 며칠을 앓았다. 청선에 와서 처음으로 연달아 하는 결석이었다. 친구들에게서 연락이 와도 답장할 힘이 없었다. 이불 속에 누운 채, 지서는 서랍에서 꺼낸 명찰을 만지작거렸다. 혹시나 망가질까 봐 그동안 꺼내지도 못했던 것. 그 위에 새겨진 이름을 가만히 읽었다.

임지환.

'오빠가 있었다면 내 편을 들어줬을까.'

학교에 못 가는 동안 엄마가 예약해 둔 병원에 진료를 받으러 가야 했다. 지서는 대학병원에 가는 게 너무나도 싫었다. 바글바글한 사람들과 약품 냄새에 질식해 버릴 것만 같았다.

'어차피 외상 후 어쩌구 또 그러겠지, 뭐.'

어릴 적부터 숱하게 들어온 진단. 언제나 특별한 해결책은 없고, 그저 엄마가 지서에게 잔소리하는 데 좋은 근거가 될 뿐이었다.

정형외과와 재활의학과를 오갔지만 서울에서 다녔던 병원과 다른 건 없었다. 그리고 다음은 제일 위험한 정신건강의학과 차례였다. 지서는 말을 고르고 골라 악몽 얘긴 쏙 빼고, 하나도 힘든 게 없다는 태도로 상담에 임했다. 하지만 의사들은 무슨 탐정이라도 되는지, 언제나처럼 진실을 간파했다. 지서는 묻는 말에 점점 사실대로 고한 뒤 사형 선고를 기다리는 죄수처럼 판정을 기다렸다. 그런데 결과는 의외였다.

"지서 양은 많이 나아진 것 같네요."

긴 머리를 단정하게 빗은 교수가 빙긋 웃었다. 그 말 한마디가 지서의 기분을 환하게 밝혔다. 솔직히 그다음부턴 귀에 잘 들어오지 않았지만, 대체로 좋은 신호를 보이고 있다는 말이었다. 특히 경기장에서 많은 사람들 속에서도 괜찮았다는 건 중요한 발전이라고 말했다.

'거봐. 나 잘하고 있잖아!'

진료를 마치고 나온 지서는 옆에 엄마가 있는 것처럼 의기양양한 표정을 지었다. 그리고 의사 선생님이 해준 말 중 좋은 것만 골라 엄마에게 카톡으로 보내자, 곧바로 전화가 걸려 왔다. 다행이라는 작은 한숨 소리가 먼저 들렸고, 부 활동을 해도 된다는 허락의 말 뒤에 어김없이 '적당히 해'라는 잔소리가 따라 붙었다.

그렇게 힘들게 다시 학교에 돌아왔건만, 바로 상혁의 '연습 구경 금지령'이 떨어졌다. 그가 조금 원망스러웠지만, 자신의 잘못도 있기에 할 말이 없었다.

'아니, 그래도 너무한 거 아냐?'

조금만 작게 웃을걸. 하필 그때 도운이 너무 진지해서 그만 크게 웃고 말았다. 커다란 손으로 허공에 원을 그려가면서 설명하는 얼굴이, 왜인지 귀여웠다. 늑대에 대해서는 왜 그렇게 자세히 알고 있는 거야?

"푸하하."

또다시 웃음이 터졌다. 친구를 떠올리니 보고 싶단 생각이 불쑥 올라왔다. 지서는 벌써 여름방학이 걱정되기 시작했다.

하지만 기어코 방학은 찾아왔다. 이전에는 방학만을 기다리며 어떻게든 학기를 버티곤 했던 지서였다. 그마저도 몇 번 경험해 보지 못했었지만. 보통 방학이 가까워지기도 전에 쉬었거나, 아예 학기를 시작하지 못한 때도 있었다. 이번에는 학기도, 방학도 처음으로 학생답게 보낼 수 있는 기회였다. 지서는 이 기회를 놓치지 않을 생각이었다.

블루피어스 선수들은 짧은 방학식 직후 또다시 훈련을 위해 모였다. 방학이 시작되었다는 것은 대회가 정말 며칠 안 남았다는 것을 의미했다. 지서는 일찍 하교하면 되는데도 홀린 듯이 경기장으로 향했다. 은근슬쩍 '연습 구경 금지령'을 어길 셈이었다.

사실 지서는 고민 중이었다. 방학 후 첫 주말이 지나면 바로 자신의 생일인데, 할머니가 시온과 다른 친구들을 초대해도 된다고 하신 것이다. 이곳에 와서 친해진 친구들을 초대하면 과연 와줄지, 누구까지 초대해야 할지, 만약 초대했는데 거절당하면 어떡해야 할지 이 모든 게 중대한 고민이었다. 기회를 놓치지 않겠다던 야심 찬 포부가, 막상 때가 되니 아주아주 작아져 버렸다.

지서는 친구들과 생일을 보낸 적이 없었다. 적어도 그 사고 이후로는 그랬다. 다른 친구들은 생일이면 서로 선물을 주고받고, 같이 마라탕을 먹고, 네 컷 사진을 찍기도 하는 모양이었다. 인형 뽑기, 코인노래방, 쇼핑까지…. 모두 브이로그로 찾아본 것들이었다. 물론 부모님이 부족함 없이 챙겨주었지만, 그것으로는 채워질 수 없는 것이 있었다. 그럼에도 지서는 슬프진 않았다. 슬프기보단 부러웠다. 그리고 언젠가 건강해지면 자신도 해볼 수 있지 않을까 기다려왔다. 올해야말로 그 작은 꿈을 실현할 수 있을 것이란 기대감이 들었다.

'아, 싱가포르 부럽다. 나도 같이 가고 싶어.'

친구들과 떨어질 것을 생각하니 한쪽 눈에 눈물이 찔끔 고였다. 검지로 눈물을 스윽 훔쳐내는데, 누군가 펜스 앞으로 가까이 다가왔다.

"지서야, 왔네?"

시온이 상혁 쪽을 슬쩍 보더니 화사한 미소와 함께 펜스에 팔을 기대었다.

"곧 생일이지? 다음 주 화요일."

자신의 생일을 기억하는 사람이 또 있다니. 감격스러웠다. 지서는 고개를 크게 끄덕였다.

"그날 같이 놀자. 나랑."

"너랑 나랑 둘이?"

“응.”

지서의 머릿속이 바쁘게 돌아가기 시작했다. 친구들에게 거절당할 위험을 감수하냐, 아니냐. 다 함께냐, 단둘이냐. 집에서냐, 밖에서냐. 우물쭈물하는 사이 시온이 덧붙였다.

“네가 보고 싶다던 영화 예매해 뒀어. 점심부터 저녁까지 뭐 먹을지도 다 짜놓고.”

그 말에 지서의 눈이 번쩍 뜨였다.

“벌써?”

“당연하지.”

시온이 씨익 웃으며 팔에 고개를 묻었다. 생일에 친구들과 다 같이 만나지 못하는 건 아쉬웠지만, 지서는 이내 생각을 고쳤다.

‘내가 배부른 생각을 했네. 누구든 몇 명이든 친구와 보내는 것만으로도 처음이잖아.’

시온이 다시 팀원들에게 돌아갈 때, 상혁이 둘을 지켜보고 있었다. 다행히 지서를 보고도 내쫓진 않았다. 지서는 그를 향해 살짝 손을 흔들어 보였다. 돌아오는 인사는 없었다.

대망의 생일 당일. 만물이 축하를 전하듯 쨍하고 찬란한 날이었다. 지서는 연한 색 청바지에 노란 블라우스를 매치해 입었다. 더우니까 손풍기도 챙기고, 극장 안은 추울 수도 있으니

여름용 카디건도 챙겼다. 도착했다는 시온의 연락을 받고 대문 밖으로 나가자, 시온이 짠 나타나 지서와 눈을 맞추었다. 어딘가 산뜻해 보였다. 지서가 염색한 머리를 알아채고 손짓하자, 그가 밝아진 갈색 머리카락을 매만지며 쑥스러운 웃음을 지었다.

"외국인인 줄."

괜히 놀리긴 했지만 시온은 정말 멋져 보였다. 평소 체육복을 입어도 멋있었지만, 짙은 초록색 반소매 셔츠가 그의 화사한 얼굴을 돋보이게 했다. 넓고 각진 어깨와 좋은 비율은 주변 사람들의 시선을 빼앗았다.

시온은 약속대로 알찬 코스를 준비했다. 피시방에서 먹은 짜계치, 만화책방에서 먹은 떡볶이와 토스트⋯. 그러고는 영화를 보러 갔다. 지서에겐 몇 년 만에 간 영화관이었는데, 시온은 그런 지서를 배려해 일부러 작은 상영관으로 예매했다고 알려주었다. 시온의 센스가 놀라웠다. 새삼스럽게 생각해 보니, 시온은 그런 친구였다. 장난만 치는 것 같아도 친구들을 잘 알았고, 뒤에서 섬세하게 신경 써주었다.

"넌 어떻게 그렇게 세심해?"

"내가?"

지서가 한적한 공원 울타리 앞에서 하천을 내려다보았다. 여름의 이른 저녁은 여전히 낮처럼 무더웠고, 고도가 낮아진 태양 빛을 잔물결이 반사하고 있었다. 지서의 말이 재밌다는 듯 웃는 시온의 눈이 반짝이며 빛났다. 지서는 흑당 밀크티가 담긴 얼음컵을 들고 울타리에 두 팔을 기대었다. 나무의 거친 표면이 맨살에 닿았다. 작은 하천가 주변의 수풀들이 아름답게 하늘거렸다.

"내가 세심하긴 한가 봐."

시온이 장난스럽게 말하며 가족 이야기를 해주었다. 누나들과 여동생 사이에서 치여서 눈치가 빨라졌다고. 부모님이 자신을 사랑하지 않은 건 아니지만, 넷이나 되는 아이들을 챙기기엔 벅차서 일찍부터 스스로 커야 했다고. 그래서 주위를 챙기는 건 어렵지 않다고 말했다. 지서도 엄마 심기를 살피느라 눈치만 늘었기에 무슨 말인지 이해할 수 있었다.

그때 시온이 지서의 한 손을 붙잡았다. 따뜻한 손바닥에서 전에는 몰랐던 굳은살이 만져졌다. 잠시 정적이 찾아왔다. 멀리서 사람들 웃는 소리가 들려왔다.

"내가 세심하긴 한데, 이렇게 챙기는 건 너뿐이야."

"응?"

가슴속에서 뭔가가 쿵 하고 내려앉더니 너울거리는 느낌에 휘청인 듯한 착각이 들었다.

"너 좋아한다고. 나, 너 좋아해."

그렇게 말한 시온은 지서의 손을 가져가서 손등에 그대로 입을 맞추었다. 지서가 얼어붙은 채 얼떨떨해하는데, 그가 지서의 눈을 보고 말했다.

"너도 날 좋아해 줘."

지서는 무슨 말을 해야 할지, 어떻게 해야 할지 알 수 없었다. 집에서 수없이 봐왔던 영화와 드라마, 웹툰에선 이럴 때 어떻게 했더라? 정적이 길어지자, 시온이 한 발짝 다가와 물었다.

"키스해도 돼?"

그를 바라보는 지서의 눈이 더 휘둥그레졌다. 심장이 내 것이 아닌 것처럼 쿵쾅쿵쾅 뛰었다. 불타버릴 것 같은 얼굴 한쪽을 시온의 손이 감쌌다.

'거절해야 해. 이건 너무 갑작스러워.'

하지만 어떻게 반응하기도 전에, 시온의 얼굴이 가까워지더니 따스한 숨결과 함께 입술이 덮였다. 지서는 얼떨결에 눈을 꾹 감았다. 잠시 떨어지는가 싶더니 시온이 고개를 반대편으로 비스듬히 돌려 다시 입을 맞추었다. 잠시 후 그가 손가락으로 지서의 턱을 살며시 내려 당겼다. 놀란 지서가 그를 살짝 밀어내며 고개를 옆으로 돌려버렸다. 더 나아가면 안 될 것 같았다.

"어⋯ 미안. 오늘 내가 너무 들떠서⋯."

시온이 손을 내리고 한발 물러서서 어색하게 말을 더듬었다. 겨우 그의 얼굴을 쳐다보니 눈동자가 흔들리고 있었다. 지서가 할 말을 찾지 못해 가만히 있자, 어색한 침묵이 내려앉았다.

“너한테 부담 주고 싶진 않아. 대회 끝나고 돌아오면 대답해 줄래?”

시온이 침묵을 깨고 다시 부드럽게 웃었다. 지서는 조용히 고개를 끄덕였다. 심장이 빠르게 뛰었다. 다만, 설레서인지 놀라서인지 구분이 되지 않았다.

오후의 일이 꿈만 같았다. 밤이 되어도 심장은 자꾸만 콩콩콩 뛰고 도저히 진정되지 않아서, 카디건을 챙겨 밖으로 나갔다. 그리고 대문 앞 공터를 무작정 걸었다.

‘고백을 받아들여야 할까?’

‘그렇다면 뭐라고 해야 하지?’

‘아니, 일단 난 시온이를 좋아하나?’

계속 걷다 보니 자전거 보관소 앞에 다다랐다. 가로등 아래로 익숙해진 빨간 자전거가 보였다. 자연스레 자전거를 타보자고 얘기하던 도운이 떠올랐다. 자전거 뒤 안장에 앉는 시범을 보이고, 천천히 페달을 밟으면서 계속 괜찮냐고 묻던. 그날을 생각하자, 허리를 꼭 붙잡으며 살짝살짝 느껴졌던 등의 따스함까지 떠올랐다. 그때 저편에서 인기척이 들렸다. 도운이 휴대폰 화면을 보며 골목길을 걸어 나오고 있었다. 지서는 자신의 머릿속에 있던 도운이 툭 튀어나온 것만 같았다.

“도운아!”

도운은 지서를 보고 놀란 듯하다가 이내 웃으며 손을 흔들었
다. 지서가 빠른 걸음으로 다가갔다.

"뭐 하고 있었어?"

"어, 그냥 이런저런…."

도운의 물음에 시온의 고백이 다시 떠올라 얼버무렸다.

"너는? 어디 가려고?"

지서가 되묻자 도운이 당황하는 눈치였다. 그가 저 멀리 보
며 대답했다.

"사실… 너한테 연락하려고 했어."

"나한테?"

지서가 어리둥절해서 자기를 가리켰다.

"어…. 오늘이 생일이라며?"

포장을 못 해서 미안하다며, 도운이 무언가를 내밀었다. 받
아서 살펴보니 실을 꼬아 만든 매듭 팔찌였다. 지서가 팔찌와
도운을 번갈아 보았다. 얼굴이 살짝 달아오른 그가 숨을 토해
내듯 말했다.

"직접 만들었어."

"우와."

작은 감탄 섞인 목소리가 허공에 울렸다. 지서는 팔찌를 손
바닥 위에 올려두고 한참을 내려다봤다. 도운은 손으로 하는
일에 유난히 능숙한 듯했다. 지난번 끓여준 죽도 맛있었는데.

“고마워. 정말 마음에 들어.”

팔찌를 만지작거리는 손끝에서 매듭의 결이 느껴졌다. 손바닥 위에 놓인 노란 실이 가로등 불빛을 받아 영롱함을 뽐냈다. 도운이 다시 팔찌를 집어 들었다. 어리둥절해하는데, 노란 실이 지서의 왼 팔목을 감쌌다. 살갗에 은근히 닿는 온기가 뜨끈했다. 고리를 잠그는 도운의 손이 조금 떨려서 두 번의 시도 만에 톡 걸렸다. 조심스러워하는 손을 보자 지서도 어쩐지 고개를 들 수가 없었다.

“너, 되게 의외야.”

도운의 웃음이 잔잔하게 흘렀다.

“그런 말 가끔 들어.”

“정말 그래. 요리도 잘하고, 이런 것도 만들고.”

지서가 일부러 뜸을 들였다.

“아, 늑대도 있네.”

장난기 담은 눈빛으로 웃자, 도운이 아랫입술을 깨물었다. 시온의 고백으로 뭔가에 눌린 듯했던 가슴이 잠시나마 가벼워진 것 같았다.

그러다 문득, 다른 얼굴이 스쳤다. 부르튼 입술, 무거워 보이던 눈빛. 그의 상태 때문인지 팀 분위기도 예전과 달라졌다. 진지한 게 아니라 침울한 무언가가 있었다. 지서는 그 공기를 느낄 수 있었다. 집안 분위기가 그런 적이 많았으니까.

지서는 괜히 팔찌를 한 번 더 만졌다. 말해도 될까. 꼭 비밀로 하랬는데. 도운이라면 괜찮을까. 혹시 외국에서 무슨 일이 생기면…. 복잡한 생각을 하는 지서를 도운이 가만히 기다려주고 있었다. 도운은 신중하고 침착하니까….

'상혁아.'

지서는 숨을 고르듯 속으로 불렀다.

'…미안해.'

그리고 도운을 올려다보며 침을 꿀꺽 삼켰다.

5장
인 게임

시온은 출국하는 전날까지 훈련에만 몰두했다. 하지만 휴식을 취할 때면 이내 씁쓸했던 고백, 흑당 맛 첫 키스가 떠올랐다. 그래서 더 몸을 혹사시켰다. 그 애가 머릿속을 비집고 들어오지 못하게. 하지만 그 노력은 항상 실패로 끝났다. 어쩔 수 없었다. 지서는 언제나 시온에게 불가항력이었다.

수십 번을 연습한 고백이었는데, 막상 주저리주저리 뭐라고 했는지 기억이 나지 않았다. 그런데 고개를 돌리던 지서의 표정만은 선명히 떠올랐다.

'나 왜 대뜸 키스부터 박았냐.'

너무 급했나 싶은 후회에 머리를 헝클어뜨렸다. 하지만 참을 수 없는 충동이었다. 노을빛을 받은 해맑은 얼굴, 바람에 살랑이는 머리카락, 오물오물 움직이는 입술. 어떻게 참아? 그렇게 생각하니 기분이 조금 나아졌다.

'형, 옛정을 생각해서 도와주라.'

피식 웃음이 터졌다.

"또 이상한 노래 부르네."

그때 버스에 올라탄 도운이 별다른 인사 없이 다가왔다. 그는 당연한 듯 시온의 옆에 앉았다. 시온이 다른 자리로 가라며 그와 실랑이를 벌이는 동안 다른 선수들도 차례로 버스에 올라탔다. 마지막으로 상혁과 감독, 코치가 버스에 오르며 버스 문이 닫혔다. 결국 도운을 쫓아낸 시온은 상혁을 곁눈질했다. 협회 사람들에게 그런 압박을 받았다니.

'그럼… 정진현 문제는 아닌가? 구현우한테 연락해 봐야 하나. 하, 씨. 여상혁 진짜.'

시온은 아무 말도 안 해주는 상혁이 답답했다. 그리고 섭섭했다.

차가 출발함과 동시에 시온은 이어폰을 귀에 꽂았다. 차만 타면 멀미하는 체질인데, 지환 형 덕분에 습관이 되었다. 그는 자그마한 기계를 타고 흘러나오는 밥 딜런의 〈노킹 온 헤븐스 도어〉를 눈 감고 가만히 들었다. 영어로 된 노래 가사를 이해할 수 있게 된 이후부터, 점점 어두워져 보이지 않는다는 부분을 들을 때면 계속 생각했다.

'형은 이 노랠 들으면서 무슨 생각을 했어?'

공항에서도 오래 대기한 뒤, 긴 비행과 버스 이동 끝에 드디어 싱가포르 숙소에 도착했다. 한국과는 비교도 안 되는 엄청난 더위와 습기에 다들 기진맥진이었다. 친구들과 비행기 타는 것은 즐거웠지만 이제는 그저 침대에 눕고 싶은 마음뿐이었다. 두 사람씩 대강 짝을 지어 방을 배정받는 분위기였다. 코치가 도운에게 열쇠 건네는 것을 보고 일어나려는데, 도운이 상혁에게 가더니 방을 같이 쓰자고 제안했다. 시온은 의자에서 일어나다 만 자세에서 기지개를 켠 후 자연스럽게 다시 앉았다. 상혁도 예상치 못했다는 반응이었지만, 고개를 끄덕였다. 도운이 짐을 들고 떠나며 시온을 보고 싱긋 웃었다.

'아까 버스에서 좀 까칠하게 굴었다고 그러는 거야? 좀생이 같은 게.'

시온은 왠지 모르게 섭섭했다.

다음 날에는 개회식이 열릴 예정이었다. 가장 중요한 것은 대진표 추첨이었다. ARC는 총 열여섯 개 팀이 토너먼트를 치르는 대회로, 8강까지는 더블 엘리미네이션 방식*으로 진행되

---

* 한 번 져도 기회가 남아 있는 토너먼트로, 패배 팀끼리 붙는 경기에서도 지면 탈락한다.

었다. 두 번까지는 기회가 있다. 하지만 8강부터는 단판. 지면 곧바로 집에 간다. 이번 대회 성적에 달려 있는 WIC(World In-line Championships) U-19 출전권을 얻는 것도 블루피어스의 중요한 목표였다.

시온은 대진운도 그렇지만, 상혁이 진현과 마주치는 것을 최대한 피하고 싶었다. 시온의 수림고 정보원인 현우의 말로는 요즘 조용하다고 했지만, 그 얌체 같은 놈이 언제, 무슨 짓을 저지를지 몰랐다.

자기가 생각해도 바라는 게 많았다. 방에서 몰래 물이라도 떠놓고 빌어야 하나.

"대만은 피했으면 좋겠다. 기왕이면 일본도."

시온이 침대에서 천장을 보며 말했다.

"맞아. 특히 대만 1시드."

도운이 작년 챔피언을 언급하자, 약속이나 한 듯 모두 한숨을 내쉬었다.

상혁을 제외한 주전 선수들은 저녁 식사 후 시온의 방에서 노닥거리고 있었다. 시온의 룸메이트인 1학년 후배는 눈치를 보다가 방을 빠져나갔다. 재민은 옆 침대에 앉아 팔각형의 틴 케이스 포장을 뜯고 있었다. 호텔 로비에서 어떤 외국 여자가 싱가포르의 대표적인 쿠키라며 시온에게 뜬금없이 준 것이었다.

'이놈의 글로벌한 인기.'

여자부에 참가하는 외국 선수단도 같은 호텔에 묵고 있는 모양이었다. 도운은 재민 옆에, 우성은 책상에 달린 의자에 앉아 재민이 하는 것을 유심히 지켜보았다. 드디어 뚜껑이 열리자, 손가락들이 우르르 달려들었다.

"수림이 대만을 이겨주고 올라오는 게 나을까여, 대만한테 지는 게 나을까여?"

재민의 물음에 모두가 곰곰이 생각하는 동안 아작아작 소리만 났다.

"일단 우리부터가 이기고 올라가야지."

우성이 현명한 결론을 내렸다. 그래, 남의 팀을 신경 쓸 때가 아니었다. 어느 팀을 만나든 파죽지세로 다 이기고 올라가서 결승에 가야 했다. 가을에 있을 세계 대회 출전은 시온을 비롯한 지금 모든 블루피어스 선수의 꿈이었다. 엄밀히 말하면 청선이나 수림 둘 중 하나라도 결승에 진출하면 되지만, 기왕이면 수림이 아닌 청선의 힘으로 해내고 싶었다. 최근 몇 년 동안 한국 팀은 월드 챔피언십에 출전하지 못했다.

"상혁이 형은 괜찮은 거죠?"

재민이 도운을 향해 물었다. 다른 누가 듣는 건 아닌지, 모두가 괜히 문 쪽을 흘끔거렸다.

"어, 일단. 약도 잘 먹는 것 같고."

도운은 침대 헤드에 기댄 채 깍지 낀 손을 만지작거렸다. 시온은 침대 끝을 보는 도운의 표정을 가만히 살폈다.

'저 자식, 뭔가 있네. 분명 뭔가 있어.'

가만히 생각에 잠겨 있는 게 상혁과 룸메이트를 한 이유가 따로 있는 것 같았다. 요주의 인물이 된 두 친구를 생각하는 시온의 머릿속이 복잡하게 얽혔다.

개회식은 경기가 치러질 링크에서 진행되었다. 둥그런 돔 천장으로 고개를 드니 조명에 눈이 부셨다. 아시아 최대 규모의 인라인 하키 링크장답게, 관중석이 넓고 높았다. 외국이라 그런가. 전광판도 왠지 세련되어 보이고, 시설도 좋아 보였다. 중앙 앞쪽에 스탠드 마이크가 놓였고, 그 양옆으로 참가국들의 국기가 일렬로 늘어섰다. 맞은편에는 참가 선수들이 팀별로 한 줄씩 늘어섰다.

"여기 오기 전에 열네 명 돼서 다행이다."

"맞아. 완전 비교될 뻔. 이 규모 뭐야?"

팀원들이 수군거렸다.

시온은 상혁의 바로 뒤를 차지했다. 부주장인 도운을 키가 크다는 이유로 맨 뒤로 보내고 선 자리였다. 바로 옆줄인 수림고 선수들의 맨 앞에는 역시 정진현이 있었다. 정면만 보고 있는 상혁과 달리, 진현은 계속해서 상혁을 힐긋거렸다. 그러다 시온의 시선을 눈치채고 그와 눈이 마주치자 한쪽 입꼬리를 슬그머니 올렸다.

대진표는 나쁘지 않게 뽑혔다. 한국의 두 팀은 잘하면 4강에서 만날 수 있게 되었다. 행사가 끝나자마자, 상혁은 빠르게 경기장을 빠져나갔다. 남아 있는 청선고와 수림고 선수들이 서로 알은체하며 인사할 때 시온도 현우 근처로 다가갔다. 함께 학교를 다닌 적은 없지만 경기 때마다 마주치는 같은 포지션이라 친구가 되었다. 같은 고민거리를 안고 있기도 하고.

둘은 가까이 붙었지만 눈을 마주치진 않았다.

"정진현은 어때?"

시온이 다른 곳을 보며 은밀히 물었다.

"딱히 이상한 건 없어. 근데 어젯밤은 잘 모르겠다."

현우는 콧잔등을 긁는 척하며 대답했다.

"끝까지 잘 봐줘. 부탁 좀 한다."

시온은 고개를 떨어뜨리면서 웅얼거렸다.

"너나 네 역할 잘해."

현우는 그 말을 끝으로 자기 팀원들에게 합류해 링크를 떠났다.

블루피어스를 비롯해 다른 나라의 팀들 또한 몇몇은 플로어 이곳저곳을 디뎌보며 느낌을 살폈다. 블루피어스의 첫 경기는 이틀 뒤였기에 그전까지 연습 일정에 따라 경기장에 적응하기만 하면 되었다.

숙소로 돌아가기 전, 팀원들은 검사를 마친 장비를 돌려받기 위해 검사장으로 향했다. 각자 장비를 챙기고 있는데, 시온은 스케이트 한 짝을 가만히 들고 있는 상혁을 발견했다. 무슨 일인가 싶어 가까이 다가가 살펴보니, 상혁의 스케이트 아래쪽 프레임 모양새가 이상했다. 날카로운 도구로 찍은 것처럼 프레임이 찌그러지고 휠이 깨져 있었다. 누군가 고의로 했다고밖에 볼 수 없는 흔적이었다. 다른 동료들도 하나둘 문제를 알아챘다. 감독과 코치는 대회 운영진에 항의하러 데스크로 향했다. 팀원들 사이로 웅성거림이 퍼져 나갔다. 누군가는 CCTV를 확인해야 하지 않겠냐는 말도 했다.

"시간 낭비하지 말고 얼른 연습장으로 출발해."

상혁은 혼란스러워진 분위기를 수습하려 차분하게 말했지만, 창백해진 그의 얼굴에서 당혹스러움을 느낄 수 있었다. 대신 도운이 배정받은 연습실로 팀원들을 모아 훈련을 이끌었다. 숙소로 돌아가는 버스 안에서도 상혁을 볼 수 없었다. 다행히 저녁을 먹는 자리에는 나타났는데, 종일 해결책을 찾느라 고군분투한 듯했다. 대회 공인 업체에 수리를 맡겼지만, 수리가 완료되기 전까지는 급히 구한 기성품을 쓸 수밖에 없을 듯했다. 시온은 감정을 애써 숨기는 상혁을 보며, 대신 폭발할 것 같아 가슴팍을 퍽퍽 두드렸다.

"후원자님, 잘 먹겠습니다. 아멘."

저녁 식사를 위해 모인 자리, 재민이 음식 앞에서 잠시 눈을 감으며 말했다. 짧은 기도가 끝나자마자 대각선 앞에 앉은 주장을 힐긋 쳐다보았다.

"여상혁, 오늘 고생했으니까 든든히 먹어."

도운이 상혁의 앞접시에 요리를 덜어주었다.

"우리가 호텔에서 석식을 먹다니. 많이 컸다, 블루피어스."

입맛에 잘 맞는지 다른 2학년 선수가 감격한 투로 말했다. 그도 그럴 게, 작년에도 국제 대회에 나오긴 했지만 이런 퀄리티는 전혀 아니었다. 시온도 그의 말에 일단은 현재를 즐기기로 했다. 지서와의 카톡 창을 들락거리며 하고 싶은 말을 마구 쏟아부었다.

[보고 싶다ㅠㅠ]

[맛있는 거 먹으니까 더 보고 싶어!]

대답이 없어도 괜찮았다. 말은 내가 하면 되니까. 그때, 맞은편에 앉은 도운의 밝은 얼굴이 눈에 들어왔다. 도운도 한 손에 휴대폰을 들고 있었다.

'뭐야, 저 자식. 네가 왜 그런 표정을 짓는 건데?'

시온은 설마 하는 생각에 미간이 찡그려졌다. 도운이 휴대폰을 내려놓고 상혁에게 요리를 덜어주는 것마저 꼴 보기 싫어졌다. 지서한테도 저런다면…. 그 모습을 상상하니 뱃속에서 뜨거운 것이 끓어올랐다. 덩달아 입맛까지 뚝 떨어졌다.

첫 경기 날이 밝았다. 청선고의 경기는 두 번째 순서였다. 선수들은 조금 일찍 가서 첫 번째로 열리는 일본과 인도의 경기를 지켜보기로 했다. 이 경기에서 승리하는 팀과 다음번에 만날 가능성이 컸다. 블루피어스 팀원들은 관중석 한쪽에 모여 앉았다. 시온은 틈틈이 주변을 둘러보았는데, 다행히 카시우스 멤버는 보이지 않았다. 현우가 감시 역할을 잘해주고 있는 것 같았지만, 이따 블루피어스의 경기가 있을 때까지 긴장을 늦출 수는 없었다.

흰색 유니폼을 입은 일본 1시드 팀과 주황색 유니폼을 입은 인도 팀은 전반전이 끝나도록 골 소식 없이 팽팽한 접전을 이어나갔다. 누가 이기든 상관없지만, 조금이라도 쉬운 상대를 만나고 싶은 것이 진리. 시온은 실력이 좀 더 좋은 일본 팀을 만나는 게 껄끄러웠다.

"일본이 졌으면 좋겠다."

옆에서 재민이 자신의 솔직한 바람을 대신 말해주었다.

경기는 후반전에서 골이 몰아치며 4 대 2로 끝났다. 끝까지 집중하는 게 얼마나 중요한지 보여주는 경기였다.

"우리가 이기면 승자조 라운드는 한일전이네."

선수들이 퇴장하는 것을 보면서 도운이 말했다.

"한일전, 재밌겠네요. 무조건 이겨야죠."

우성이 무릎을 탁 치며 씩씩하게 말했다. 시온은 뒤에 앉아 있는 상혁을 흘깃 쳐다보았다. 그는 별다른 말이 없었다. 블루피어스는 이제 말레이시아와의 첫 경기 준비를 위해 자리에서 일어났다.

"나 때문에 오래 뛰게 생겼네. 미안하다."

로커 룸에서 상혁이 도운에게 말하는 소리가 들렸다.

"아니라니까. 그게 왜 너 때문이야. 전혀 아니니까 신경 쓰지 마."

시온이 그들에게 다가갔다.

"그래, 여상혁, 아니다 싶으면 꼭 바로바로 교체해라. 그게 팀을 위한 거야."

시온은 상혁에게 무조건 먹히는 마법의 주문을 말했다. '팀을 위한 것'. 상혁은 팀을 위해서라면 무엇이든 할 친구였다.

링크로 들어가며 시온은 관중석을 쭉 훑었다. 카시우스 선수들이 몇 보였지만 진현은 없었다. 신입을 비롯한 1학년 선수들은 첫 고등부 국제 경기인 탓에 긴장한 티가 역력했지만 평소 연습한 대로 합을 맞추고 있었다. 시온도 우성과 짧고 긴 패스를 주고받으며 몸을 풀었다. 상혁과 도운은 주전 골키퍼가 된 지훈과 슛을 연습했다. 곧 신호가 울리고, 양 팀 선수들이 일렬로 각각 모여 섰다. 말레이시아 선수들은 붉은색 유니폼을 입고 있었다. 시온에게는 상대 팀 유니폼 색깔을 명확히 인식하는 게 중요했다. 정신없을 때는 시야에 닿는 색깔로 아군인지

적군인지를 구분했기 때문이다. 양 국가가 흘러나온 후, 주장들이 심판들 앞으로 이동했다. 상혁이 심판과 이야기하는 동안 도운이 둥글게 모인 팀원들에게 당부했다.

"오늘 주장이 제대로 뛰기 힘든 거, 알지? 우리가 힘내서 좀 더 뛰자."

제법 부주장 같은 태도였다. 시온은 멀리 있는 상혁의 뒷모습을 바라보았다. 새로 맞춘 지 얼마나 됐다고 그새 헐렁해진 유니폼이 펄럭거렸다. 곧 플로어에는 선수 열 명만 남아 심판의 신호를 기다렸다. 주심이 퍽을 쥐고 한가운데로 이동하자 선수들이 그를 따라 자리를 잡았다. 우성이 심호흡을 하며 페이스오프 센터에 섰다.

"제우성 파이팅."

시온 옆에서 펜스에 기댄 도운이 작게 중얼거렸다. 드디어 국제 대회의 첫 게임이 시작되고 있었다. 휘슬과 함께 시작된 페이스오프. 우성이 재빨리 튕긴 퍽을 재민이 받아 짧게 드리블하며 달렸다.

'역시 서재민, 제우성.'

청선고에 입학하자마자 주전을 꿰찬 유일한 1학년들인 만큼, 둘은 기량과 호흡이 뛰어났다. 하지만 그에 못지않게 말레이시아 선수들도 움직임이 빨랐다. 우성과 상혁이 퍽을 잡는 족족 재빠르게 다가와 마크했다. 시온은 퍽을 따라 부지런히 눈을 움직였다. 수비 선수로부터 교체 신호가 오는지도 잘 봐야 했다.

상대 수비에 정면으로 막히자 상혁이 다리 사이로 툭, 백 패스했다. 뒤에서 신입 수비수가 잘 받아 팀의 골대 뒤로 가져갔다. 시온이 공격 기회를 엿보는 상대 선수를 보고 신입에게 소리쳤다.

"조심해, 조심!"

"뒤에!"

거리가 멀기도 하고, 벤치에 있는 다른 동료들도 같이 지르는 바람에 소리가 뭉개졌다.

"야, 재 아무것도 안 들려! 한 번에 소리 지르지 말레이!"

시온이 팀원들을 향해 눈을 찡그리며 외치는데, 옆에서 유일하게 그의 말장난을 들은 도운이 어이없다는 듯 쳐다봤다. 시온은 당당한 표정으로 어깨를 으쓱했다.

신입은 재민과 크로스 패스를 유연하게 주고받았다. 시온은 그런 그를 보며 벅차오르는 듯한 느낌을 받았다.

"누가 가르쳤는지 수비 참 잘하네."

그때 신입이 골대 앞에 가 있던 우성에게 패스했다. 그쪽으로 고개를 빼느라, 벤치 선수들의 상체가 펜스를 넘어갈 듯이 쏠렸다. 상혁이 패스를 받을 것처럼 수비수들을 흔들어놓은 덕에, 우성 주변이 비어 있었다. 우성이 기회를 놓치지 않고 슛을 날렸지만 골키퍼가 채를 눕혀 튕겨내었다.

"까비!"

시온의 고개가 안타까움에 뒤로 휙 넘어갔다.

"러닝 슛 진짜 잘했는데."

도운도 펜스를 팍 치며 아쉬워했다. 팀원들의 탄식으로 벤치가 웅성거렸다.

재민이 이어서 채를 뻗었는데 아쉽게 상대 수비가 한 템포 빨랐다. 이제 상혁을 제외한 블루피어스 선수들이 골대를 지키기 위해 내달리고 있었다.

"막아! 막아야 돼!"

"으아아…."

벤치에서 조마조마한 긴장감이 솟구쳤다. 시온도 몸이 저절로 기울었다. 지훈이 잔뜩 긴장한 얼굴로 자세를 잡았다. 왼손엔 캐처, 오른팔엔 블로커.

"가랏! 아니, 막아랏 이지훈!"

상대 팀 에이스로 보이는 공격수가 재민을 제치며 꽤 강한 슛을 쏘았다. 지훈이 캐처를 들어 잘 막았지만, 튕긴 퍽이 그의 어깨 위로 골라인을 넘어버렸다.

"이 무슨?"

재수가 없으면 이렇게도 골이 들어가는구나. 시온이 머리를 감싸 쥐었다. 블루피어스의 표정이 안도에서 경악으로, 삽시간에 바뀌었다. 시온이 손바닥으로 펜스 위를 팍 내리쳤다. 그러는 동안 상혁과 도운이 교체되었다. 도운이 상혁과 손을 마주치며 뭔가를 물었다. 아마 스케이트가 괜찮은지 묻는 듯했다. 상혁은 뒤도 안 돌아보고 손만 휘휘 저을 뿐이었다. 시온도 상혁의 표정을 살폈지만 괜찮다는 건지 신발이 불편하다는 건지 알 수가 없었다.

다행히 팀은 사기가 꺾이지 않았다. 블루피어스는 치열하게 링크를 점유해 나갔다. 도운이 결정적인 슛 기회를 잡았는데, 그가 날린 퍽이 골대 옆으로 살짝 비껴갔다.

"아오!"

벤치석에서 아쉬운 탄성이 터지는 순간, 퍽이 골대 뒤편 펜스에 세게 부딪히며 튀어나왔다. 미끄러진 퍽을 골대 가까이 있던 우성이 재빨리 몸을 날려 빈틈으로 쏙 밀어 넣었다.

"이예!"

"제우성!"

팀원들이 주먹을 불끈 쥐며 환호했다. 우성은 턱을 한껏 치켜들고 벤치로 다가와 팀원들과 하이 파이브를 하며 지나갔다.

"저예요, 첫 골 요정. 나야, 나."

기세를 올려 이번엔 도운이 추가 골을 넣었다. 장기인 펜스를 이용한 플레이가 성공한 것이다.

블루피어스는 첫 경기를 무난히 이겼다. 시온은 상대 팀과 악수할 때 다시 한번 관중석과 주변을 살폈다. 다행히 진현은 끝까지 보이지 않았다. 첫 경기에서 승리하자 긴장이 풀린 로커 룸은 즐거운 분위기에 휩싸였다. 시온이 상혁의 팔을 툭 치며 말했다.

"오늘 특히 패스 좋았어."

한 골도 못 넣은 상혁이 위축될까 봐 한 말이었다. 그렇다고 빈말은 아니었다. 상혁은 출전 시간이 평소보다 훨씬 짧았음에도 결정적인 패스로 기회를 많이 만들었다.

그때였다. 시온의 폰이 울렸다. 현우로부터 온 메시지였다. 짧은 메시지에 얼굴이 굳은 시온이 로커 룸 밖으로 뛰어나갔다. 얼마 안 가 오늘 그토록 찾았던 상대를 마주칠 수 있었다.

"하아… 이걸 반가워해야 돼, 말아야 돼?"

시온은 이마를 쓸어 넘기며 웃었다. 입술을 한번 깨물고, 능글맞게 웃고 있는 상대에게 정색하며 다가갔다.

"새끼야, 네가 여긴 왜 와?"

시온이 진현의 앞을 바짝 막아서며 조용히 윽박질렀다.

"왜 이래, 같은 한국 팀끼리 응원해 주려고 그러지."

시온은 뻔뻔한 눈앞의 악당에 치가 떨렸다. 상혁이 이딴 놈에게 계속 시달린다고 생각하니 더 참고 싶지가 않았다.

"하! 야, 신경 끄고 빨리 꺼져."

시온은 진현을 돌려세운 다음, 출구까지 밀어버렸다. 진현은 못 이기겠다는 듯 웃으며 끝까지 비열하게 말했다.

"뭐, 별 활약 없는 여상혁 보는 것도 재밌네."

시온은 무시하고 가려다가 짜증을 참지 못하고 진현에게 바짝 다가갔다.

"골 넣는 것만 활약이라 생각하는 너 같은 새끼한텐 그렇겠지. 그건 그렇고, 어떻게 했냐?"

"뭘?"

"도끼 같은 거였나? 그딴 건 어디서 구했냐?"

"무슨 말인지 하나도 모르겠네? 왜, 무슨 일 있었어?"

진현의 능청스러운 표정에 꽉 쥔 주먹이 떨렸다. 하지만 여기서 정진현을 치면 그거야말로 팀과 상혁이 곤란해지는 길이다.

"왜 나쁜 짓에만 대가리가 창의적이야? 빨리 꺼져. 계속할 거면 나도 운영진 앞에 가서 도끼 얘기 한번 해보려고."

시온이 입꼬리만 길게 늘이며 말했다. 진현은 눈을 굴리고는 픽 하고 웃더니 뒤돌아 가버렸다.

'문시온, 잘 참았어. 진짜 잘 참았어.'

시온은 여전히 부들거리는 주먹을 좌악 펴고 쿵쿵거리는 심장을 진정시키며 로커 룸으로 돌아갔다.

첫 경기가 시원하게 잘 끝났는데, 반대로 상혁은 더욱 기운 없어 보였다. 같은 방을 쓰기에 잘 알 수 있었다. 대회에 정신을 쏟다 보면 상혁도 집중할 테니까 괜찮아질 줄 알았는데. 도운은 숙소에만 돌아오면 은밀한 미션을 수행해야 하는 비밀 요원이 된 것 같았다.

팔찌를 전해주던 날 밤, 지서가 비밀이라며 꺼낸 얘기는 의외로 상혁에 대한 것이었다. 그 내용이 상혁을 극한의 스트레스로 몰고 간 마지막 퍼즐 조각임을 도운은 알 수 있었다.

'협회에서 그런 얘기를 들었는데 정진현한테는 괴롭힘까지 당하고 있었다니.'

지서는 도운에게만 말한다며, 싱가포르에서 상혁을 잘 살펴 봐 달라고 부탁했다. 지서에게 인정받은 것 같아 좋으면서도 한편으로는 신경 쓰였다. 시온만 라이벌인 줄 알았는데 상혁도 여자애들에게 인기가 많다는 걸 미처 깜빡해 버렸다. 지서가 상혁에게 친근하게 대하던 모습이 머리를 스쳤고, 상혁도 왠지 지서에겐 너그러웠던 것 같다는 느낌이 뒤늦게 들었다.

'둘이 사귀고 있는 건가? 만약 그런 거라면 어떡하지?'

꼬리를 무는 생각들이 도운을 심란하게 했다. 기회를 봐서 상혁을 떠보기로 하고, 당장은 미션에 집중하기로 결심했다. 일단 그 미션에는 '여상혁 끼니 챙기기'가 추가되었다.

"죽이라도 먹어."

상혁이 밥을 잘 먹으려 하지 않아서, 아침마다 식당에서 죽 을 받아다가 대령했다. 그 모습을 보고 시온은 '대회 치르는 사 람이 밥도 안 먹고, 미친 거 아니냐' 하고 한마디씩 보탰다. 전 혀 도움이 안 돼서 그 말을 단속하는 것까지 도운의 일이었다. 사실 마음만큼은 시온에 동감했다.

"너무 지치면 오늘 연습은 쉬는 게 좋겠어."

죽을 깨작깨작 먹는 상혁에게 말했다.

"말도 안 되는 소리하지 마."

다음 경기는 한일전이었다. 그 경기만 이기면 8강이다. 상대 팀 분석에 연습까지 만반의 준비를 해야 했다. 상혁의 반응은 당연했다.

"그러면 약속해. 일단 삼시 세끼 잘 챙겨 먹어. 안 그러면 너 지금 상태 안 좋은 거, 애들한테 다 들킨다? 애들이 모를 것 같아? 그러다가 쓰러진 것까지 다 알게 될걸?"

말하다 보니 왠지 모를 화가 치밀어올라 다다다 쏘아붙였다. 하지만 별 타격이 없었는지 상혁은 못 들은 척 무시했다.

"…고수는 빼달라니깐."

"받아먹는 주제에 까다롭기는."

결국 상혁은 죽을 다 비우고 고집스럽게 나갈 채비를 했다. 더플백에 마지막으로 유니폼을 넣고 일어나는 몸이 크게 휘청였다. 도운은 놀란 눈으로 손을 뻗어 그의 팔을 붙잡았다.

"야, 너 이런 상태로… 어휴, 네가 이 몰골로 가면 애들이 어떻게 안심하냐."

어제 경기를 치른 후 발이 뻐근한 듯 꾹꾹 마사지하던 것도 신경 쓰였다.

"오늘 쉬어. 오늘 쉬어야 내일 경기해. 넌 원래 잘하니까 오늘 연습 안 해도…."

상혁이 도운의 팔을 거칠게 뿌리쳤다. 그러더니 소리를 빽 질렀다.

"넌 내가 저절로 잘하는 줄 알아?"

도운을 노려보는 상혁의 눈이 잔뜩 충혈되어 있었다.

"그런 뜻이 아니야."

"그럼 뭔데? 내가, 내가…."

상혁이 말을 잇지 못하고 떨리는 손으로 이마를 짚었다. 그러더니 침대에 털썩 걸터앉았다. 안색이 어제보다 훨씬 창백했다.

"자격 없다고 생각하지? 나 따위가…."

도운이 의자를 끌어다가 상혁 앞에 앉았다. 자기보다 더 말 없는 이 친구의 속마음을 들을 기회였다.

"아무도 그렇게 생각 안 해. 왜 갑자기 그런 말을 해?"

그러면 안 되는데, 이러고 싶지 않은데 도운도 곱씹다 보니 또 열이 올랐다.

"이제껏 네가 다 꽁꽁 숨겨놓고 혼자 다 껴안았으면서. 그러니까 누가 그렇게 하래?"

상혁이 무슨 소리인지 묻는 눈빛으로 도운을 쳐다보았다. 도운은 이제 '에라 모르겠다' 하는 심정으로 내질렀다.

"나, 다 들었어. 너 쓰러졌을 때. 대회 끝나고 캐나다 갈지도 모른다며?"

상혁이 당황한 표정으로 입을 떡 벌렸다.

"주장이 떠나면 팀에도 영향이 가는 건데, 그걸 어떻게 말도 안 하고 상의도 안 해?"

말끝이 갈라져 나왔다. 도운은 눈물이 차오르는 것 같아 자리에서 벌떡 일어났다. 무조건 참아야 했다. 안 그럼 평생 놀림 거리가 될 것이다. 이 상황에도 그건 싫었다. 다행히 상혁이 고개를 숙였고, 그 틈에 눈가를 슥 문질렀다.

"아직 확정은 아니야."

상혁이 마음이 약해진 듯 작게 말했다.

"그래. 그것도 들었어. 그래도. 그래도 말했어야지. 넌 우리 못 믿어?"

도운은 허리에 손을 짚고 창밖을 내다보았다. 이른 아침부터 쨍한 싱가포르의 열기가 아른거렸다.

"…너, 나한테 더 할 말 없어?"

도운이 창밖에 시선을 둔 채 물었다. 상혁이 지금이라도 진현의 일을 솔직하게 말해주면 속상하고 서운한 게 다 풀릴 것만 같았다. 하지만 돌아오는 대답은 없었다. 문밖에서 노크와 함께 "5분 뒤 집합!"이라는 소리가 들렸다.

상혁이 그 소리에 일어나 다시 물건을 챙겼고, 도운도 이제 어쩔 수 없다는 듯 한숨을 쉬었다. 그때 휴대폰 진동음이 여러 차례 울렸다. 불길한 느낌이 스쳤다.

"아! 그거 보지 마…."

도운이 아차 싶어 폰을 빼앗으려 했지만 이미 늦어버렸다. 폰을 바라보는 상혁의 어깨가 크게 들썩이기 시작했다. 숨소리가 거칠어지더니 새하얗게 질린 얼굴이 기울어졌다. 불과 며칠 전에 보았던 모습이 눈앞에서 또 재생되었다.

"여상혁!"

하지만 두 번째라고 적응된 건 아니었다. 상혁이 침대 옆으로 쿵 하며 떨어지는 순간 도운은 또다시 얼어버렸다. 하지만 이번에는 재빨리 정신을 차리고 그를 부축했다. 상혁을 침대에 누인 후, 짐 속에서 종이봉투를 꺼냈다. 지서에게 상황을 듣고 의사인 아버지에게 상의해 여러 번이고 머릿속에서 대비했다. 침착하고 싶은데, 심장 소리가 귓속을 때리고 몸이 제 것이 아닌 듯했다.

결국 그날 연습에선 도운과 상혁이 함께 빠져야 했다. 상혁이 쓰러졌다는 건 감춘 채, 그의 컨디션이 안 좋다는 말을 대신 전했다. 감독과 코치는 별 의심 없이 걱정스러운 얼굴로 도운에게 상혁을 맡기고 떠났다. 도운은 자기가 잘 돌보겠다며 남았지만, 떨리는 손이 도무지 진정되지 않았다.

[경기 중엔 누구나 다칠 수 있어. 그치?]

[무슨 일이 일어나더라도 사람들은 사고라고 생각할걸.]

[네가 빠지면 사고 안 날 것 같기도?]

'정진현, 너는 선을 넘었어.'

도운은 진현의 메시지를 자신의 폰으로 전달해 놓고, 상혁의 폰에서는 진현을 차단해 버렸다. 상혁이 마침내 깨어났을 땐 본인이 더 십년감수한 느낌이었다. 깨어난 상혁은 "경기 출전

오버인 거 너도 알지?" 하는 도운의 말에 고분고분 고개를 끄덕였다. 텅 빈 눈빛이 신경 쓰였다.

그리고… 블루피어스는 일본 팀에 패했다. 스코어는 6 대 1. 말 그대로 '발렸다'.

팀은 좌절의 수렁에 빠졌다. 어쩌면 리그를 준우승했던 때보다 더. 진 것도 진 것이지만 큰 점수 차에 충격받은 게 도운만은 아닌 듯했다.

"한일전은 가위바위보도 이겨야 하는 건데."

시온이 한숨을 푹푹 쉬다가 겨우 침묵을 깼다. 평소 같으면 웃어줬을 텐데, 분위기가 심각했다. 피드백을 하며 바로 다음 날 패자조 경기를 준비해야 하는데, 귀에 하나도 들어오지 않았다. 그것 역시 도운만은 아닌 것 같았다.

"저 위치에서 수비수가 뒤로 빠져서 영역을 넓혀야 하는데 픽을 따라 다 몰려가 버렸어."

2학년 공격수가 스크린을 짚으며 말했다.

"일본 센터가 오른편에서 패스받을 준비를 하고 있었어요. 그래서 그쪽으로 간 건데, 그런 건 안 보이죠?"

재민이 평소답지 않게 날카롭게 받아쳤다. 그 말을 시작으로, 서로를 탓하는 말들이 오갔다. 날 선 표정과 말이 필터 없이 날아다니다가 점차 폭발할 듯 소리가 커졌다.

"그만, 그만!"

이신주 코치가 책상을 쾅쾅 두드렸다. 이런 분위기가 처음이어서 도운은 당황스러웠다. 그런데 정작 상혁은 구석에 가만히 앉아 있었다. 그 자리에 없는 듯이. 결국 팀은 포지션별로 흩어졌다.

블루피어스가 단체로 혼란에 빠진 사이, 카시우스는 연속 2승을 거둬 8강에 안착했다는 소식이 들려왔다. 같은 한국 팀이니 응원해야 마땅한데, 자꾸만 못난 마음이 드는 스스로가 마음에 들지 않았다.

팀의 상황과는 반대로 상혁은 점점 밥도 잘 먹고, 괜찮아지는 것 같았다. 말수가 더 줄었을 뿐. 그의 스케이트도 멀쩡히 수리되어 돌아왔다. 벽에 기대어둔 그것을 상혁은 온종일 뚫어져라 쳐다봤다. 도운은 왠지 모르게 방에 들어가기가 점점 숨막혔다.

그렇게 패자조 1라운드에서 이기고 올라온 인도 팀과 벼랑 끝 승부가 시작되었다. 시온조차 즐기자는 말을 꺼내지 못했다. 누가 봐도 팀 전체가 바짝 긴장했다.

"솔직히 여기서 지면, 다른 것보다 수림한테 진 것 같아서 그게 기분 나빠."

로커 룸에서 준비를 마쳤을 때, 옆에서 시온이 캐비닛을 쾅 닫으며 말했다. 도운도 동감하는 의미로 고개를 끄덕였다.

경기가 시작되자 사기가 곤두박질친 것치고는 블루피어스

공격수들이 제 실력을 발휘해서, 전반전을 앞서 나갔다. 그런데, 상혁의 경기력이 지난 경기보다도 더 불안했다. 그의 장기인 정교한 패스 플레이는 어디로 가고, 제 속도로도 달리지 못하고 있었다. 시간이 되기도 전에 코치가 교체 신호를 주어야 했다.

"제가 더 뛸게요."

도운이 경기 시간을 메꿨다. 숨이 차고 버거웠지만, 할 만했다. 그런데 전반전이 끝나고 상혁이 곧바로 밖으로 나가더니, 하프타임이 끝나도록 돌아오지 않았다.

"이건 또 무슨 경우야? 여상혁 진짜 미친 거 아니야?"

시온의 짜증이 폭발했다. 그 말을 신호로, 혼란 가득한 웅성거림이 팀을 뒤덮었다.

다행히, 팀은 짐을 싸지 않아도 되었다. 후반 종료 직전 겨우 추가 골을 넣어 한 점 차로 아슬아슬하게 이겼다. 8강 진출이었다.

로커 룸에 돌아온 팀원들은 기쁨보다도 한고비를 넘겼다는 안도감을 나누었다.

"여상혁한테 너무 뭐라고 하진 마. 몸도 안 좋잖아."

도운이 시온을 말리자, 동료들이 그들의 대화에 귀를 기울였다. 시온은 아직도 씩씩거리고 있었다.

"오늘 저녁은 자유니까, 나가서 맛있는 거 먹을까요?"

우성이 둘에게 다가와 말했다.

"상혁이 형부터 찾아야지. 연락도 안 받으셔."

재민이 걱정되는 표정으로 말했다.

"시간이 필요한 걸지도 몰라. 몸은 많이 괜찮아진 것 같았어. 시간을 좀 주자."

도운이 동료들을 달래며, 새삼 주장의 무게를 느꼈다.

다행히 시온의 기분은 저녁을 먹고 돌아오는 길에 180도 달라져 있었다.

"일본한테 복수하자!"

"갚아주자! 갚아주자!"

재민과 우성도 한껏 사기가 올라 길거리 한복판에서 소리쳤다. 안 그래도 더운데, 창피해서 얼굴이 화끈거렸다. 손부채질이 소용없었다. 도운은 주변 사람들의 눈치를 보며 얼굴을 가렸다.

그런데 호텔로 돌아왔을 때, 분위기가 심상치 않았다. 팀원 몇 명이 감독, 코치 방 앞에 모여 있었다. 가까이 다가가니 무어라 크게 외치는 소리가 문밖까지 흘러나왔다. 네 사람은 서로 눈길을 주고받았다. 시온이 노크를 하려다가 멈칫하기를 반복했다. 그도 선뜻 나서기가 조심스러운 듯했다. 얼마 지나자, 방문이 벌컥 열렸다.

"어? 상혁 선배!"

　재민의 얼굴이 환해졌다가 상혁의 표정을 보고 곧바로 굳어 버렸다. 상혁은 그들을 지나쳐 곧장 방으로 향했다. 시온이 그를 따라 몇 발짝 움직이다 다시 뒤돌아 감독의 방으로 들어갔다. 어디로 가야 할지 갈팡질팡하다 급히 상혁의 뒤를 따라가는 도운의 머리가 지끈거렸다.

 '공격수가 빛나는 건 골 때문만이 아니라, 팀의 믿음을 끝까지 책임지기 때문이야.'

 상혁이 힘겹게 눈을 떴을 때 꿈속의 목소리는 이미 아득했다. 어떻게 된 일인지 되짚어보려 했는데, 기억이 나질 않았다. 몸을 일으키려니 머리가 핑 돌았다.

 "일어났어? 더 누워 있어."

 도운이 다가오며 말했다. 조금 전까지 훈련 좀 쉬라는 그의 원망 섞인 한탄을 들었던 게 기억났다. 그런데 곧바로 진현의 목소리가 도운의 음성을 덮어버렸다.

 [경기 중엔 누구나 다칠 수 있어. 그치?]

관자놀이 부근이 다시 한번 지끈거렸다. 도운의 손에 종이봉투가 들려 있는 게 그제야 눈에 띄었다. 지서에게 들은 것이 분명했다.

"걱정 마. 아무한테도 말 안 했어."

도운이 그의 눈길을 알아차리고 말했다.

"일단 우리 둘은 연습 빠진다고 말해뒀어. 진짜, 누구 안 불러도 되나 얼마나 고민했는지 알아?"

도운이 안도의 한숨을 내쉬며 머리를 쓸었다. 에어컨이 가동되고 있는데도 그의 이마에 땀이 맺혀 있었다.

"미안해. 알리지 마."

[네가 빠지면 사고 안 날 것 같기도?]

상혁은 정말 돌아버릴 것 같았다.

내가 뭘 할 수 있을까, 지도자가 되어 돌아오면 정말로 힘이 생기게 될까. 며칠 전부터 상혁의 머릿속은 온통 그 생각뿐이었다. 그리고 필요하다면 기꺼이 해야 했다. 거의 결심을 굳혔다. 그 전에, 블루피어스는 건재하고 유지될 가치가 있다는 것을 이 대회를 통해 보여주고 싶었다. 열심히 뛰어서 증명해야 했다. 그런데 진현은 이제 그 길도 막으려 하고 있었다. 제까짓게 진짜로 뭘 어쩌려고? 상혁은 계속해서 들려오는 진현의 목소리를 무시하려 애썼다. 정말로 그러려고 했다. 하지만 몸은 따라주지 않았다.

8강의 마지막 한 자리를 둔 데스매치에서 인도 팀을 반드시 꺾고 올라가야 하는데, 자꾸만 실수가 나왔다. 심장이 너무 빠르게 뛰어서 금세 숨이 차올랐다. 팔다리에 힘이 들어가지 않았다. 채는 무겁기만 하고 플로어는 모래사장 같았다. 팀원들 앞에서 태연하기 힘들었다.

그러다 하프타임에 겨우 세수를 하고 나오는데, 머릿속을 어지럽히던 상대가 눈앞에 나타났다. 비열한 웃음이 여전했다.

"여어— 여상혁."

상혁이 걸음을 멈추자, 진현이 다가왔다. 건들거리는 발걸음이 가벼워 보였다.

"자꾸 나만 찾아오게 만드네. 답장도 없고. 너무 일방적인 거 아냐?"

"그러게. 왜 자꾸 일방적으로 이러나 모르겠네. 난 너한테 줄 마음 없는데."

상혁이 겨우 받아치는데, 진현이 깔깔거렸다. 곧 웃음을 거두고 상혁의 얼굴을 똑바로 쳐다보았다.

"경기를 너무 처절하게 하길래 알려줘야 할 것 같아서. 아, 나 진짜 착하다. 이거 비밀로 해야 하는 건데 말하는 거야."

실실거리며 잔뜩 젠체하는 말에 상혁은 무슨 뜻이냐는 표정을 지었다.

"청선과 수림 두 팀이 합쳐지기로 했나 봐. 내년부턴 수림 카시우스 한 팀에서 1군, 2군으로 관리돼. 블루피어스는 올해로 끝이란 소리지."

진현은 손날로 자신의 목 부위를 착 그어 보였다.

"개소리하지 마. 나도 이미 들었고, 그렇게 되지 않으려고 조정 중이야."

상혁은 자신을 흔들어놓으려는 진현의 수작이 어이없어 짜증이 치밀었다.

"그래. 그렇게 되지 않으려고 캐나다 가라지, 협회에서? 여상혁, 똑똑한 척은 혼자 다 하면서 이 병신 새끼야."

진현의 웃음기 섞인 비아냥이 최고조에 이르렀다. 상혁의 머릿속에선 경고등이 울렸다.

"방해될 것 같은 사람들을 치우려고 하는 거야. 넌 해외로 보내버리고, 감독이랑 코치는 다른 곳으로 내려보내고. 으휴, 구질구질 청선은 이래서 안 된다니까. 이미 내부에서 결정됐어. 네 비자까지 다 준비됐다니까?"

갑자기 사방에 벽이 생긴 듯 갑갑했다.

"아니야. 그, 그럴 리 없어. 네가 그걸 어떻게 아는데?"

"하아, 상혁아. 우리 아빠 올해 사무처장으로 승진했어. 만난 적 있겠네. 그러니까 왜 안간힘을 쓰고 버텨, 조져버리고 싶게. 아무리 찔러대도 반응이 없으니까 내가 협회 비밀까지 터는 거 아냐. 무슨 말인지 이제 알겠냐?"

사무처장. 상혁은 이마가 넓었던, 국제 지도자 얘기를 꺼냈던 남자의 얼굴이 떠올랐다. 진현은 창백한 상혁의 표정이 만족스러웠는지, 씨익 웃더니 돌아서 가버렸다. 휘파람 소리가 복도를 울렸다. 시간이 멈춰버린 듯, 상혁은 그렇게 가만히 서 있었다. 온몸에서 마지막 힘까지 빠져나가는 것 같았다.

그날 감독은 상혁에게 처음으로 큰소리를 내며 다그쳤다. 하지만 그들도 처음 듣는 소식에 당황하긴 마찬가지였다. 코치는 사실을 확인하느라 한국에 연락하기 바빴다.

상혁이 한국으로 가겠다며 가방을 집어 드는 것을 도운이 말렸다.

"네가 가서 뭘 어떻게 할 건데? 그런다고 해결되는 건 없어. 알잖아."

눈이 텅 빈 채 거친 숨만 내쉬는 상혁을 붙잡고, 도운이 애처롭게 말을 이었다.

"그냥 여기 있어. 팀원들 옆에 있어줘."

도운의 말이 맞다. 그리고 결국 진현의 말도 틀리지 않았다. 이유가 뭐든, 자신은 또다시 팀을 버린 꼴이 되었다. 지서에게 했던 말이 떠올랐다. 자신은 괜찮으니 잘 버틸 수 있다고 호언장담했던 말들이 이제는 제 몸에 꽂힐 화살이 된 것만 같았다.

도운

"여상혁, 너 진짜야?"

시온이 기어코 상혁과 도운의 방으로 쳐들어왔다. 그는 도운이 채 막을 새도 없이 책상에 앉아 있는 상혁에게 다가가 흥분한 목소리로 따졌다.

"여상혁, 너 내일 경기도 안 나간다고? 진짜? 무려 8강 한일전인데?"

도운은 혹여나 시온이 상혁을 지나치게 몰아붙일까 봐 안절부절못했다.

"우릴 한 번 꺾었던 팀한테 복수할 기회인데, 안 한다고?"

상혁은 의자에 앉은 채 뒤돌아보지 않았다. 시온은 그런 상혁을 좀 더 보다가 혀를 찬 뒤 나가버렸다.

돌이켜 보면 상혁은 점점 무너지고 있었던 것이다.

'그걸 바보같이 괜찮아진다고 착각하고 있었어.'

어쩌면 도운은 그렇게 믿고 싶었던 걸지도 모른다.

"여상혁. 아직 백 퍼센트 확실한 건 아니잖아. 대회도 안 끝났고."

도운이 상혁 옆에 한쪽 무릎을 꿇고 앉았다. 얼빠진 그의 눈에 초점이 없었다.

"일단 경기는 잘 마쳐야 하지 않겠어? 응?"

그를 올려다보며 애원조로 말했지만, 미동도 없었다.

결국 반쯤 포기하고 뻗어버린 도운은 상혁에게 등을 돌리고 누워 폰을 들여다보았다. 무심코 카톡 창을 열다가 지서의 메시지를 확인했다.

[도운아, 경기는 잘하고 있어? 상혁이는 괜찮고? 무슨 일 있으면 꼭 알려줘!]

상혁을 지켜주자고 말하던 그 애의 얼굴이 떠올랐다. 당황스러울 만큼 결연하던 동그란 눈빛에 믿음이 담겨 있었다. 그리고 어려운 상황 속에서 자신을 바라보던 또 다른 얼굴들이 겹쳤다. 자신의 어설픈 격려에도 흔들리는 눈빛을 애써 다잡으려던 동료들이. 그러자 아직 끝나지 않았다고, 자신이 상혁에게 했던 말이 되돌아왔다.

‘그래, 아직이야. 아직 안 끝났어.’

상혁은 도운이 봐왔던 그 어떤 사람보다 강하고 끈질겼다. 상혁을 도와야겠다는 도운의 다짐이 깊숙이 굳어졌다.

상혁 없는 8강 한일전이 어느덧 후반부에 들어섰다. 두 팀은 3 대 3으로 팽팽하게 한 골씩 계속 주고받았다. 후반 17분이 막 지나가고 있는 현재, 양 팀 모두 초조해지고 있었다.

‘어떡하지. 이대로 끝나면 안 돼.’

오버타임은 너무 부담스럽고 위험한 모험이었다. 도운은 어서 기회를 만들어내고 싶었다. 상혁이라면 뭔가 방법이 있었을 텐데.

그런데 기회는 의외의 상황에서 생겨났다. 일본 팀 선수가 퍽을 빼앗으려 스틱을 휘두르다가 재민을 쳐 넘어뜨렸고 그로 인해 마이너 페널티를 받았다. 블루피어스에게 2분의 파워 플레이*라는 절호의 기회가 생긴 것이다. 도운을 비롯한 네 명의 플로어 선수는 상대 진영에서 골대를 큰 반원으로 둘러쌌다. 그리고 이리저리 차분히 패스를 주고받았다. 상대 팀 세 명은 스틱을 눕혀 넓게 휘둘렀다. 철저한 방어에 골대 쪽으로는 아예 길이 없었다. 도운은 숨이 점점 더 조여오는 것 같았다. 빈

● 상대 팀 선수가 페널티를 받아 퇴장하면, 수적으로 우위를 점한 상황에서 하는 플레이.

틈을 반드시 만들어야 했다. 중간에 있던 도운은 오른쪽 끝으로 패스하려는 척하다가, 재빨리 왼쪽의 우성에게 패스했다. 도운을 방어하려던 수비수가 뒤늦게 채를 그쪽으로 휘저었다. 그 틈에 도운이 안으로 파고들자, 우성이 다시 퍽을 쳐 보냈다. 곧바로 수비수 두 명이 도운에게 달려들었다. 골키퍼는 이미 두 무릎을 맞붙이고 발끝을 골대 기둥에 댔다. 기회를 놓쳤나, 싶은 순간 도운의 눈이 반짝였다.

'무릎 아래 공간!'

지면과 골키퍼 무릎 사이 뜬 공간이 보였다. 더 생각할 틈도 없이 채를 휘둘렀다.

삐이-

긴 버저 소리가 터졌다. 블루피어스의 역전 골이었다. 꿈결 같은 환호 소리가 아득하게 들려왔다. 도운은 잠시 그대로 서 있었다. 골키퍼였을 때 자신의 약점이었던 것, 자신이 지키려 애썼던 공간이었다. 그 틈이 이렇게 또렷하게 보인 건 처음이었다. 자신의 머리를 거칠게 쓰다듬는 동료들 사이에서 도운의 심장이 뒤늦게 벅차게 뛰었다.

로커 룸으로 돌아온 도운은 팀원들이 알아채지 못하게 숨을 크게 내쉬었다. 골을 넣고 느꼈던 환희는 어느새 지나가 있었다. 막상 시합을 치르니 상혁의 빈자리가 절실하게 느껴지는 순간이 많았기 때문이다. 운에 기대어 위기를 넘긴 순간순간들이 떠올라 마음이 편치 않았다. 그리고 무엇보다, 상혁의 마지막 대회를 이런 식으로 끝내게 하고 싶지 않았다. 일본 팀에게 복수를 했다는 기쁨보다 이 자리에 주장이 없다는 아쉬움이 더 컸다. 그렇게 느낀 건 이번에도 도운만이 아니었다.

도운을 비롯한 몇몇 선수들은 다음 날 아침 일찍부터 수림 카시우스의 경기를 보고 돌아왔다. 수림은 강한 상대를 만났는데도 무난하게 이겼고, 청선과 수림이 결국 4강에서 만나게 되었다. 어느 학교가 이기든 한국 팀이 최소 2위를 확보하는 것이니, 한국이 월드 인라인 챔피언십의 진출권을 따냈음을 의미하기도 했다. 하지만 도운은 크게 기쁘지 않았다. 방으로 돌아가는 길에 상혁에게 수림의 소식을 어떻게 전해야 할지 고민하는데, 시온이 나란히 붙었다. 그것을 본 재민과 우성도 뒤따르는 바람에 네 사람이 우르르 방으로 들어왔다.

"야, 정진현 아주 신나서 날아다니더라."

시온이 문을 열어젖히며 큰 소리로 비아냥거렸다. 시온이 책상에 앉아 있는 상혁의 바로 뒤에 가 섰지만 상혁은 이번에도 뒤돌아보지 않았다.

"야, 주장."

시온이 침대 끝에 앉으며 차분해진 목소리로 상혁을 불렀다. 그가 필요할 때만 상혁을 부르는 호칭으로.

"주장, 내일 시합도 안 할 거야? 수림인데?"

그의 목소리가 절박했다. 도운은 아슬아슬한 분위기 속에서 두 사람을 번갈아 쳐다보았다. 재민은 한쪽 벽에 기대어 아랫입술을 잘근잘근 씹었다. 상혁에게서 대답이 없자, 시온이 자신의 두 손을 맞잡고 말했다.

"이렇게 되기 전에 좀 더 빨리 나섰어야 했어. 내가 나서면 당연히 네가 싫어할 테니까…."

"그게 무슨 말이에요?"

재민이 말을 끊고 물었다. 도운은 설마 하는 생각이 들어 시온을 돌아봤다.

"나름대로 내가 할 수 있는 걸 한다고 했는데… 부족했다. 정진현이,"

상혁은 그 이름에 반응해 움찔했다.

"걔가 너한테 그러는 걸 알면서도 내버려둔 건, 우리가 함께 보란 듯이 박살 낼 수 있을 거라고 생각해서였어. '너 따위는 우리 상대가 될 수 없다' 하고. 근데 정진현이 생각보다 더 미친놈일 줄은 몰랐지."

재민과 우성이 눈빛을 주고받았다. 우성은 차분히 안경을 올려 썼고 재민의 벌어진 입은 더 커졌다.

"무슨 말이에요? 그 개새끼가 주장한테 해코지라도 했다는 거예요?"

진현은 재민에게 단번에 개새끼가 되었다. 도운이 살짝 고개를 끄덕여주고 다시 시온을 바라봤다. 시온도 그의 방식대로 상혁을 돕고 있었다는 걸 깨달았다. 도운이 지서에게 진현에 대한 일을 들은 후 굳이 주변에 알리지 않았던 건, 상혁이 원하지 않기도 했지만 현실적으로 달라지는 게 없을 거란 생각 때문이기도 했다. 그게 괜히 부끄러웠다.

"내가 노력한 걸 알아달라는 게 아니야. 너 혼자 너무 끙끙댈 필요가 없다는 거야. 제발 좀⋯."

시온은 한숨을 내쉬며 양손으로 머리를 감쌌다. 그때까지 조용히 있던 우성이 거들었다.

"선배. 선배 스케이트, 생각보다 빨리 고쳤죠? 서재민이 무슨 짓 했는지 아세요?"

재민이 눈을 크게 뜨고 우성의 입을 막으려 팔을 파닥거렸다. 하지만 우성이 아랑곳없이 손을 요리조리 피하며 말을 이어나갔다.

"스케이트 수리 들어간 직후부터, 연습 없는 시간마다 센터 찾아가서 빨리 고치라고 엄청 닦달했어요. 수리 기사랑 거의 싸웠다니까요. 그래서 그나마 빨리 끝난 거예요."

재민의 얼굴이 빨개졌다. 방 안을 둘러본 도운은 왠지 웃음이 나왔다. 이들과 진작에 비밀을 공유했어도 괜찮았겠다는 생각이 들었다. 잠시 후, 시온이 일어나더니 상혁의 어깨를 한번 툭 치곤 방문을 열고 떠났다. 재민과 우성도 눈치를 보더니 시온의 뒤를 따라 나갔다. 도운은 주머니에서 무언가를 꺼내 상혁의 팔 옆에 툭 하고 내려놓았다. 그는 상혁이 여기서 그치지 않을 거라고 굳게 믿었다. 가까운 미래에, 상혁이 없더라도 단단하게 잘하고 있을 팀의 모습과 동시에, 그렇게 되기 위해서는 지금 네가 꼭 필요하다는 것을 보여주고 싶었다. 그의 뒷모습을 한 번 더 바라본 뒤, 도운도 방을 나와 시온을 뒤따랐다.

"야, 윤도운."

앞서가던 시온이 갑자기 걸음을 멈추고 도운을 향해 돌아섰다. 그의 눈빛이 날카로웠다. 1학년들은 눈치를 보더니 슬금슬금 자리를 피했다.

"넌 알고 있었지? 정진현이 그러는 거. 어떻게 나한테 말을 안 하냐? 우리, 힘 합치는 거 아니었어?"

평소의 시온과 다르게, 낮게 가라앉은 목소리가 날카로웠다. 그럼에도 도운은 시온에게 지서 이야기를 꺼낼 순 없었다.

"나, 나도 그저께 알았어."

"거짓말하지 마. 여기 올 때 이미 알고 있었잖아. 안 그럼 네가 여상혁이랑 같은 방을 쓰겠다고 할 리가 없지."

도운은 시온의 예리함에 놀랐다. 고작 같은 방 쓰는 걸로 시온에게 이미 의심받고 있었다 생각하니 얼굴이 달아올랐다.

"내가 뭐, 너랑만 방 같이 써야 돼?"

“내 말은 그게 아니잖아.”

“아니긴. 그럼 넌?”

생각해 보니 억울했다.

“너야말로 먼저 알았으면서, 나한테 말도 안 하고 혼자 뭘 했다고?”

말할수록 언성이 높아졌다. 둘은 복도 한가운데서 서로 노려보며 씩씩거렸다.

“…미안.”

의외로 시온이 먼저 꼬리를 내렸다.

“난 내가 어떻게 할 수 있을 줄 알았어. 건방졌지.”

시온이 기 죽은 목소리로 말하자 도운의 화도 누그러졌다.

“확신한 지는 얼마 안 됐어. 구현우 도움이 컸지. 우연히 여상혁 폰을 보게 됐는데 정진현한테 메시지가 오더라고. 근데 정진현이 여상혁이랑 계속 연락할 정도로 사이가 좋진 않으니까 이상하다고 생각했거든. 여상혁 표정도 너무 안 좋았고. 그런 일이 몇 번 반복돼서 눈치챘지. 메시지는 내가 어떻게 못 해도, 둘이 마주치진 않게 하려고 했는데….”

시온의 어깨가 축 늘어졌다. 도운은 그의 노력에 뭉클했다. 그가 내내 휴대폰을 붙잡고 있던 모습이 스쳐 지나갔다.

“나도 뭐, 비슷해. 공항 가는 버스에서부터 표정이 너무 안 좋길래. 혹시 무슨 일 있을까 봐.”

도운은 적당히 둘러댔다. 시온이 그런 그를 잠시 빤히 쳐다보았다.

"넌, 거짓말하지 마. 드럽게 못하면서."

시온은 그렇게 말하며 혀를 차고 뒤돌아 떠났다.

4강 결전의 날 오후. 블루피어스는 함께 점심 식사를 마치고 경기장으로 이동하기 위해 집합했다. 로비에 모인 그들은 제각각 긴장을 푸느라 주위를 서성이거나 가만히 앉아 있었다. 먼저 짐을 챙겨 나온 도운 역시 긴장감에 손을 가만히 두지 못했다. 괜히 가방을 고쳐 메고, 물병을 만지작거리다 말고 혹시나 하는 마음에 자꾸만 엘리베이터가 있는 곳을 쳐다보았다. 시온은 등을 기댄 채 앉아서 폰을 보고 있었지만 다리는 쉴 새 없이 떨고 있었다.

"수림이 어제 체력 다 소진한 거였음 좋겠다."

평소보다 조용하던 재민의 솔직한 말에 그제야 몇몇 팀원들이 피식 웃었다. 도운도 어깨에 들어가 있던 힘을 조금 풀었다. 어제 상혁과 나눈 대화를 떠올렸다. 대화라기엔 아무 대답도 듣지 못했지만. 그래도 자신의 말이 상혁에게 혼자가 아니라는 신호 정도는 되었기를 바랐다.

경기를 마치고 돌아온 도운이 4강 진출 소식을 가져왔을 때, 상혁은 팀원들이 자랑스럽기보다 아직도 끝나지 않았다는 생각을 한 것에 스스로 놀랐다. 방 안에 틀어박혀 보내는 시간이 계속되고 있었다. 결국 팀원들이 자신과 진현의 일을 알게 되었다는 사실에 상혁은 예상했던 것보다도 더 좌절했다. 시온과 재민, 우성에겐 미안하지만, 하나도 고맙지 않았다.

'그냥 내가 포기하도록 내버려둬.'

누워서 눈을 감고 있어도 입안에 쓴 것을 머금은 듯 잔뜩 인상이 찌푸려졌다. 그때 쥐 죽은 듯한 방에 같이 있던 도운이 뜬금없이 말을 건넸다.

“작년에 기억나? 나 등번호 못 정하고 있던 거.”

상혁은 눈 감은 채 가만히 들었고 도운은 조용히 말을 이어 갔다.

“시간은 가는데 뭘 골라야 할지 몰라서 마지막까지 나 혼자 남았었잖아. 그때 네가 99번이나 하라면서 지었던 표정이 생각나.”

웃음을 머금은 말투에 상혁도 그날을 떠올렸다. 팀 입단 초기, 시간은 촉박한데 덩치는 산만 해서는 선배들 눈치만 보고 있던 동료였다. 보다 못한 상혁이 번호 하나를 골라 떠맡기듯 했는데, 많이 고민한 것치고는 하라는 대로 덥석 받아들여 황당했던 게 기억났다.

“마음에 들어, 99번. 내가 여기까지 올 수 있었던 건 너 같은 친구가 이끌어준 덕분이야.”

도운의 낯간지러운 말에 상혁이 살며시 눈을 떴다. 도운은 확신하는 말투로 덧붙였다.

“우리 팀이 지금까지 살아남은 건 승리 때문만은 아니야.”

“그럼? 스포츠 팀은 승리하고 성적을 내야 유지돼.”

대답을 기대하지 않았는지 도운이 돌아보는 게 느껴졌다. 상혁은 자기가 내뱉은 말에 속이 울렁거렸다. 흘깃 보자, 다시 시선을 돌린 채 입을 여는 도운의 옆얼굴이 보였다.

“우리 멤버들의 힘이지. 봐. 신입들도 어느덧 잘 적응했고 다른 애들은 말해 뭐 해. 특히 서재민, 제우성은 이제 전국 톱이잖아. 그리고,"

도운은 짧게 숨을 들이마셨다.

"그 중심을 네가 잡고 있잖아. 나도 노력 중이고. 그거면 됐다고 생각해."

"지금 중심 못 잡고 있잖아. 이렇게 흔들리는데….."

자꾸 초를 쳐서 미안하지만, 끈질기게 머릿속을 잠식하는 걱정들에 상혁은 눈을 질근 감았다. 더는 대답을 기대하지 않았는데 도운의 목소리가 다시 들려왔다.

"아직 안 무너졌잖아. 여기까지 왔는데 난 포기할 생각 없어. 다른 애들도 그렇고."

잠시 정적이 흐르다가 단단한 목소리가 말을 이었다.

"내가 아는 어떤 사람이 그러더라. 착한 일을 하면 좋은 일이 생길 거라고. 근데 사실, 잘 모르겠어. 이렇게 이유 없이 힘들 때가 있잖아. 그래서 난 페이스오프가 좋더라고."

상혁이 다시 슬며시 눈을 떴다. 도운이 고개를 돌려 상혁의 눈을 마주 보았다.

"다시 시작하는 순간이니까. 골을 먹어도, 경기가 끊겨도 그다음은 페이스오프잖아. 경기가 끝나기 전까진 몇 번이든 다시 시작하면 돼."

'패스가 이어지듯 믿음도 이어지는 거야. 공격수는 그 믿음을 마지막까지 품고 나아가는 사람이야.'

다음 날 상혁이 일어났을 때 도운은 보이지 않았다. 아마도 팀원들은 이미 4강 경기를 위해 떠났으리라. 꿈을 꾼 것 같긴한데, 이런 상황에서 모처럼 늦은 시간까지 푹 잔 자신이 신기했다.

'그 형이 그렇게 말했던가.'

방으로 들어오는 햇빛 줄기를 가만히 바라보다가, 그 애가 생각났다.

'게임을 어떻게 끝낼지는 내가 정하고 싶어. 우리, 지더라도 우리답게 하자.'

상혁은 전날 도운이 책상 위에 올려둔 것을 물끄러미 쳐다보았다. 조그마한 빨간색 USB였다. 옆에는 쪽지도 놓여 있었다.

우리가 원하는 건 완벽한 주장이 아니야. …

상혁은 다시 USB를 노려보았다. USB 주제에 자신의 시선을 받아내고 있었다. 내용을 확인하려면 휴대폰 전원을 켜야 했다. 그는 도운이 서랍에 감춰두었던 자신의 휴대폰을 꺼내 의자에 앉았다. USB에 담긴 파일은 블루퍼어스가 상혁 없이 치른 8강 경기 녹화본이었다. 상대인 일본 팀은 몸싸움을 걸며 과감하게 몰아붙이는 편이었고, 특히 공격수를 마크하는 데 엄청 공격적이었다. 이전 경기보다 더 거칠게 붙어왔다. 블루 피어스는 잘 막고, 잘 피하고, 퍽을 끝까지 지키고, 가로막혀도 마지막까지 시도하며 기회를 잘 잡았다. 이제껏 해온 훈련을 보상받는 경기였다. 상혁은 마음 한쪽이 뜨거워졌다.

이제 더 이상 홀로 애쓸 필요가 없었다. 혼자 싸워야 한다는 고집이 무너진 자리에, '나도 함께 뛰고 싶다'라는 단순한 열망이 다시 고개를 들었다. 경기에 나가고 싶었다. 동료들과 같이 있고 싶었다. 상혁은 재빨리 스케이트를 집어 들고 어깨에 더플백을 멨다.

로비로 내려가자, 다행히 아직 팀원들의 목소리가 들려왔다. 그중에서도 재민이 뭐라고 재잘재잘 떠드는 소리가 도드라졌다. 상혁이 걸음을 멈칫했다.

'너무 늦었나. 지금 나가면 뭐라고 할까.'

기껏 힘들게 한 결심이 흔들렸다. 그럴 자격이 있는지 자신이 없었다.

우리가 원하는 건 완벽한 주장이 아니야. 우리가 믿고 있는 주장이 필요해.

상혁은 USB와 함께 챙겨둔 쪽지를 떠올리고, 숨을 깊게 들이마셨다. 그래, 완벽하지 않아도, 도망치지 않으면 된다. 침을 한번 꿀꺽 삼키고, 다시 발걸음을 떼어 모퉁이를 돌았다. 신기하게도 도운과 바로 눈이 마주쳤다. 도운이 상혁을 향해 입꼬리를 늘였다. 도운의 시선을 따라 시온도 상혁을 발견했다.

"야, 주장이 지각을 하고 난리냐?"

시온이 입가에 웃음을 걸고 큰 소리로 한 말에 팀원들이 환한 표정으로 재빨리 돌아보았다. 상혁이 다가가자 시온이 손바닥을 들어 올렸다. 상혁은 그 손바닥에 자신의 손을 마주쳤다. 나머지 선수들도 자리에서 일어나며 각자 짐을 들고 로비를 나섰다. 느지막한 오후의 열기가 밖으로 나온 그들을 뜨겁게 맞이했다.

블루피어스와 카시우스는 몸풀기를 마쳤다. 상혁의 스케이트도 아무 문제 없었다는 듯, 편안하게 잘 맞았다. 이제 두 학교의 운명을 결정짓는 시간이 코앞으로 다가왔다. 상혁은 팀에게만 집중하려고 노력했다. 하지만 따가운 시선을 못 이기고 바라본 곳에는 진현이 그를 향해 눈을 이글거리고 있었다. 두 사람이 악수할 때 진현이 잡은 손에 힘을 주며 상혁의 팔을 끌어당겼다.

"용기 하나는 인정할게."

진현이 한쪽 입꼬리만 올리며 웃었다. 그 입술 끝이 바르르 떨렸다. 상혁은 그의 눈을 똑바로 쳐다보려 애썼다. 그리고 자기 할 말만 하고 손을 빼는 진현을 다시 붙잡았다.

"비겁하게 팀원들 건드리지 말고 나한테 덤벼."

진현이 상혁의 말에 다시 한번 피식 웃으며 블루피어스 쪽을 바라보았다. 블루피어스 선수들이 상혁의 뒤에서 진현의 시선을 함께 받아내며 노려보고 있었다. 진현의 입꼬리가 슬그머니 내려갔다. 그는 홱 뒤돌아서 자신의 팀으로 돌아갔다.

경기 초반 퍽의 소유권은 블루피어스가 가져갔다. 경기에 집중하느라 관중석의 응원 소리도 잦아들었다. 긴장감이 높아지며 하키 채가 퍽을 때리는 소리만이 경기장에 선명히 울렸다.

"아아…!"

그 순간, 벤치 쪽에서 크게 내쉬는 한숨 소리가 들렸다. 달리는 속도가 드리블을 따라가지 못하는 바람에 퍽을 놓쳤고, 그 사이 카시우스 선수가 퍽을 채 간 것이다. 반대편에서 퍽을 따라가던 상혁이 피벗 동작*으로 방향을 바꾸었다. 바닥을 거세게 짓치며 재빨리 상대 팀 공격수를 쫓았다. 앞쪽에 시온이 보였다.

'문시온, 지금이야.'

시온이 절묘한 타이밍에 런지 자세로 채를 쑥 내밀었다. 순

식간에 치고 빠진 시온의 채에 퍽이 경로를 이탈했다. 상대 선수 입에서 욕설이 튀어나왔다.

"나이스!"

반면 벤치로부터 기분 좋은 응원 소리가 와닿았다. 옆으로 튄 퍽을 잡은 상혁이 골대 앞 공격수에게 패스했다. 공격수가 슛을 시도하는 순간, 벤치의 선수들 몸이 동시에 기울었다. 하지만 카시우스 골키퍼의 선방에 카시우스 벤치 쪽에서 안도와 환희의 탄성이 터졌다.

그 후로는 공방전이 계속됐다. 상혁마저 기회를 잡기 어려웠다. 퍽을 잡기만 하면 여럿이 포위했다. 길이 막혀 옆으로, 뒤로 피하기 바빴다. 훈련할 때 준비해 온 상황임에도 버거웠다. 하지만 넘어져도 곧바로 일어나 퍽을 쫓았다. 이를 악물고 집중해서 달렸다. 이전 경기에 출전하지 못한 아쉬움을 쏟아내기라도 하듯이 집요하게.

전반전 중반, 양 팀의 선수 교체가 숨 가쁘게 이루어졌다. 상혁은 페이스오프 자세를 취하는 진현을 벤치에서 지켜보았다. 카시우스의 골대 앞에서는 도운이 공격을 준비하고 있었다. 도운을 견제하는 상대 수비수도 그에게 바짝 붙어 서 있었다. 두 사람은 서로의 채를 신경질적으로 툭툭 쳤다. 다리는 서로 맞부딪치느라 팽팽하게 떨렸다. 도운은 힘겨루기에서 밀리지 않았지만, 슛 동작에 들어가기도 전에 골키퍼가 이미 골문을 빈틈없이 지키고 있었다. 상혁은 답답함에 한숨을 크게 내뱉었다.

'이렇게까지 만들었는데, 또.'

힘들게 기회를 잡으면 번번이 끊기는 게 너무나도 아까웠다. 그때였다. 카시우스 벤치에서 기대 섞인 환호 소리가 점차 커졌다. 카시우스 공격수들이 빠르게 골대로 향했다. 상혁은 순간적으로 입술을 꽉 깨물었다.

"막아!"

"슛!"

정반대의 간절한 주문이 쏟아져 나왔다. 오늘 골키퍼로 나온 지훈이 정석대로 자세를 낮췄다. 그런데 그가 앉는 것을 본 진현이 스쿱 동작으로 퍽을 퍼 올리듯 떠서 슛을 날렸다. 퍽은 골망 오른편 위쪽을 때렸다. 노련함이 돋보이는 골이었다. 관중석에서 시원한 환호가 쏟아졌다.

"드디어!"

"역시!"

옆 벤치에서 통쾌한 부르짖음이 들려왔다. 반면 블루피어스 벤치에선 안타까운 한숨 소리가 흘러나왔다. 지훈은 잠시 풀이 죽은 듯했지만, 곧 기본자세를 잡았다. 상혁은 플로어로 들어가자마자 재빨리 지훈에게 다가갔다.

"앉으면서 팔도 내려서 그래. 네 잘못 아니고, 정진현이 잘한 거야.”

그러고선 공수를 넘나드는 재민과 눈빛을 주고받으며 기회
를 만들었다. 상혁이 퍽을 갖자 이번에도 카시우스 두 명이 가
까이 붙었다. 상혁은 블레이드를 눕혀 퍽을 감쌌다.

“형, 여기여!”

재민의 목소리에 상혁은 몸을 비틀었다. 상대 선수들이 아직
등지고 있을 때 재빨리 사이드로 퍽을 쳤다. 카시우스 선수들
의 시선이 재민에게 쏠렸다. 상혁은 그 틈에 골대 옆 빈 곳으로
도망쳤다. 상혁의 주변이 한산해진 순간을 놓치지 않고, 이번
엔 재민이 상혁에게 패스했다. 상혁은 골대 기둥과 거의 나란
히 있었지만, 손목을 이용해 빠르고 강한 스냅 슛을 때렸다. 강
하게 친 진동이 손바닥으로 전해졌다. 좁은 각이었음에도 퍽이
날카롭게 골라인을 넘어갔다. 관중석 함성과 함께 짜릿한 전율
이 높이 뻗어 나갔다.

“상혁이 형!”

재민이 곧바로 환호하며 두 팔 벌려 달려왔다. 팀원들의 눈
에 활기가 되살아났다.

동점으로 전반을 마친 하프타임. 팀원들 대부분이 벤치에 앉
아 쉬고 있었다. 상혁은 일어선 채 그들을 등지고 펜스에 몸을
기대었다.

심호흡을 하는데 익숙한 느낌이 찾아왔다. 지난번만큼은 아

니지만 펜스를 잡은 두 손이 또 심하게 떨리기 시작했다. 하필 글러브를 벗은 탓에 떨리는 손이 더욱 선명하게 보였다. 주먹을 한 번 꽉 쥐었다가 펴보았지만 소용없었다. 그때 오른쪽에 그림자가 생기더니, 큰 손 하나가 상혁의 오른 손등을 덮었다. 도운이 다른 팀원들의 시선을 가려주듯 몸을 기울이며 단단한 눈빛을 보냈다. 왼편에 있던 시온은 두 사람을 번갈아 보더니, 시큰둥한 표정으로 손을 내밀었다. 그러다 상혁의 왼손 위에서 괜히 뜸을 들였다.

"에이… 쯧."

못마땅한 소리와 함께 결국 손을 얹자, 상혁은 실없이 웃음이 터졌다. 목을 조이던 긴장과 묵은 감정이 밖으로 밀려 나오는 기분이었다.

잠시 휴식을 준 감독과 코치가 전체적으로 파이팅을 불어넣은 뒤, 선수 개개인에게 바쁘게 코칭했다. 그 틈에 도운이 남은 주전들을 불러 모았다.

"너희, 늑대가 어떻게 사냥하는지 알아?"

"엥? …갑자기 뭔 말이에요?"

우성이 땀을 닦다가 눈을 휘둥그레 뜨며 다른 사람들의 반응을 살폈다.

"뜬금포 동물 퀴즈인 건가여?"

재민이 눈을 찡그리며 고개를 갸우뚱했다.

“외로운 늑대 말고, 무리로 다니는 늑대 말이야.”

상혁은 도운이 이렇게 헛소리하는 모습을 처음 보았다. 도운이 떨떠름한 상혁의 표정을 확인하고는 재빨리 덧붙였다.

“들어봐. 늑대들은 먹잇감이 무리로 있을 때, 일부러 분산시키고 지치게 만들어. 지금 상대가 제일 경계하는 건 여상혁이야. 여상혁이 퍽 잡으면 두세 명이 붙잖아. 그걸 이용해서 유인하는 거야. 다른 팀원들도 다 같이 몰아, 총공격할 것처럼.”

도운은 숨을 한 번 고르고 말을 이었다.

“근데 진짜 목적은 그게 아니야. 여상혁은 뒤에 있던 수비수에게 패스할 거고, 늑대들도 다 같이 뒤로 빠져서 상대의 힘을 빼놔. 상대 대형이 무너진 순간, 최전방에 가 있는 늑대가 콱!”

도운이 두 손을 콱 쥐는 시늉을 하며 설명을 마쳤다. 그제야 뻘쭘한지 두 손을 얌전히 내리고 반응을 기다렸다. 다른 주전들은 눈빛을 교환했다.

“우리 팀한테 딱 맞는 작전이긴 하네. 폭발적인 힘과 지구력.”

시온이 침묵을 깨며 씨익 웃었다. 상혁은 도운의 설명대로 역할을 알려주면서도, 작전에 크게 기대하진 않았다. 상황이 딱 맞아떨어져야 했다. 만약 실패하면 작전을 간파당할 것이고, 그러면 그것으로 끝이었다.

약간의 기대와 우려가 섞인 후반전이 시작되었다. 상혁이 아직 벤치에 있을 때, 다행히 블루피어스의 두 번째 골이 금세 터졌다.

"지금 플로어에 윤도운 빼고 모두 1학년이다."

기뻐하는 선수들을 보며 옆에서 시온이 툭 내뱉었다. 갑자기 무슨 말인가 싶었는데, "네가 뽑은 애들" 하고 덧붙인 말에 상혁은 그 의미를 알아차렸다. 곧 뿌듯함에 가슴이 부풀어 오르는 듯했다. 주장을 잘 따라주고 열심히 해온 그들이 스스로 역전 골을 만들어냈다는 게 기특했다.

하지만 안심할 수는 없었다. 인라인 하키는 몇 초 사이에도 골이 터질 수 있었다. 역시나, 상혁이 들어간 지 얼마 안 가 카시우스의 동점 골이 터졌다. 2 대 2. 게임은 다시 원점이었다.

'초조해하지 말자. 침착해, 여상혁.'

진현이 대놓고 따라붙을 때마다 심장이 터질 것 같았다. 블루피어스가 팀 진영에서 천천히 패스를 주고받는 동안, 시온이 다른 수비수와 교체해 들어왔다. 도운이 기다렸다는 듯 상혁에게 패스하며 고개를 위로 쭉 빼 들었다. 작전을 시작하자는 신호였다. 일명, 늑대 사냥 작전.

'따라와라, 제발….'

상혁은 퍽을 받자마자 속도를 끌어올렸다. 관중석에서 들려오는 환호성이 점차 커졌다. 도운, 시온과 재민이 곧바로 뒤따라오는 것을 힐끔 확인했다. 예상대로 카시우스는 네 명이 모두 블루피어스 선수들에게 따라붙었다. 세 늑대들은 그들에게 밀리는 척 뒤로, 옆으로 빠졌고 상혁은 두 명에게 포위되었다.

"온다, 온다!"

"주장! 패스!"

작전을 모르는 다른 팀원들이 벤치에서 우려 섞인 응원을 보냈다. 카시우스가 더 가까이 붙기 직전, 상혁은 다리 사이로 퍽을 넣어 뒤로 패스했다. 퍽은 후방에 대기하던 시온의 블레이드에 잘 안착했다. 카시우스 수비수 하나가 급히 뒤로 빠졌다. 이번엔 구석에 있던 도운이 앞으로 달려 나갔다.

상혁이 시온에게 퍽을 되돌려받는 동시에 힐긋, 도운의 위치를 확인했다. 어느새 도운이 골대 근처에 가 있었다. 길게 패스를 보내는 동안 이리저리 퍽을 따라가던 카시우스의 수비 진형이 무너지고 있었다. 도운은 골대 바로 앞에 있는 수비수를 피해 옆으로 빠졌다. 그리고 골대 대각선 뒤쪽에서 반대편 펜스로 강하게 퍽을 쳤다. 수비수가 그 퍽을 쫓아 골대 뒤로 빙 돌았다.

"앞에 막아!"

카시우스 선수들의 외침이 들렸지만, 꼬마 늑대가 그들보다 빨랐다. 펜스에 튕긴 퍽은 어느새 골대 앞에 있는 재민 앞에 멈추었다. 경기장에 있는 모두의 시선이 한곳에 쏠렸다. 퍽을 잡은 재민은 곧장 채를 힘차게 휘둘렀다.

"골!"

“우와악!”

귀가 울리도록 큰 함성이 링크를 가득 채웠다. 네 늑대들은 하나로 모여 서로의 헬멧을 토닥였다. 거친 호흡 속에 기분 좋은 웃음이 섞여 들렸다. 상혁은 작전이 먹혀들었다는 쾌감과 함께 그들과 연결된 느낌에 전율했다.

‘시간이 이대로 멈췄으면 좋겠다.’

기쁨을 나누는 세리머니도 잠시, 경기는 계속 이어졌다. 아직 끝나지 않은 경기 시간 동안 점수 차를 잘 지켜야 했다. 하지만 상혁은 점수를 지키기만 할 생각이 없었다. 안전하게 차이를 더 벌리고 싶었다.

작전에 당한 탓인지 진현이 평소와 달리 바삐 움직였다. 빤히 보일 만큼 급한 패스에 전혀 합이 맞지 않았다. 앞으로 남은 몇 분에 결승 진출이 좌우되니 급해질 만했다. 카시우스 벤치에서는 다급한 외침이 어지럽게 쏟아졌다. 진현은 이제 패스하는 대신 혼자 돌파하려 했다. 하지만 블루피어스 수비 라인에서 공격이 끊기자, 그의 인상이 험악해지는 게 보였다. 호흡도 거칠어지는 듯 가슴팍이 크게 들썩였다.

“체인지, 체인지!”

벤치에서 직접 교체 신호를 주는데도 진현은 아랑곳하지 않았다. 속도마저 느려지고 말았다. 상혁은 기회라고 생각했다. 진현이 상혁을 잘 아는 만큼, 상혁 또한 그를 잘 알고 있었다.

진현은 극에 달한 욕심과 다급함 때문에 절대 패스하지 않을 것이다. 상혁은 수비수들에게 붙으라고 외쳤다. 진현에게 붙은 수비수는 역시나 그의 퍽을 쉽게 빼앗았고 곧장 도운에게 전달했다. 도운은 골대까지 드리블하며 힘차게 달렸다. 그 모습을 상혁이 눈으로 좇았다. 도운이 골키퍼 바로 앞에서 퍽을 치려는 듯하다가, 블레이드 날을 확 틀어서 상혁에게 패스했다. 상혁은 자신이 퍽을 받은 줄도 모른 채 반사적으로 채를 움직였다. 툭, 골인이 되었다. 상혁이 얼떨떨해하는데, 나머지 세 선수가 그에게 엉겨 붙어 기뻐했다. 그 후에는 상혁 대신 다른 공격수가 투입되었다.

얼마 안 가 경기 시간이 2분 남았다는 신호가 울렸다. 이제 카시우스의 골키퍼도 함께 공격에 가담하기 시작했다. 상대 팀의 총공격에 블루피어스도 수비 대열을 정리했다. 상혁이 빈 곳을 손가락으로 가리켰다. 팀원들은 긴장했을 골키퍼를 위해 더 적극적으로 수비했다. 카시우스의 성급한 슛들은 계속 바깥으로 뻗어 나갔다. 그렇게 빠진 퍽을 시온이 상대의 빈 진영으로 길게 넘겨버렸다. 그때 도운이 채를 짧게 잡고 순간적인 스퍼트로 퍽을 따라갔다. 상대 수비수 두 명도 함께 달리며 붙었지만, 몸싸움에서 우위인 도운이 그들을 떨쳐내고 주인 없는 골대로 길게 퍽을 밀어 넣었다. 도운의 쐐기 골이었다.

"와아악!"

그리고 버저가 길게 울렸다. 벤치에 있던 블루피어스 선수들이 모두 플로어로 쏟아져 나왔다. 다 함께 껴안고 귀가 먹먹할 정도의 환호로 5 대 2 깔끔한 승리를 만끽했다.

‘누가 보면 우승한 줄 알겠네.’

상혁은 조금 민망했지만 자신도 웃음을 감출 수 없었다. 모두 방방 뛰는 그때 어디선가 ‘흐어’ 하는 소리가 들려 고개를 돌리니 재민이 울음을 터뜨리고 있었다.

“저 재수 없는 수림 놈들, 흐어엉, 상혁이 형, 우리가 이제 확실히 밟은 거 맞죠?”

상혁은 재민의 그런 모습이 웃기면서도 울컥했다. 자신도 마음을 진정시키며 재민의 등을 두드렸다. 우는 애를 달래다 보니 자연스레 한 사람이 떠올랐다. 항상 예상치 못하게 진심을 보여주었던 여자애. 그리고, 상혁은 진현에게 무엇을 얘기해 줘야 할지 깨달았다.

“야, 그만 울어. 눈물 빨리 안 닦으면 평생 놀림감임.”

우성이 재민을 골리면서도 악수 타임이 있다고 알려주며 살뜰히 챙겼다. 진현은 별다른 반응이 없었지만 현우가 상혁의 손을 꼭 잡고 축하 인사를 건넸다.

드디어 마지막 경기일 아침, 숙소 로비에 하나둘 모이는 블루피어스 선수들 사이에 침묵이 가라앉았다. 그들을 지나쳐 가는 관광객들만이 소란스러울 뿐이었다. 시온은 예외였다. 그는 일어나서 왔다 갔다 하며 혼잣말인 듯 아닌 듯 끊임없이 조잘거렸다.

"야, 대만 애들 별거 아니야. 게네 이번에 싱가포르 겨우 이기고 올라왔어."

"우리도 일본은 겨우 이겼어요."

재민이 다른 한쪽에 앉아서 꿍얼거리며 맞받아쳤다.

"우린 최고야. 우린 한국 1등 팀이야."

"게넨 세계 1등도 했어요."

우성은 재민의 계속되는 대꾸에 웃음을 참기 힘든 듯, 큭큭 소리 나는 입을 주먹으로 가렸다. 받아칠 말을 찾지 못해 씩씩거리는 시온을 상혁이 진정시켰다.

"문시온, 진정해."

그리고 팀원들을 죽 둘러보고 말했다.

"출발하자."

주장의 말에 팀원들이 끄덕이며 일어나 버스로 향했다.

상혁이 대기실에서 가볍게 몸을 푸는 동안, 시온과 몇몇 동료들이 소식을 물어다 주었다. 먼저 치러진 3, 4위 결정전에서 카시우스는 싱가포르에 패배했다. 그 경기에 진현은 출전하지 않았다.

상혁은 시합 전 링크를 돌며 준비 시간이 늘어나기를 막연히 빌었지만, 기도에 대한 응답은 없었다. 게임을 시작해야 할 순간이 다가왔다. 상대 팀 주장과 캡틴으로서의 마지막 피스트 범프*. 주먹을 부딪치고 동료들에게 돌아가는 짧은 순간, 자신을 맞이하는 그들의 모습을 천천히 눈에 담았다.

현실은 냉정했다. 상대 골키퍼는 얄미울 정도로 퍽을 잘 막았다. 온순한 도운이 손을 부들부들 떨 정도였다. 빈 곳을 노려봐도, 힘으로 세게 쳐봐도, 속임수를 써봐도 소용없었다. 블루피어스의 골은 번번이 좌절되었다. 반면 대만 팀이 넣은 건 벌써 세 골. 골을 연이어 먹은 후 확실히 팀의 기세가 꺾여버렸다. 벤치마저 조용했다. 3 대 0이라는 점수보다 팀의 풀 죽은 모습이 더 뼈아팠다. 상혁은 마지막 경기에서 자신이 할 수 있는 게 없다는 생각에 괴로웠다.

"얘들아, 아직 후반전 남았어. 후반전에 골 몰아넣는 경기도 많아. 알지?"

하프타임이 되자, 도운이 팀원들을 둘러보며 말했다. 평소 조용하던 도운이 이제 자신이 할 일을 대신하고 있었다. 자신보다 훨씬 부드럽고, 그러면서도 든든하게.

"야, 맞아. 우리 얼마 전까지 이 대회, 아예 나오지도 못할 뻔했다. 그거 생각하면 우리 진짜 잘하고 있는 거야."

● 주먹을 부딪치며 하는 인사.

시온이 웬일로 기특한 말로 거들었다. 두 사람 덕분에 팀 분위기가 한결 나아졌다.

상혁은 두 사람을 쓱 훑어보고, 나머지에게 다시 심기일전하자고 간결하게 말했다. 정작 자신은 폭발할 듯한 감정을 추스르느라 가슴이 크게 들썩였다.

더 점수를 내주지 않은 채, 그렇게 후반의 절반이 넘어가고 있었다. 블루피어스의 플로어 선수 넷 중 셋이 공격수였다. 수비를 놓지 않되, 공격에 집중하기 위함이었다. 유일한 수비수인 재민은 퍽을 소유하는 선수마다 바짝 붙어 따라갔다. 체격을 활용한 그만의 그림자 전법이었다. 당연히 체력이 많이 소모될 수밖에 없었다. 그만큼 재민도 마지막 최선을 다하고 있었다. 상혁도 천천히 따라가며 마음속으로 그를 응원했다. 그러다 퍽을 가진 상대 선수가 패스하려던 순간이었다. 계속해서 선수들을 졸졸 따라다니던 재민이 재빠르게 채를 내밀어 퍽을 빼앗았다. 곧바로 패스를 받은 우성은 수비수에게 빼앗길 틈도 없도록 빠른 속도로 돌파했다. 상혁도 그에 맞춰 스퍼트를 냈다. 벤치에서 지켜보고 있던 팀원들이 바짝 서서 우성에게 집중했다.

"잘한다!"

"제우성, 제발!"

조용했던 블루피어스 벤치의 온도가 급격히 올라갔다. 도운이 몸싸움을 맡은 덕분에 한결 편하게 질주해 온 우성이 골대 가까이에서 상혁에게 패스했고, 상혁은 어느새 골대 뒤로 가 있는 도운에게 다시 패스했다. 도운은 수비를 피해 퍽을 자신의 채와 펜스 사이에 두고 굴리며 반대쪽으로 이동했다. 골키퍼가 그런 도운을 눈으로 좇으며 자리를 이동했다. 각이 좁을 텐데, 도운이 슛을 날렸다. 역시나 골키퍼의 블로커에 튕겨 나왔다. 다소 무모한 슛에 안타까운 탄식이 쏟아지던 그때, 상혁이 얼른 다가가 퍽을 자기 쪽으로 끌어당겼다.

손목에 힘을 빼고 빈 곳 확인. 샤프트가 확 휘어 감겼다가 풀리는 느낌으로. 상혁의 블레이드는 빠른 속도로 퍽을 날려 보냈다.

샥-

수천, 수만 번 날린 스냅 슛이었다. 상혁은 결과를 의심하지 않았다.

드디어 블루피어스의 첫 번째 골이었다.

"여상혁!"

"주장!"

벤치에서 우승한 듯한 큰 환호가 터졌다. 선수들이 채로 펜스 위를 두들기거나 두 팔을 들고 방방 뛰었다. 플로어 선수들은 상혁에게로 모여 둥글게 안았다. 상혁은 동료들의 유니폼을 그 어느 때보다도 세게 꽉 쥐었다.

이 기세를 몰아 골을 추가하고, 어느새 동점 골을 넣고 역전까지 이루어내는 영화 같은 일은 일어나지 않았다. 3 대 1의 점수를 유지한 채 얼마 남지 않은 시간은 속절없이 흘러가고 있었다. 마지막 교체로 뛰게 된 상혁은 남은 시간에 무엇을 할 수 있을까 생각했다. 블루피어스의 격렬한 공세에도 상대 팀은 쉽게 무너지지 않았다. 블루피어스에서 상혁의 마지막 몇 분이 그렇게 끝을 향하고 있었다.

뜻밖의 타이밍에 심판이 타임아웃을 알렸다. 타임아웃 요청자는 블루피어스의 주장이었다. 벤치로 모인 팀원들의 의아한 시선이 상혁에게 꽂혔다. 정지된 전광판에 표시된 시간은 13초. 1분의 타임아웃 시간이 돌아가기 시작했다. 그들은 상혁을 보며 그의 입이 떨어지기만을 기다렸다. 상혁은 열세 명의 동료들을 하나하나 둘러보았다.

'정말 시간이 이대로 멈췄으면 좋겠다.'

"얘들아,"

막상 운을 떼려니 몸속 깊은 곳에서 무언가 올라와 목에서 걸렸다.

"덕분에 멋진 게임했다. 너흰 최고의 동료들이라고, 이 말 해주고 싶었어."

상혁의 말을 들은 누군가는 벙찐 표정을, 재민을 비롯한 몇몇은 울컥한 표정을 지었다. 도운은 잠시 고개를 떨구더니 곧 다시 상혁을 보며 말했다.

"주장 덕분에 우리가 이 정도 할 수 있었어. 수고했어."

둘은 마주 보고 씨익 웃었다.

"야, 아직 안 끝났어. 수고하긴 뭘 수고해. 끝날 때까지 끝난 게 아니라고 매번 그러던 게 누구더라?"

시온이 틱틱거리며 말했지만 얼굴은 환했다. 그들은 손을 내밀어 한데 모은 후 마지막 파이팅을 외쳤다. 곧 블루피어스의 마지막 13초가 시작되었다.

6장
오버타임

지서

친구들과 떨어져 지낸 여름방학 동안 지서는 생각보다 바쁘게 지냈다. 우선 학교 체육관에 갈 수 없게 되자 저녁 산책 시간을 늘려 옆 동네까지 오가며 걸었다. 서점에 가서 책을 보다 오기도 하고, 유튜브로 본 오일파스텔 그림을 따라 그려보기도 했다. 매듭 키트를 주문해 과연 자신에게 정말로 손재주가 없는지 재도전해 보았다. 결과물은 여전히 엉망이었지만, 우스꽝스러운 매듭을 보니 웃음이 났다. 문득 같은 끈으로도 단정한 매듭을 만들어냈을 커다란 손이 떠올랐다. 도운이 있었다면 옆에서 자세히 알려줬을 텐데….

그러고 보니 도운에게 받은 것만 많고 해준 건 별로 없었다.

지서는 충동적으로 일일 가죽 공방 체험을 신청했다. 괜찮은 게 나오면 도운에게 선물해도 좋을 것 같았다. 전문가의 손길을 받아서인지, 다행히 매듭보다는 훨씬 그럴듯한 카드 지갑이 만들어졌다. 뿌듯한 미소로 볼이 봉긋 솟아올랐다.

카드 지갑을 손에 쥐고 돌아가는 길에 휴대폰을 확인하니 부재중 통화가 잔뜩 쌓여 있었다. 발신자는 '엄마'. 지서는 자기도 모르게 침을 꿀꺽 삼켰다. 집으로 돌아가는 내내 핑곗거리를 생각했는데, 초록색 대문 앞에 이르렀을 때 소용없다는 걸 알 수 있었다. 엄마의 세단이 이미 주차되어 있었다.

엄마인 혜수는 지서가 들어오는 모습을 매섭게 지켜보았다.

"어디 갔다 왔어? 전화는 왜 안 받아?"

화를 꾹꾹 누르는 목소리에 지서는 애써 어색하게 웃었다.

"엄마, 갑자기 어쩐 일이에요? 저 잠깐 시내에 갔다 왔어요. 이거 만들러…."

가죽 카드 지갑을 내보이며 조금은 자신을 기특하게 봐주지 않을까 기대했다. 하지만 혜수의 표정은 변하지 않았다.

"너 저번에도 인라인 하키 시합하는 데에 가 있더니. 대체 어쩌자고 이러는 거야?"

혜수의 말이 이어질수록 지서의 기대가 바스러졌다. 지서는 지난번처럼 자신이 얼마나 나아졌는지, 어떻게 지내고 있는지 설명하려 애썼지만 혜수의 얼굴은 점점 더 딱딱하게 굳었다.

"안 되겠다. 너 다시 서울 돌아갈 준비해."

"엄마! 나 진짜 괜찮다니까요? 내가 좋아지고 있다는데 왜 그래?"

갑작스런 폭탄 발언에 지서의 목소리가 커졌다. 하지만 혜수는 듣는 척도 하지 않았다.

"엄마는 내가 아무것도 못 하면 좋겠어요? 그렇게 사는 게 무슨 의미가 있는데? 엄마는 날 진짜로 걱정하는 게 맞아요?"

곁에서 가만히 보고 있던 할머니도 슬며시 지서에게 힘을 실어주었다.

"그래. 서울에선 일이 많았다면서. 여기 온 후로 많이 나아진 것 같은데. 친구도 사귀고."

서울 가자는 말은 충동적인 것이었는지, 다행히 사그라들었지만 지서의 마음은 가라앉지 않았다. 엄마를 도저히 이해하기 힘들었다.

'난 여기가 좋아. 그리고 인하부가 좋아.'

그것만은 확실했다. 언제까지 엄마 말대로 가만히 있을 수는 없다는 것 또한 마찬가지였다. 무언가를 하고 싶다는 열망이, 엄마의 무조건적인 보호에서 벗어나야겠다는 갈망이 지서의 마음에 더 강하게 자리 잡았다.

살얼음을 걷는 것 같던 며칠이 지나고, 친구들이 싱가포르에서 돌아오는 날이 되었다. 뜨거운 햇살이 내리쬐는 청선고 운동장 차양막 아래 사람들이 태양을 피해 삼삼오오 모여 있었다. 곧 인라인 하키부 전용 버스가 교내로 들어서자, 사람들의 움직임이 분주해졌다. 지서도 계단 한구석에서 손풍기의 바람을 맞으며 더위를 참고 있다가 사람들을 따라 일어났다. 버스가 주차장에 완전히 멈추고, 곧이어 선수들이 차례로 하차했다. 선수들은 뜨거운 바깥 기온에 놀랐는지 한껏 찡그리며 한숨을 쉬었지만, 가족을 발견하자 인상이 풀렸다.

그리고, 시온이 내렸다. 시온을 보는 순간 심장이 배꼽까지 떨어졌다가 올라왔다.

'아, 맞다. 시온이. 어떡하지?'

시온은 바로 지서를 발견했다. 손 그늘을 만들고 눈을 찡그리면서도, 지서를 향해 이가 보이도록 환히 웃었다.

지서는 생일날이 떠올라 입술을 잘근잘근 깨물었다. 다녀오면 대답해 주기로 약속했는데. 친구들과 떨어져 있는 동안 확실해진 점은, 시온은 지서에게 가장 좋은 친구라는 것이었다. 그 이상은 아니었다. 하지만 막상 얼굴을 보니 어떻게 말해야 할지 막막했다. 차라리 도망가 버리고 싶었는데, 그새 시온이 지서 앞으로 성큼 달려왔다.

"지서야, 잘 지냈어? 보고 싶었어."

그는 지서의 두 손을 덥석 잡았다.

'싱가포르에 가서도 내내 연락했으면서.'

지서는 제대로 답장하지 않은 게 미안해졌다. 그러는 동안 상혁과 도운이 뒤에서 걸어왔다. 상혁은 별말 없이 손인사만 건네고 둘을 지나쳤다. 도운은 지서와 눈이 마주치자 싱긋 웃었지만 어쩐지 눈을 피하는 것 같기도 했다.

'도운이한테 상혁이 일 물어보고 싶은데….'

그때 마침 시온이 코치에게 불려 갔다. 지서가 그 기회를 놓치지 않고 속사포로 물었다.

"도운아, 상혁이는? 그 애가 혹시 나쁜 짓 안 했어?"

"응. 다 괜찮았어. 네 덕분에 잘 넘겼어."

도운이 이번에는 지서를 제대로 바라보며 빙긋 웃었다. 여느 때처럼 다정한 그 미소에 드디어 허전했던 여름방학이 완전하게 채워지는 것 같았다.

가을에 있는 세계 대회에 한국 팀이 진출하게 됐다는 소식이 전해졌다. 기쁜 소식이었다. 하지만 기뻐하기도 전에, 다른 소식이 이어졌다. 상혁의 유학이었다. 지서는 상혁의 설명을 다 알아들을 수는 없었지만, 꽤 긴 기간 떠나 있어야 하는 것과 출발일이 얼마 안 남았다는 것은 잘 이해했다. 왜 이렇게 갑자기 가는지 물었더니 "협회에서 준비를 너무 잘해준 덕분"이라고 했다. 무슨 말을 해야 하는지 망설이는 지서의 머리 위에 상혁이 손을 턱 얹었다.

"좋은 거야. 나, 우리나라 고등부에서 제일 잘해서 뽑혀 가는 거야."

"역시. 우리 주장 대단하네. 그치?"

지서가 주전 선수들을 둘러보며 웃는데, 그들이 마지못한 느낌으로 어색하게 웃었다.

"그래도… 네가 없으면 허전하겠다. 주장은 누가 해? 연습은 누가 시켜?"

상혁은 눈빛이 흔들리는 듯싶다가, 내리깐 눈을 다시 지서와 맞추며 대답했다.

"우리 팀은 나 없어도 잘할 거야."

그 말에 재민이 코를 훌쩍였다.

"자, 적당히 쉬고 늦지 않게 모이자."

침묵이 더 길어지기 전, 상혁이 인하부실 소파에서 일어났다. 재민이 그 뒤를 따라 나갔다.

"상상이 안 가요."

잠깐의 적막이 흐른 후 우성이 말했다.

"상혁이 형이 없을 거란 게. 솔직히 전, 대학 가면 서재민이 랑 떨어질 수 있다는 것도 실감이 안 나요."

도운과 시온은 가만히 정적을 지켰다. 지서는 친구와의 작별 시간이 한 달여밖에 남지 않았다는 사실이 믿기지 않았다. 예

고 없는 이별도 아프지만 미리 알고 하는 이별도 슬펐다. 눈물
이 올라올 것 같아 지서는 천장을 올려다보았다.

'우린 다시 만날 수 있을까? 시간이 너무 많이 지나 있어서,
더 이상 친구가 아니게 되면 어떡하지?'

상혁은 지서나 재민이 더 이상 슬퍼할 새도 없이 평소처럼
훈련을 이어갔다. 마치 그런 날이 오지 않을 것처럼, 아무 일도
없다는 듯이. 하지만 지서는 알고 있었다. 이별하고 나서가 진
짜라는 걸, 남겨진 사람도 떠난 사람도 슬픔은 결코 작지 않을
거란 걸.

✦✦✦✦✦

어느덧 방학도 끝이 보이는 무더운 날이었다. 지서는 시온을
만나고 돌아온 뒤, 다시 집 밖으로 뛰쳐나왔다. 골목길 끝, 나
무와 수풀이 둘러싼 울타리에 다다라서는 꾹꾹 참았던 눈물을
쏟아 보냈다.

마음이 너무나도 헛헛했다. 나아지려고 노력했고, 실제로 나
아진다고 생각했다. 그런데 시온에게 오빠 얘기를 듣고 나면
불안이 곰팡이처럼 피어나 조금씩 마음을 좀먹었다.

'정말 괜찮아지고 있는 게 맞나?'

추억을 되살리는 게 마냥 아름답지만은 않았다. 과거를 이겨

냈다고 엄마에게 증명하고 싶은 마음은 조급해져만 갔다. 여전히 가끔씩은 악몽을 꾸는 것도, 일어나고 나면 몸이 아파오는 것도 내색할 수 없었다. 그토록 되찾고 싶은 과거였는데 과거를 찾을수록 발목을 잡히는 기분이었다.

하늘로 고개를 들어 '후' 하고 숨을 내뱉었다. 그때 옆에서 인기척이 느껴졌다. 화들짝 놀라 돌아보니 도운이 서 있었다. 눈가를 재빨리 슥슥 문질렀다.

"아, 별일 아니야. 별거 아닌데, 집에서는 할머니가 걱정하실까 봐."

잔뜩 가라앉은 목소리를 억지로 명랑하게 쥐어 짜냈다. 도운이 눈썹을 축 늘어뜨리고 지서를 쳐다보다가 물었다.

"오늘, 문시온이랑 놀지 않았어?"

지서가 고개를 끄덕였다.

"응. 잘 놀고 왔어. 진짜 즐거웠어."

하지만 말을 하자마자 감정이 올라와 힘없이 고개를 떨구었다. 지서의 발 앞에 눈물이 떨어졌다. 도운이 평소와 다름없는 목소리로 물었다.

"그런데 왜 울어."

"모르겠어."

지서가 겨우 대답했다.

"진짜 모르겠어. 학교 생활도 즐겁고 인하부도 재밌고. 친구들도 너무 잘해주는데 내가 왜 이러는지 모르겠어."

울음을 눌러 삼키는 소리가 정적을 채웠다. 조금 뒤에 도운이 뜬금없이 말했다.

"지서야, 나랑 경기장 갈래?"

"지금?"

"응."

지서는 망설여졌다. 날은 여전히 더웠지만, 벌써 노을이 지고 있었다. 도운은 망설이는 지서의 손을 슬쩍 잡더니, 자전거 앞으로 이끌었다.

금세 경기장에 도착한 둘은 곧장 링크 안으로 들어갔다. 도운이 불을 켜자, 조명이 착착 소리를 내며 실내를 환하게 밝혔다. 도운은 지서를 벤치석이 아닌 플로어 안으로 데리고 들어갔다.

"비밀로 해줘. 여상혁이 알면 나 엄청 시달릴 거야."

도운이 곁눈질하며 하는 말에 지서는 왠지 즐거워졌다. 둘은 반대편 끝까지 들어가 펜스에 기대어 바닥에 앉았다. 타원형 링크가 눈앞으로 넓게 펼쳐졌다. 벤치에서 바라보던, 양옆으로 긴 링크와는 다른 느낌이었다.

"이렇게 보니 색다르네."

"그치? 여기선 저 끝이 멀어서 무슨 얘길 해도 안전하거든."

도운은 지서의 말을 기다린다는 듯 가만히 쳐다보았다. 지서는 잠시 망설였다. 솔직한 속마음 같은 건, 누구에게도 말해본 적 없다. 하지만….

도운을 흘깃 바라본 지서는 마음을 다잡았다. 담담한 눈이 언제까지고 기다려줄 것처럼 느껴졌다.

"엄마는 나한테 아무것도 못 하게 하거든. 힘든 거 하지 말고 편안하게 안정만 취하래. 그래서 인하부 하는 것도 결사반대야. 이해는 해. 하나뿐인 아픈 딸이 오빠처럼 잘못되면 안 되니까. 그래서 나 여기서 잘 적응하고 잘 지내야 해. 근데 아무것도 안 하고 가만히 어떻게 나아져? 지금까지 가만히 있는 것도 실패했는걸. 청선으로 올 때 마지막 기회라는 생각에 너무 불안했어. 할머니랑 같이 살게 돼서 좋은 척했는데 사실, 막 토할 것 같았어."

손가락을 꼼지락거리며 두서없이 말하는데, 도운은 장황한 이야기를 가만히 들어주었다.

"시온이가 오빠 얘길 해주는 게 너무 좋은데, 자꾸 꿈에 나와. 기억도 안 나는 사고 장면이. 너무 좋은데, 슬퍼. 과거를 이겨내고 싶은데 그게 잘 안 돼."

손을 꾹꾹 누르던 손톱이 점점 여린 살을 세게 찔렀다. 둘 사이에 적막이 감돌았다. 이렇게까지 술술 말해버릴 줄 몰랐다. 너무 우울한 말에 도운이 질려버리면 어떡하지, 하고 뒤늦게 후회되려는 순간 도운이 말했다.

"난 어렸을 때 나쁜 아들이었어."

생뚱맞은 말에 지서가 고개를 돌렸다. 도운은 텅 빈 플로어를 보며 담담하게 자기 이야기를 늘어놓았다.

기억조차 나지 않는 어릴 적, 도운의 친엄마는 아빠와 이혼하고 떠나버렸다. 친엄마의 공백이 길어질수록 도운의 그리움도 점차 희미해졌다. 아빠가 새엄마를 데려왔을 땐 도운의 마음은 이미 꼭 닫혀 있었다. 새엄마가 밝게 웃어주는데도, 그게 괜히 싫었다.

"에그, 의사면 뭐 해? 바빠서 가족 돌볼 시간도 없으면서. 애만 불쌍해서 어쩌누."

친척 어른들이 아빠를 비난하는 말을 들으며 도운은 어렴풋이 생각했다.

'이 사람도 날 버리겠지.'

어린 도운은 새엄마에게 확실하게 선을 그었다. '엄마'는커녕 제대로 부르는 호칭도 없었고, 함께 말하기조차 싫어 입을 꾹 다물었다. 하지만 새엄마는 늘 다정했다. 축구하느라 비를 쫄딱 맞고 돌아오면 혼나겠다는 예상과 달리, 감기 들겠다며 폭신한 수건으로 몸을 닦아주었다. 새엄마 덕에 온 가족이 함께 놀이공원에도 가보았다. 생일이면 케이크에 초를 켜 노래도 불러주었고 아플 땐 밤새 옆을 지켜주었다. 그 따뜻함에 익숙해지기까지 1년도 채 걸리지 않았다. 마침내 '엄마'라고 불러도 되겠다고, 아니, 그러고 싶다고 마음먹었다. 하지만 도운은 또다시 혼자 남았다. 이번에는 새엄마의 뜻과는 상관없이. 새엄마는 도운이 초등학교를 졸업하기도 전에 병으로 세상을 떠났다.

"그때 실어증에 걸려서 중학교 들어가서도 한동안은 말을 못했어. 중학교에서 문시온을 만났는데, 걔 덕분에 다시 말할 수 있었어."

도운은 놀라울 정도로 침착했다. 정작 슬픔을 참는 건 지서였다. 다정하고 친절한 뒷면에 이런 아픔이 있을 줄은 몰랐다. 그렇다면, 도운은 지서가 그토록 애타게 찾고 있는 답을, 자신을 얽매는 과거를 이겨내는 법을 알고 있을까.

"…어떻게 이겨냈어?"

도운이 지서와 눈을 마주쳤다.

"…못 이겨냈어."

그의 나지막한 대답에 지서는 결국 울음을 터뜨렸다.

"하지만 그 일이 지금의 나를 만들었어. 사랑하는 엄마를 잃고 많이 후회해서, 그 후에 주변 사람들을 더 소중히 아껴줄 수 있게 됐어."

눈물이 계속 뚝뚝 떨어졌다. 도운이 서툰 손길로 지서의 젖은 뺨을 톡톡 닦아주곤 손을 떼어냈다.

"그러니까, 지서야. 초조해할 것 없어. 이겨내려고 너무 애쓸 필요도 없어. 내가 봤을 때 넌 지금도 충분히 잘하고 있어.

그리고 지나다 보면… 너는 분명 더 나아질 수 있을 거야. 내가 장담할게."

도운이 마지막에 자신을 가리키며 싱긋 웃었지만, 목소리 끝은 갈라져 나왔다. 그는 잠시 지서가 울도록 내버려두곤, 목을 가다듬었다.

"그리고 비밀로 해줘. 사실 가끔 나 혼자 하는 거야."

무슨 말인지 가만히 쳐다보는데, 도운이 고개를 조금 들고 손날을 입가에 가져다 대었다. 그러고는 천장을 향해 힘껏 소리쳤다.

"엄마! 보고 싶어요! 잘 지내죠?"

소리가 천장 끝까지 닿더니 사방으로 퍼져 경기장을 둥글게 울렸다. 기분 좋은 울림이었다. 도운은 개운하다는 듯한 표정이었다. 고개를 돌려 지서에게 네 차례라는 듯 웃어 보였다. 지서는 마음 깊이 꽁꽁 묻어두어 왔지만, 사실은 정말 하고 싶었던 이야기를 떠올렸다. 두 손을 입가에 둥글게 모았다.

"오빠! 지환이 오빠! 보고 싶어!"

너무나 오랜만에 꺼내보는 이름에 눈물 한 방울이 도르르 떨어졌다. 하지만 마음만은 뻥 뚫린 듯 시원했다.

    '월드 인라인 챔피언십' 선발전 일정이 떴다. 몇 년 만에 돌아온 세계 대회, 그 기회를 꼭 잡기 위해 아시아 대회를 끝내고 막 돌아왔음에도 선수들 각자 훈련을 열심히 이어 나갔다.

    현우에게 진현이 결국 징계를 받았다는 연락이 왔다. 아시아 대회에서 상혁의 스케이트에 손 댄 게 결국 들킨 것이다. 그는 ARC 3, 4위전을 시작으로 월드 인라인 챔피언십 출전까지 자격을 박탈당했다. 상혁을 보내버리려던 협회는 그다음 에이스인 진현까지 출전이 어려워지자, 어떻게든 징계를 축소하려 했다. 하지만 시온과 동료들은 똘똘 뭉쳐서 증거를 빡빡 긁어모았다. 사실상 선수 경력 끝이었다.

[결국 그렇게 결정됨]

[이 채팅방은 폭파하자. 수고]

거기엔 카시우스 수비수인 현우도 큰 몫을 해주었다.

[땡큐. 월챔에서 봐]

시온이 답장하자 1이 사라졌다. 시온은 그걸 확인하고 채팅방 나가기를 눌렀다.

진현의 일도 통쾌했지만, 협회도 자승자박했다는 생각에 꽤 고소했다. 할 수 있다면 협회장 앞에서 깐족거리며 춤이라도 춰줄 수 있을 것 같았다.

"그러니까 누가 그딴 짓을 하래? 나쁜 놈들….."

상혁은 출국할 준비를 하면서도 그럴 예정이 없는 것처럼 훈련에 참여했다. 안 가기로 마음을 바꿨나 착각이 들 정도였지만, 다음 주장을 논의하고 팀원들에게 자기 일을 넘겨주는 것을 보며 현실이 바뀌지 않았음을 확인할 수 있었다. 그리고 그는 생각보다 훨씬 더 많은 것을 하고 있었다.

"야, 그러니까 누가 이렇게 뭘 많이 하래? 이제 너 가면 애들 어떡하라고 그러냐."

잔뜩 신경질을 담아 툴툴거렸는데 말해놓고 나니 조금 창피했다. 상혁이 뭐라고 맞받아칠 줄 알았는데, 답지 않게 인자한 미소를 머금고 대꾸했다.

“그러게. 우성이는 안경 관리를 자꾸 잊으니까, 김 서리지 않게 잘 챙겨줘. 너는 베어링 윤활유 보충하는 거 잊지 말고.”

“뭐야, 왜 이래.”

시온이 당황하는 사이, 상혁은 도운에게도 말했다.

“공격수들이 부담스러워졌지만, 어떻게 보면 너한테 기회이기도 해. 이번에 잘해서 눈도장 확실히 찍어놔.”

도운은 상혁의 어깨를 가볍게 툭 쳤다.

상혁은 상혁대로 시온을 쓸쓸하게 했지만, 사실 무엇보다 시온의 마음을 어지럽힌 건 지서였다. 둘은 휴식 시간을 이용해 경기장 뒤편으로 빠져나왔다. 학교 울타리 덕에 그늘지고 시원한 그곳은 방학이라 일진들도 오지 않아서 쉬기 딱 좋았다. 멀리서 매미가 시끄럽게 울었다.

콘크리트 시설물 위에 나란히 앉아서, 지서는 다리를 엇갈리게 흔들었다.

‘언제 대답해 주려나.’

시온은 쿵쿵 시끄럽게 뛰는 심장을 겨우 진정시켰다.

‘아니야. 재촉하지 말자.’

“지서야, 음악 들을래?”

지서의 귀에 이어폰을 꽂아준 뒤 자신의 플레이리스트 맨 위에 있는 곡을 재생했다. 떨리는 마음으로 지서의 얼굴을 가만히 바라보았다. 지서는 미소를 머금고 멜로디에 귀 기울였다. 그러다 한쪽 이어폰을 빼더니 눈을 반짝이며 말했다.

"이 노래, 좋다!"

"역시, 좋아할 줄 알았어."

시온은 몸을 기울여 지서의 귀에 바짝 다가갔다. 샴푸 향기와 잔머리가 코를 간질였다.

"지환이 형이 좋아하던 노래야. 나도… 좋아해."

떨어져서 지서의 얼굴을 보는데, 눈썹꼬리가 축 내려가 있었다. 시온은 자기도 모르게 그 얼굴에 가까이 다가갔다. 지서의 속눈썹이 바르르 떨리는 것을 보며, 연분홍빛 입술에 자기 입술을 폭 묻었다. 또다시 시온의 시간이 멈추고 깊은 우주로 빨려 들어갔다. 하지만 지서는 곧 몸을 뒤로 빼며 시온에게서 떨어졌다. 그러고는 반대편으로 고개를 돌려버렸다.

계속 그런 식이었다. 데이트할 때마다 그늘진 지서의 표정. 그걸 보며 형의 또 다른 이야기로 달래주는 자신. 그러면 또 우울해 보이는 지서. 둘은 진창으로 끌려 들어가는 듯했다.

지서가 머쓱한 듯 어깨를 움츠리더니, 여전히 시온을 쳐다보지 않은 채 머뭇머뭇 입을 열었다.

"시온아, 있잖아. 음…."

"시간 다 됐다. 나 먼저 들어갈게."

본능적으로 말을 가로막은 시온은 지서를 내버려둔 채 황급히 자리를 떠났다.

시온은 이런 게 통하지 않으면, 방식을 바꿔서라도 꼭 지서를 붙잡고 싶었다. 그래서 작전을 바꾸기로 했다. 무조건 재미있고 즐거운 곳을 찾아다니기로. 지서와 함께 갈 곳 리스트를 짜는 데 며칠이 걸렸다. 계획을 정리한 시온이 지서를 찾아다녔다. 놀이공원에 가자고 할 생각에 기대감이 차올랐다. 그때 연습실 복도에서 개운하고 유쾌한 웃음소리가 퍼졌다. 익숙한 낮은 목소리, 그리고 자신이 그토록 원하던….

시온은 그쪽으로 살금살금 움직였다. 탁구대가 있는 연습실 안에서 탁, 탁 공이 튀기다가 또다시 지서가 맑게 웃는 소리가 흘러나왔다. 훨씬 낮은 도운의 웃음소리가 함께였다.

"와, 너무 재밌다. 탁구가 이렇게 재밌는 건지 몰랐어."

"금방 잘 배우네. 운동 신경이 좋은 편 같아."

"그런가? 하긴 우리 오빠도 운동 잘했대. 나, 오빠 닮았나 봐."

"그런가 보네. 유전인가 봐."

시온은 누군가 머리를 세게 때린 듯 멍해졌다.

도운을 보자 이유 모를 화가 치밀었다. 우정이고 단짝이고 뭐고.

"야, 윤도운. 나 슛 도와줘."

로커 룸으로 끌고 간 뒤 도운에게 블로커를 억지로 안겨 골대가 있는 연습실로 앞장섰다.

"오랜만에 차니까 꽤 무겁네, 이거."

도운이 캐처와 블로커를 양손에 들어 보이며 웃었다. 남의 속도 모르고 바보같이 헤헤 웃는 그가 정말 미웠다. 시온은 도운이 준비된 것을 확인하고는, 좌우로 움직이며 바닥에 떨어진 퍽을 하나씩 쳐 슛을 날렸다. 도운은 퍽이 날아오는 방향으로 빠르게 반응하며 척척 막아내었다. 골키퍼로서의 감각이 아직 죽지 않은 듯했다.

"윤도운. 넌 나랑 지서 중에 선택해야 한다면 어떡할래?"

시온이 불쑥 물었다. 그가 온 힘을 다해 친 퍽이 블로커에 세게 맞으면서 연습실에 '팍' 하는 소리가 울려 퍼졌다. 도운은 헬멧 케이지로 자신의 표정을 숨기고 있었다. 시온은 그것마저 치사하게 느껴졌다.

"응? 어떡할 거냐고."

도운에게서 대답이 없자 재차 물었다.

탁, 팍.

차라리 지서를 택하겠다고 대답하길 바랐다. 그러면 싸울 수 있으니까.

"둘 다를 택할 거야."

마침내 나온 그의 대답에 시온은 채를 더욱 꽉 잡고 위쪽을 향해 세게 휘둘렀다. 도운은 새 블로커를 들어서 얼굴 앞으로 연이어 날아온 퍽을 막았다.

휙, 탁, 파-악. 같은 소리가 규칙적으로 울려 퍼졌다.

"그게 안 된다면?"

"…되게 할 거야."

시온은 이제 바닥에 있는 퍽을 도운의 몸을 향해 되는 대로 다 쳐 날렸다. 도운은 처음에는 허겁지겁 움직이다가, 이내 양 팔을 내린 채 마구잡이로 날아오는 퍽들을 가만히 다 맞았다. 도운을 때리고 튕겨 나간 검은 퍽들이 바닥 여기저기 흩어져 있었다. 그리고 시온의 거친 호흡 소리만이 공간을 가득 채웠다. 그는 어깨를 들썩이며 숨을 골랐다. 도운이 숙였던 고개를 들어 올렸다.

"화 다 풀었어?"

도운의 낮은 음성이 둘 사이 침묵을 깨뜨렸다. 그는 헬멧을 벗고 조용히 시온을 응시했다. 시온은 여전히 씩씩거렸다. 노려보고 있는 자신과는 달리, 도운의 눈빛은 여전했다. 시온은 채를 바닥에 내팽개치고 연습실을 빠져나왔다.

밖으로 나와 학교 건물로 들어가는데, 마침 지서가 2리터짜리 생수병을 양손에 하나씩 들고 있었다. 들어주려고 얼른 다가갔더니 지서가 고개를 저었다.

"괜찮아, 내가 할 수 있어."

실랑이를 벌인 끝에 하나만 빼앗아 들고 나란히 경기장으로 향했다.

“아예 큰 병을 가져다 두면 편할 것 같아서.”

지서가 멋쩍게 웃으며 말했다. 요즘 부적 상혁의 물 심부름이 잦았다. 지서를 괴롭히나 했는데, 둘의 사이는 좋아 보였다. 벤치까지 가는 길이 말없이 어색했다.

“고마워.”

물병을 내려놓고 지서가 머리를 긁적였다. 뭔가 말하려는 듯 입술이 작게 달싹거렸다. 시온은 그 말을 듣지 않아도, 무슨 얘긴지 알 수 있었다.

“저… 시온아. 그게, 있잖아.”

“지서야, 한번 이렇게 해볼래?”

시온은 지서의 말을 끊고, 제자리에 반듯하게 섰다. 그리고는 한쪽 손바닥을 세로로 펴서 손날을 보였다. 지서가 어리둥절한 얼굴로 시온을 따라 했다. 시온은 그 손을 잡고 몸 한가운데로 옮겼다. 그리고 자신의 두 검지 끝이 닿도록 맞붙였다.

‘형, 이게 맞는 거겠지?’

아주 잠깐의 망설임 끝에, 맞닿은 검지 사이를 지서의 손날 아래에 대고 위로 들어 올렸다. 두 검지는 지서의 손날에 의해 떨어졌다. 지서가 의아한 표정으로 시온을 올려다보았다.

“…나 방금 차였어.”

지서의 눈이 커졌다.

“에이, 아쉽지만 어쩔 수 없지. 그래도 우리, 친구로는 계속 친하게 지내는 거지?”

애써 밝게 말하는데, 목소리가 떨리는 것 같기도 했다. 지서가 뭔가 말하려는 듯 입을 떼었다. 시온이 얼른 먼저 말했다.

“그럼 나 먼저 가볼게. 이따 봐.”

그리고 얼른 뒤돌아 링크를 빠져나왔다.

“잘했어, 문시온.”

혼잣말과는 다르게 눈물이 얼굴을 타고 주르륵 흘러내렸다. 턱끝에 맺힌 눈물은 바닥에 톡 하고 떨어졌다.

도운

“감독님이 주장하라고 하시면 그러겠다고 해.”

상혁이 며칠째 같은 말을 반복하고 있었다. 알았다는 대답을 들을 때까지 계속하려는 모양이었다.

“그러시겠대?”

“그런 말씀은 없었는데, 아마 그러실 거야.”

도운은 상혁이 왜 그리 확신하는지 이해되지 않았고, 설레발을 치고 싶지 않았다. 무엇보다 주장의 자리는 무거운 것. 상혁만큼 할 자신도, 잘 해낼 자신도 없었다.

며칠 뒤 세계 챔피언십 엔트리가 나왔다. 앞으로 한 달이 채 안 되는 시간 동안 다른 학교 선수들과 합을 맞춰야 했다. 세계 대회 출전이라니, 아직 실감이 하나도 안 났다. 엔트리가 발표된 다음 날, 도운은 김성록 감독에게 호출되었다. 상혁이 로커룸을 나서는 그의 어깨를 붙잡고 조용히 말했다.

"하겠다고 해."

도운이 지겹다는 듯 눈썹을 찡그리자, 상혁이 그제야 덧붙였다.

"네가 하면 나도 안심할 수 있을 것 같아서 그래."

감독을 찾아가 보니 정말 주장 문제 때문이었다. 도운은 감독에게서 전부터 상혁이 강력하게 추천했다는 이야기도 함께 들었다.

상혁은 수림 선수들과의 연습을 봐주느라 경기장에 매일같이 출석했다. 그러다 훈련이 조금 일찍 끝난 날이었다. 도운이 혼자 남아 로커 룸 바닥 청소를 막 끝마치는데, 상혁이 링크에서 들어오고 있었다. 웬일인지 얼굴이 벌겋게 된 채였다. 갑자기 한 달 전쯤의 일이 생각나 걱정되려던 그때, 상혁이 자신의 캐비닛을 열며 도운에게 말했다.

"링크에서 누가 너 찾아."

"누가?"

도운이 그의 뒷모습에 대고 물었다.

"임지서."

도운은 서둘러 나가려다 멈칫했다. 이제껏 궁금했던 말을 꺼내려다가 조금 더 머뭇거렸다. 대놓고 묻기가 어려웠다.

'만약 맞다고 하면 어떡하지?'

"저기, 여상혁. 너 혹시… 지서랑…."

상혁은 그의 얼굴을 찬찬히 살피더니 무슨 말인지 알겠다는 듯 싱겁게 웃으며 받아쳤다.

"아니야."

도운이 웃으며 볼을 붉적였다. 상혁의 짧은 대답에 답답하게 가슴을 누르던 것이 다 내려가는 것 같았다.

벤치로 향하는 발걸음에 맞춰 심장이 기분 좋게 두근거렸다.

"어, 도운아!"

링크로 나온 도운을 보고 벤치에 있던 지서가 일어나 반겼다. 왠지 쑥스러움에 눈을 돌렸는데, 옆자리에 새 스케이트 한 벌이 놓여 있었다. 도운의 눈길을 알아채고 지서가 말했다.

"아, 이거. 상혁이가 나 줬어. 내 거래. 나도 부원이니까 스케이트 있어야 한다고. 나 진짜로 정식 부원이 된 것 같지?"

잔뜩 들뜬 모습에 도운도 덩달아 웃었다. 한눈에 봐도 작은 푸른색 스케이트가 앙증맞았다.

"알다시피 나 스케이트 못 타."

당당한 말투와 그렇지 못한 내용 때문에 웃음이 더욱 크게 터졌다.

"내가 더 나아질 거라고 했지? 나, 하고 싶은 거 다 해보고 싶어. 다 할 건데, 네가 같이 해주면 좋겠어.”

말을 끝내고 나서야 부끄러운지 두 볼이 발그레해졌다. 지서가 후다닥 의자에 앉아 스케이트에 발을 집어넣기 시작했다. 도운은 잠시 얼어붙었다가 얼른 정신을 차리고 스케이트 앞에 한쪽 무릎을 꿇었다. 그리고 스케이트의 끈을 당겨가며 묶어주었다. 다 묶고 나서 일어서니 지서가 머리를 넘기다 만 채로 굳어 있었다. 한쪽 손목에서 노란 매듭 팔찌가 살짝 미끄러졌다. 도운은 소리 없이 살짝 웃으며 손을 내밀었다. 지서가 그 손을 붙잡았다. 도운은 잡은 손에 힘을 주고 천천히 플로어로 이끌었다.

지서는 딱 도운이 끌어당기는 만큼만 움직였다. 그게 너무 어이없고 귀여워서 웃음이 새어 나왔다.

“발을 앞뒤로 조금씩 움직여 봐.”

지서가 도운의 말대로 한쪽 발을 내밀자 몸이 움찔하고, 아주 살짝 휘청거렸다. 눈을 질끈 감았다 뜬 지서가 자기 발에서 눈을 떼지 못했다.

“하나둘, 하나둘, 으아아.”

혼자 구호까지 붙이면서 조금씩 내디뎌본 지서는 스케이트가 마음에 들었는지, 도운을 올려다보며 환하게 웃었다. 이가 보이도록 웃는 그 모습에 도운은 더 참을 수가 없었다. 그때 지서가 힘 조절에 실패하면서 크게 미끄러졌다.

“꺅!”

순간적으로 도운이 허리를 감싸안으며 뒤로 넘어질 뻔한 몸을 잡아주었다. 안 그래도 콩닥콩닥 뛰던 심장이 본격적으로 빠르게 뛰기 시작했다. 계단에서 갑작스레 안겼던 때가 떠올라 웃음이 나왔다. 그땐 황급히 지서를 밀어냈지만, 이번에는 다르다. 도운은 지서를 더욱 폭 안았다. 놓치고 싶지 않다는 생각이, 아주 분명하게 들었다. 도운은 고개를 살짝 돌려 지서의 귀에 가까이 대고 나지막이 고백했다.

“좋아해.”

상혁

'시간이 멈췄으면 좋겠어.'

상혁은 진실로 시간이 천천히 흐르기를 바랐다. 바로 어제 같았던 아시아 대회도 어느새 하룻밤 꿈만 같았다. 하지만 그럴 수 없다는 걸, 잘 알고 있었다. 마지막으로 맺어야 할 무거운 것들이 몇 가지 남아 있었다.

수림시에 있는 대한 인라인 협회 회의실에 가벼운 긴장감이 감돌았다. 상혁, 김성록 감독, 이신주 코치, 그리고 지역 방송사 기자까지. 청선고의 요청하에 협회 관계자들이 자리를 마련했다. 기자도 참석했다는 게 불편한 듯, 협회장은 다소 어색한 웃음을 흘리며 상혁에게 물었다.

"그래, 여상혁 선수. 결심은 했지? 당연히 가는 거겠지?"

기자가 녹음기 버튼을 누르고, 수첩에 적어나가기 시작했다.

"네. 저 공부하고 와서 국제 지도자 하겠습니다."

상혁의 대답에 관계자들의 표정이 환해졌다.

"그런데요,"

상혁이 웃음소리를 끊고 정색하며 말했다.

"저흴 속이셨던 거, 책임지셔야 할 겁니다."

"속였다니. 그렇게 말하면 섭섭하지."

불편하게 헛기침하며 운영위원이 손을 내저었다. 이신주 코치가 주먹으로 탁자를 쾅 내리쳤다.

"아무리 그래도 그렇지, 협회 횡포가 너무한 것 아닙니까?"

상혁이 진정하시라는 의미로 손짓한 후 기자를 가리켰다.

"여기 계신 기자님이 다 취재하셨습니다. 협회가 수립시, 수립 카시우스 팀 관계자들과 내통한 정황, 블루피어스 감독과 코치의 발령지를 사전에 내정해 두었다는 문서 내용까지."

진현이 한 얘기가 오히려 힌트가 되었다. 친구들이 기자에게 증거를 제보하고, 기자가 발 빠르게 파헤친 결과였다. 협회 사람들은 서로 눈빛을 주고받기에 바빴다.

"그 증거를 바탕으로, 협회가 권한을 남용해 지역의 내력 있는, 그리고 충분히 가능성을 가진 팀을 멋대로 다른 팀에 통합시킬 계획이라는 것을 뉴스로 내보내신다고 합니다. 좀 더 캐

보면 주고받은 것도 나오겠죠?"

당황한 협회장이 뭐라 말을 떼려던 순간 상혁이 막아섰다.

"하지만, 기회를 드리죠."

열심히 준비한 말이지만 역시 심장이 뛰어 호흡이 모자랐다. 상혁은 숨을 한 번 고르고 말을 이어갔다.

"4년의 유예 기간을 주세요. 우리 팀이 그만큼 가치 있다는 것을, 제가 돌아와서도 증명하겠습니다. 그리고 그렇다는 것을 분명히 알게 되실 겁니다. 지금 여기서 저희 제안을 수락하고 문서로 확인해 주시면, 팀 합병 논의를 뒤로 미뤘다는 내용으로 보도할 겁니다. 선택하시죠. 보도 내용을 '지역사회와 유착한 협회의 횡포'로 할지, '비인지 종목 협회의 신중한 결정과 혜안'으로 할지."

잠시 후 회의실을 나서자 김 감독과 이 코치가 상혁을 안아 주었다.

"감독님, 코치님, 감사합니다."

"상혁아, 우리가 미안하지. 고맙다."

감독이 상혁의 등을 두드렸다. 현실적인 범주 안에서 최선의 결과를 얻은 데에 만족스러웠다. 당장은 유예라고 하더라도, 상혁은 팀이 4년 후에도 건재할 것을 확신할 수 있었다. 동료들과 후배들이 잘 이어갈 테니까.

협회와의 일은 친구들의 도움을 받았다면, 혼자의 힘으로 맺어야 할 일도 있었다.

[잠깐 보자]

과연 나올까. 걱정을 안고 수림중 정문 앞에 도착했다. 벌써 어둑해지는 하늘을 배경으로 운동장에 들어서는데, 익숙한 말투가 들렸다.

"여어, 여상혁."

건들거리는 걸음걸이, 비열한 웃음, 비아냥대는 말투. 모든 것이 여전했다. 어떻게 보면 여러 의미로 다행이었다.

"여상혁이 날 먼저 찾아주다니. 나 진짜 감동해서 울 뻔했잖아. 뭐, 위로라도 해주려고?"

진현이 실실 웃으며 다가왔다.

"청선고는,"

상혁은 서두를 그럴듯하게 꾸밀 줄 모르기에 곧바로 본론으로 들어갔다.

"내가 어릴 적 하키를 시작한 곳이야. 난 언젠가 꼭 그곳으로 돌아가서 내가 동경하던 사람들의 뒤를 잇고 싶었어."

상혁의 덤덤한 말에 날카롭던 진현의 눈빛이 흔들렸다.

"하지만 네 말도 맞아. 수림중 동료들을 떠나고 싶었던 건 아닌데 너희를 충분히 납득시키지 못하고 상처 줬어. 미안하다."

그전까지 수림중 출신 선수들은 무조건 수림고로 진학했다. 상혁의 선택은 그 흐름을 처음으로 깨는 일이었다. 그런 선례를 남긴 덕에 그다음 해부터 재민과 우성도 청선고로 올 수 있었고 두 학교 사이에 이동이 자유로워졌다.

"중학교 때 스카우트를 거절한 건, 어려서 해외 적응이 힘들 것 같아서도 맞아. 하지만 그것보다는 중학부 팀원들과 졸업까지 함께하고 싶어서였어. 팀이 좋았으니까."

상혁은 잠시 말을 멈추고 침을 삼켰다. 진심이었는데, 진현이 핑계로 받아들일지는 알 수 없었다. 진현에게서는 아무 반응도 없었다.

"지금도 난 내 팀이 좋아. 이번에도 이 팀에서 끝까지 가고 싶었어. 고등부 리그도, 아시아 대회랑 세계 대회까지 다. 우승을 하든 못 하든."

"그래서 뭐. 그게 나랑 무슨 상관인데? 너도 목표가 좌절됐으니 만족해라 이거야?"

진현이 발끈해서 소리쳤다.

"배신한 건 너잖아! 네가 먼저 날, 우리를 버렸어!"

"정진현!"

상혁은 자신의 진심이 닿지 않는 것에 목이 콱 막힐 듯했다.

"네가 나에게 했던 그 모든 짓이 정말 배신감 때문이었어? 그거 하나였어?"

진현이 여전히 씩씩거리며 노려보았다. 상혁이 한숨을 내쉬며 진정한 후 다시 차분하게 말했다.

"정신 차려. 난 배신한 적이 없어. 다시 잘 생각해 봐."

말을 마친 상혁은 뒤돌아 운동장을 빠져나왔다. 이제 뒷일은 진현의 몫이었다. 교문을 나서는데, 언제 왔는지 시온이 기다리고 있었다.

"미쳤냐? 쟤를 뭐 하러 만나냐? 쟤가 무슨 해코지를 할 줄 알고."

시온은 항상 이랬다. 사나운 말 속에서 느껴지는 걱정에, 상혁은 싱거운 웃음을 터뜨렸다. 생각을 정정할 필요가 있었다. 혼자 해결한다고 했는데, 진현과의 문제마저 친구의 도움을 받았다. 시온이나 도운도 그렇고, 그리고 자기 일보다도 더 울어주던 그 애도.

✦✦✦✦✦

출국일이 확정된 이후로는 동료들에게 해줘야 할 말을 전하며 시간을 보냈다. 어떨 때는 가기 싫다는 생각이 강해져서, 일부러 계속 훈련에 참여하며 몸을 움직였다. 이제 달은 두 자릿수로 바뀌었고, 그것은 그에게 허락된 시간이 정말로 얼마 남지 않았다는 것을 의미했다.

그렇게 마지막 날이 오고야 말았다.

상혁은 팀원과 찍은 단체 사진을 물끄러미 쳐다보다가 휴대폰 케이스를 벗겼다. 그 안에 있던 사진을 빼고 동료들과의 사진으로 바꿔 넣었다. 투명한 케이스 너머로 환하게 웃는 팀원들을 따라 저절로 미소가 지어졌다. 그리고 원래 폰에 끼워두었던 사진은 바지 주머니에 넣었다. 마지막으로 로커 룸을 쓱 둘러보는데, 시온이 다가왔다.

"여상혁."

평소와 달리, 그의 얼굴에서 장난기를 찾아볼 수 없었다. 상혁은 시온이 일부러 늦게까지 남았다는 것을 잘 알고 있었다.

"우리, 각자의 자리에서 우리가 좋아하는 것을 지키기 위해 최선을 다하자. 주장."

시온은 잠깐의 망설임 끝에 '주장'으로 말을 맺으며 오른손을 내밀었다. 상혁은 그 손을 강하게 맞잡았다. 나름의 방식대로 자신을 아껴준 친구와의 임시 작별 인사였다.

그리고 또 다른 작별 인사를 위해 아지트였던 곳으로 향했다. 이제는 흔적 없이 휑하지만, 경기장과 함께 상혁이 학교에서 가장 사랑하는 장소 1위를 다투었던. 코끝이 찡해지려고 할 때, 기다리던 사람이 들어왔다. 지서는 허전해진 내부를 둘러보더니 상혁에게 다가왔다. 두 사람은 살짝 거리를 둔 채 의자에 나란히 앉았다. 앉자마자 지서가 이 순간만을 기다렸다는 듯 상혁에게 말했다.

"내일 간댔지? 가지 말라고 해도 안 되겠지?"

상혁이 피식 웃었다.

"남자 친구가 서운해하는 거 아니야?"

장난스럽게 말했는데, 지서의 눈망울이 그렁그렁했다. 덩달아 울컥하는 감정을 삼키고, 상혁은 덤덤한 목소리로 말했다.

"슬퍼하지 않아도 돼. 시간이 흘러가면 꼭 다시 만나게 될 거야."

지서를 위로하는 그 말은 사실 자기 자신에게 하는 말이었다.

"거기 가서 잘 먹고, 잘 자고 건강해야 돼. 혼자 힘들어하지 말고, 꼭 자주 연락하고. 알았지?"

지서는 훌쩍거리면서 며칠 전부터 상혁의 얼굴만 보면 되뇌던 말을 다시 한번 했다.

'널 알게 돼서 좋았고, 미안했고, 함께해서 즐거웠고….'

할 말이 너무나도 많았지만, 상혁은 그 모든 말을 한마디에 담았다.

"고마웠어."

그리고 눈가가 시큰해지기 전에 재빨리 화제를 돌렸다.

"혹시 기억나? 내 휴대폰 뒷면에 있던 사진. 아직 궁금해?"

지서를 힐긋 살피며 묻는데, 지서가 곧장 고개를 크게 끄덕였다.

"당연하지."

상혁은 웃음을 참느라 입꼬리에 힘을 주며 뒤쪽을 가리켰다.

“저 사물함에 넣어뒀어. 자물쇠 비밀번호는… 네 생일이야.”

지서가 눈이 휘둥그레져서는 벌떡 일어났다. 상혁은 다급하게 지서에게 앉으라고 손짓했다.

“나중에. 잘 지내고 있다가 나중에 내가 떠오를 때, 그때 열어봐 줘.”

지서는 잠시 고민하는 것 같더니 다행히 고개를 끄덕이며 다시 앉았다. 상혁은 그날이 너무 오랜 뒤가 아니길 바랐다. 해가 뉘엿뉘엿 넘어가며 창가에 붉은빛을 쏟아내었다.

“그리고… 내가 누구한테 고백을 좀 하려고 하는데. 한번 들어봐 줘.”

상혁이 지서의 눈치를 살피며 조심스레 말했다.

“어? 고백? 너 어떡하려구? 그 앤 고백받고 너랑 바로 헤어져야 하잖아. 너 되게 잔인하다?”

지서다운 오지랖이었다.

“그래도 가기 전에 얼굴 보고 말하는 게 나을 것 같아서.”

“그래서, 누군데?”

지서가 의자를 당겨 앉으며 적극적으로 물었다. 상혁은 몰라도 된다고 손을 내저었다. 그리고 목을 가다듬었다. 지서가 덩달아 목을 가다듬으며 그의 얼굴을 물끄러미 바라보았다. 상혁은 그 시선을 피해 바닥으로 눈을 내리깔았다.

“널 처음 봤을 땐 뭐 이런 애가 다 있나 싶었는데,”

지서가 무슨 고백이 그렇냐는 듯 웃음을 터뜨리자, 상혁도 어처구니없던 첫 만남이 생각나서 싱긋 웃었다. 땀나기 시작하는 손바닥을 마주 비볐다.

"나한테 웃어주고, 나 때문에 화도 내주고, 걱정해 주고… 그런 네가 계속 생각나더라. 네 덕분에 내가 더 나다워지는 거 같았어."

얼굴이 확 달아오르는 게 느껴졌다. 그래도 마지막 말은 꼭 해야 했다.

"널 많이 좋아해."

상혁은 마지막 말까지 담담한 척 끝낸 후에야 지서를 조심스레 바라보았다. 지서가 '오' 하는 표정으로 듣고 있다가 손바닥을 붙인 채 손가락으로 박수를 쳤다.

"와, 여상혁 치고는 굉장히 감성적인 고백이야."

그러다 곧 안타까운 표정으로 발을 동동 굴렀다.

"잘됐으면 좋겠는데, 어쩌지? 잘돼도 문제, 안돼도 문제잖아."

상혁은 제 일처럼 심각해하는 지서 쪽으로 몸을 틀었다.

"그 애가 좋아할까?"

"당연하지. 걔가 장거리 연애를 감수하겠다고 할지도 몰라."

망설임 없이 양쪽 엄지를 내미는 지서를 보고 상혁은 소리 내어 활짝 웃었다.

8년 후

지서는 단잠에서 깨어나 꾸물거렸다. 슬쩍 눈을 떠 보니 창밖 너머 바깥이 아직 어둑했다. 적당히 따스한 온도와 폭신한 감촉이 잠결에도 기분 좋았다. 곧 이곳이 자신의 방이 아니라는 것을 기억해 내고는 번쩍 눈을 떴다. 아침 일찍 공항에 가기 위해 간밤에 들이닥친 곳이었다. 그럼에도 방의 주인은 자신의 침대를 지서에게 양보해 주었다. 눈앞에 깔끔하게 정돈된 서랍장과 선반, 예쁜 화분이 마치 잡지에 소개되는 집 같았다. 이불에서 그의 냄새가 옅게 배어났다.

"임지서, 일어나! 베개에 침 흘리지 말고."

방의 주인이 주방에서 달그락거리며 지서를 불렀다. 장난기 담긴 목소리였다. 지서는 개운하게 기지개를 켜며 일어났다.

"상혁아, 굿모닝."

"아침 먹을 거지?"

상혁이 주방 쪽에서 고개를 내밀며 물었다. 지서가 부스스한 얼굴로 당연하다는 듯 웃었다.

"빨리 씻고 나와. 안 그럼 밥 없어."

상혁은 여전히 매정하고 또 다정했다. 이전에도 좋은 친구였지만, 그는 시온만큼이나 지서와 특별하게 연결되어 있었다. 그것을 알게 된 후로는 더욱 애틋했다.

상혁이 캐나다로 간 지 며칠 안 되었을 때였다. 지서는 그가 남겨둔 사진을 확인하려고 비밀의 사물함을 열어보았다. 그 사진에 꼬마 상혁과 함께 있는 건 다름 아닌 오빠였다. 자신보다도 더 앳된 어린 시절의 오빠가 상혁과 나란히 하키 채를 들고 있었다. 눈부시도록 환한 웃음을 지으며.

"머리는 나중에 말리고 일단 먹어. 이따가 말리는 거 도와줄게."

상혁이 젖은 머리를 수건으로 덮어주며 말했다.

"그럴까? 그러지, 뭐."

아까부터 맛있는 냄새에 정신 차리기가 힘들었던 지서는 얼른 식탁에 앉았다. 하얀 밥을 떠 반찬을 조심스럽게 올리고는 한입에 집어넣었다. 곧바로 감탄이 나오는 맛이었다. 그런 지서를 보고 상혁이 소리 없이 웃었다. 이토록 완벽한 친구라니, 지서는 또 다른 기억 하나가 떠올랐다.

"너희 집에서 자서 그런가? 학생 때 일 생각났어. 너 옛날에 고백하겠다면서 연습했잖아, 캐나다 가기 전에. 그때 어떻게 됐어?"

상혁이 초승달처럼 휘어진 눈으로 웃었다.

"차였지. 그 앤 이미 좋아하는 애가 있더라고."

상혁이 국을 천천히 저으며 지서를 힐긋 쳐다보았다.

"아, 그랬어? 아쉽네. 아니, 왜 너 같은 사람이 애인이 없는 거지? 사람들 차암 보는 눈이 없다."

지서가 점점 열을 올리자 상혁이 못 말린다는 듯한 표정으로 고개를 저었다.

그때 누군가 바깥에서 네 자리 번호 키를 망설임 없이 눌렀다. 두 사람이 고개를 돌렸고 현관문이 열리자 찬 바람이 훅 따라 들어왔다. 여전히 수려하게 잘생긴 얼굴에서 입김이 뿜어져 나왔다.

"시온아!"

지서는 그에게 다가가며 반갑게 맞이했다.

"너무 오랜만이지? 보고 싶었어."

시온이 한결같은 환한 미소로 인사했다. 뒤에서 상혁이 얼떨 떨하게 물었다.

"야, 네가 우리 집 비밀번호를 어떻게 알아?"

"내가 너에 대해 뭘 모르겠냐. 이야, 집 좋네?"

시온이 씨익 웃으며 상혁에게 손을 내밀었다. 상혁은 떨떠름하게 손을 맞잡았다.

"너 얼마 전에도 할머니 뵈러 갔다며? 바쁘다면서 나보다 자주 가는 것 같아. 할머니도 통화할 때마다 너만 찾으셔."

지서가 자연스레 식탁에 합석한 시온에게 수저를 챙겨 주었다.

"난 예전부터 친손주였다니까."

시온은 상혁 옆에 앉으며 능글맞게 웃었다. 그런 시온을 보자니 같이 웃을 수밖에 없었다.

"요즘 일은 어때? 잘나간다며?"

"완전 바쁘지. 여상혁 코치님 덕분에 더더욱."

그가 두 손을 들어 옆에 있는 상혁을 가리켰다. 시온은 스포츠 용품 업체를 운영하며 사업 규모를 착착 키워가고 있었다. 선수 시절의 경험을 바탕으로, 꼭 필요하지만 구하기 어려웠던 장비들을 만들고 있었다. 지서는 그런 시온이 자랑스러웠다. 고3이 되면서 선수를 그만둘 때 친구들과 아주 다른 길로 가는가 싶었는데, 조금 다른 분야로 빠졌을 뿐 항상 친구들의 곁에서 함께하고 있었다.

"이번에 새로운 소재 인증받는 대로 나한테 먼저 갖다줘."

"아악, 일 얘기 하지 마!"

상혁의 말에 시온이 울상을 지었다.

"타격감이 좋더라고. 지난번에 테스트했을 때….."

"나 새벽까지 일만 하다 왔다고!"

시온은 눈을 감고 양손으로 귀를 막았다.

"이번에 블루피어스에서 주문 많지?"

그런 시온도 블루피어스만큼은 어쩔 수 없었는지 결국 순순히 대답했다.

"엉. 내년에 선수들 또 엄청 들어온다더라. 올해도 성적 좋았지? 수비수들 폼 좋던데? 나 정도는 아니지만."

"맞아. 코치도 추가로 영입하더라."

"넌 거기로 갈 생각 없어?"

"있지. 나중에. 지금은 주니어부가 좋아. 서재민 같은 애들이 스무 명이긴 하지만."

"으."

지서가 그런 둘을 보고 웃음을 터뜨렸다. 친구들과 있으면 역시 즐거웠다.

지서는 집을 나서기 위한 단장을 마쳤다. 다시 짧아진 단발 머리 끝을 매만져 보았다. 오랜만에 짧게 자른 머리카락에는 여러 가지 염원이 섞여 있었다. 출발하기 전, 친구들에게 주기 위해 가져왔던 것들을 꺼냈다. 둘에게 다가가는데, 시온이 몸을 아예 상혁에게 튼 채로 한창 떠들고 있었다.

"너, 시범 보인다고 나서다가 애들 다 압살한다며? 그러다 애들 다 기죽는다고. 코치가 돼가지고 애들을 이겨먹으려고 하면 어떡하냐?"

시온은 건수를 잡은 듯이 신나서 쏘아붙였고, 상혁은 앞만 보며 컵으로 하관을 가리고 있었다. 하지만 눈이 일자가 된 것이, 곧 터질 조짐이 보였다. 지서는 얼른 식탁 앞으로 다가가 상자 두 개를 동시에 내밀었다. 손안에 들어갈 만한 크기의 납작하고 긴 상자였다.

"이게 뭐야?"

시온이 받자마자 눈이 커지며 상자를 열었다. 인견으로 엮인 매듭 끝에 둥근 고리가 달려 있었다. 상혁도 시온을 따라 상자를 연 후 고리를 손가락에 걸어보았다. 물빛 매듭이 그의 손 아래로 살랑였다.

"마음을 하나로 묶어주는 매듭이야."

지서는 달빛 매듭이 걸린 자신의 가방을 내밀어 보여주었다. 셋은 잠시 매듭을 보고 흡족하게 웃었다.

"준학예사 자격증 시험 봤다며?"

시온이 자신의 수박빛 매듭을 문지르며 물었다.

"응. 월말에 결과 나와."

지서는 갑자기 긴장감이 몰려와 손바닥으로 얼굴을 감쌌다. 하지만 곧 다시 씩씩한 목소리로 말했다.

"괜찮아. 떨어지면 또 하지, 뭐."

"맞아. 다시 하면 돼."

상혁이 네 말이 맞다는 듯 따듯하게 웃었다.

공항으로 출발해야 할 시간이 되어, 지서는 상혁과 시온을 두고 먼저 일어나야 했다.

"잼민이랑 제우성한테도 안부 전해줘."

"같이 가고 싶은데, 훈련 있어서. 미안."

두 사람이 지서의 목도리를 매만져 주며 배웅했다.

"괜찮아. 곧 오빠 기일에 보자, 알았지?"

지서는 두 사람과 차례대로 포옹한 뒤 집을 나섰다. 찬 바람이 매섭게 불었고 며칠 전에 내린 눈이 아직도 남아 있었다. 하지만 곳곳이 연말 분위기로 설레고 들떠 있었다.

공항 입국장이 전체적으로 북적이는 가운데, 한 출구에 유독 많은 사람들이 몰려 있었다. 지서도 그쪽으로 다가가 까치발을 해보았다.

'다행히 안 늦었네.'

출구 앞에서는 WIC 시니어부 대회를 마치고 돌아온 국가대표 선수들이 이제 막 입국 인터뷰를 시작하고 있었다. 지서는 사람들 틈을 조심스럽게 비집고 들어갔다. 선수들이 기자들 앞에서 번쩍이는 플래시를 맞고 있었다.

"이번 WIC 성적에 대해 내부에서는 어떻게 평가하십니까?"

한 기자가 질문했다. 인라인 하키 대표팀 주장이 입을 열자 기자들이 그의 앞에 마이크와 녹음기를 더 가까이 가져다 대었다. 키가 큰 선수가 허리를 살짝 숙였다.

"한국 성인팀은 이제 막 두 번째 프로 국제 대회를 치렀습니다. 쟁쟁한 국가들 사이에서 4위라는 성적을 거둔 것은 짧은 기간에 거둔 나쁘지 않은 성적이라고 생각합니다. 물론, 여기에 만족하지 않고 더 좋은 성적을 위해 준비할 것입니다."

"향후 계획이나 일정은 어떻게 됩니까?"

다른 기자가 묻자 주장은 그쪽을 향해 살짝 몸을 틀어 대답했다.

"음, 일단 선수들은 각자의 소속 팀으로 돌아가 국내 리그를 치를 예정입니다. 대한 인라인 협회에서는 선수들을 꾸준히 지원했고, 몇 년 사이 리그의 실력이 상향 평준화되었기 때문에 더욱 쟁쟁해질 것으로 예상됩니다."

긴장한 눈치였지만 꽤 능숙하게 대답하는 주장을 보고, 지서가 흐뭇하게 웃었다.

"우리나라는 성인 프로팀이 전무하다시피 했는데 몇 년 사이 아주 급격하게 발전했습니다. 인라인 하키 부흥기라고 해도 과

언이 아닌데, 그 원동력이 무엇이라 생각하십니까?”

주장 선수가 잠시 머뭇거리다가 입을 떼었다.

“우리나라 중고등학교 선수들은 이미 예전부터 좋은 실력을 갖추고 있었습니다. 훌륭한 지도자분들이 있었고, 특출한 선수들의 희생이 있었고….”

그의 얼굴에 연한 미소가 스쳤다.

“모든 관계자가 제자리에 만족하지 않고 노력한 덕분입니다. 이 자리를 빌려 존경과 감사의 말씀 전합니다.”

그는 마지막 말을 할 때만큼은 좌중을 넓게 둘러보았다. 그때 지서와 그의 눈이 마주쳤다. 지서가 살짝 손을 흔들자 도운이 입꼬리를 더욱 늘였다.

이렇게 한 해가 또 저물어가고 있었다. 매번 행복의 고점을 경신하는 해를 지나 보내며, 한편으로 불안할 때도 있었다. 어린 시절 그날처럼 갑작스러운 불행이 닥칠까 봐. 하지만 이제 지서는 알고 있다. 혼자가 아니라는 걸. 사랑하는 사람들과 최선을 다해 즐기고, 이겨내며 나아갈 것이다. 지금까지 그래 왔듯이.

에필로그

관중석

시작은 별것 아니었다. 어쩌면 죄책감을 덜려는 단순한 이기심이었을지도. 자신이 원하는 것보다 엄마의 강요에 따라주던 착한 아들. 혜수는 돌이킬 수 없는 자신의 행동이 뒤늦게 사무쳤다.

'지환아, 미안해. 엄마가 잘못했어.'

비록 닿을 순 없었지만.

혜수가 찾은 나름의 방법은 블루피어스였다. 지환이 잠시나마 몸담았고, 그 얼마 안 되는 시간에 반비례하는 큰 애정을 보였던 곳. 팀 인원수가 줄고 협회의 예산도 점차 줄면서, 초기 명성과는 다르게 쇠퇴의 조짐이 보이고 있었다. 그래서 언제부

턴가 후원을 시작했다. 큰 금액도 아니었고, 관심 둘 필요 없이 돈만 부치면 되었다. 꽤 값싸게 치르는 셈이었다. 그래서일까, 죄책감은 크게 덜어지지 않았다.

그러던 어느 날 블루피어스 김성록 감독이 전화를 걸어왔다. 평소의 김 감독과는 달리 직설적으로 도움을 구하는 분위기가 심상치 않았다. 하지만, 어쩌면 그의 부탁을 이용해 지환의 일부를 세상에 내보일 수 있을지도 몰랐다. 혜수는 그 생각으로 홀린 듯이 차를 몰아 청선고 운동장에 도착했다. 늦은 저녁 시간인데도 어딘가 분위기가 어수선했다. 경기장 건물 앞에서 그 이유를 짐작할 수 있었다.

블루피어스 이벤트 매치 & 팬 미팅 모금 행사

딱 봐도 학생들이 서툴게 꾸민 행사였다. 이때만 할 수 있는 학생들의 풋풋함에 혜수는 모처럼 부러움의 미소를 띠었다.

팀의 사정을 알게 된 것은 마치 운명 같았다. 결국 지환이 이리로 이끌었을까. 아시아 대회에 참가하지 못할 수도 있다니, 그렇게 둘 순 없었다.

"감독님, 대신 부탁드릴 게 있어요."

혜수가 가방 속에서 가져온 것을 꺼냈다. 스프링노트의 낱장을 뜯어온 것이었다. 흰 종이 위에 유니폼 한 벌이 그려져 있었다. 마카로 색칠된 유니폼은 검푸름에 가까운 짙은 남색에 흰색이 어우러져 꽤 그럴듯했다. 혜수는 그 애가 인라인 하키를 이토록 좋아하는지도, 미술적 감각이 있는지도 모르고 있었다. 그것도 모른 채 시간 낭비한다며 혼냈던 게 생각나 이 노트를 발견했을 땐 눈을 질끈 감았다.

"유니폼 교체할 때도 됐잖아요. 이번에 꼭 이 디자인을 써주세요."

감독은 묻고 싶은 게 많은 얼굴이었지만, 흔쾌히 수락했다.

감독과 이야기를 마치고 나가는 길에 경기장의 문이 보였다. 행사도 끝났겠다, 아무도 없겠지 싶어 조심스럽게 문을 열고 들어갔다. 링크엔 아직 조명이 환했고, 사람은 역시나 없었다. 혜수는 곧바로 나가려다가 구석에 자리를 잡고 앉았다. 타원형의 링크 안을 가만히 보면서 지환의 얼굴을 떠올렸다. 그때, 한쪽에서 유니폼을 입은 선수 한 명이 헬멧을 쓰며 링크로 나오는 것이 보였다.

한 손에는 채를 쥐고 너른 링크를 달리는 그 애는 무척 자유로워 보였다. 휠이 바닥을 가르는 소리마저 개운했다. 그 모습이 지환과 겹쳐 보였다. 잊고 있던 지환의 웃음소리가 들리는 듯해서, 혜수는 저도 모르게 미소 지었다. 그 애는 채를 세차게 휘둘러 공을 치고는 빠른 속도로 쫓아갔다. 그런데 펜스가 가까워 오는데 속도를 늦추지 않고 그대로 부딪혔다. 쿵 하는 충돌음이 링크에 꽤 크게 울려 퍼졌다. 혜수는 놀라서 벌떡 일어나 얼른 그쪽으로 다가갔다. 아이가 눈을 감고 있는 모습에 심장이 철렁했다.

"괜찮니?"

살며시 건넨 말에 그 애가 눈을 번쩍 뜨더니 자리를 털고 일어났다. 혜수는 속으로 안도하고는 돌아섰다. 아니, 빨리 돌아서서 떠나고 싶었다. 그 애는 가까이서 보니 생각보다 지환을 더 닮아 있었다. 잔잔한 파동이 일던 혜수의 마음이 급격히 요동쳤다. 얼른 떠나려는데, 그 애가 말을 걸어왔다. 후원하는 이유를 묻는 말에 차마 사실대로 답할 수 없었다.

"음, 그냥… 아줌마가 원해서라고 하자."

'날 위한 거야. 내가 편해지려고.'

다행히 말이 더 이어지진 않았다.

"응원할게."

'너는 꼭 네 꿈을 펼치며 행복하길 응원할게.'

그림을 건넨 뒤, 지환을 떠올리면 따라붙는 슬픔의 지속 시간은 점차 짧아지고 있었다.

하지만 지서에게만큼은 마음이 그렇게 흘러가지 않았다. 심지어 지서는 점점 안 하던 짓을 해서 혜수의 속을 뒤집었다. 혼자서 버스를 타고 시내에 다녀왔다는 말에 혜수는 기함했다.

어쩐지 방학 때 서울에 오겠다는 말이 없더니. 참아왔던 불안이 걷잡을 수 없이 터져버렸다. 하나밖에 없는 딸이었고 그 딸은 몸도 기억도 온전치 않았다. 아들에 이어 딸까지 잃을 수도 있다는 비정상적인 공포는 여전히 혜수를 집어삼켰다. 결국 혜수는 지서를 다시 서울로 데려가야겠다고 마음먹었다. 그런데 예전과 달리 지서는 얌전히 말을 듣지 않았다.

"엄마는 내가 아무것도 못 하면 좋겠어요? 그렇게 사는 게 무슨 의미가 있는데? 엄마는 날 진짜로 걱정하는 게 맞아요?"

그 말이 혜수의 머릿속을 쿵 울렸다. 걱정하는 게 맞냐고? 지서는 아직 어려서 이해하지 못할 뿐이다. 나중에는 엄마가 왜 이렇게까지 하는지, 분명 이해해 주리라.

'널 여기로 어떻게 보냈는데….'

✦✦✦✦✦

몇 개월 전.

열어둔 창으로 찬 바람이 들어왔다. 집안 분위기는 날이 갈수록 고요해졌다. 지서를 청선으로 내려보내는 날이 벌써 몇 번이나 미뤄지면서 가족이 자신의 눈치를 살핀다는 것을, 혜수는 잘 알고 있었다. 딸의 학교 새 학기에 맞춰 챙겨두었던 짐은 현관 구석 한자리를 계속 차지하고 있었다. 퇴근하고 돌아오면 그 짐들이 혜수의 한숨을 더욱 짙게 만들었다.

"엄마 들어간다."

노크와 동시에 문을 여는 순간, 버스럭거리는 소리와 함께 뭔가 와르르 쏟아지는 소리가 들렸다. 혜수의 눈이 바닥에 흐트러진 물건들을 훑었다.

"준비는 다 됐어?"

"응, 으응….'

침대에 걸터앉은 지서가 어색하게 웃으며 대답했다. 연필꽂이에서 쏟아져 나온 것들이 방바닥을 구르고 있는데도 지서는 왠지 일어나 주울 생각이 없어 보였다. 지서가 앉은 자리 밑에 종이 귀퉁이가 튀어나와 있었다. 혜수는 그게 뭔지 알 것 같았지만, 모르는 체하기로 했다.

"내일은 갈 수 있겠어? 엄마 휴가 어렵게 냈어."

마음과는 다르게 퉁명스러운 말투로 말했다.

"응. 내일은 꼭 갈게요."

지서가 순식간에 침울해진 표정을 지었다. 이제 더 이상 미루기 어렵단 걸 알았는지 다음 날엔 별말 없이 차에 탔다.

"지서 오늘 컨디션 괜찮아?"

역시나 연차를 낸 지서의 아빠, 현진이 백미러를 보고 지서에게 다정하게 물었다.

"응. 좋아요."

어제만 해도 기어드는 목소리더니, 생글생글 웃으며 대답하는 모습에 혜수는 웃음이 나면서도 가슴이 찡했다.

혜수는 청선으로 가는 길이 정말 싫었다. 그녀의 가족은 이 길에서 모든 것을 잃었다. 특히 청선을 둘러싸고 있는 산등성이…. 그것들이 마치 자신의 앞날을 가로막는 것 같았다.

'여기서도 나아지지 않으면 어떡하지?'

불쑥 떠오르는 생각에 머리가 지끈거렸다.

지서 할머니집에 도착해 짐을 푸는 동안 지서가 자신의 방이 될 곳을 둘러보았다.

"오! 여기서 마당으로 바로 나갈 수 있네."

"우와, 바닥이 뜨끈뜨끈해요. 녹는다, 녹아."

걱정하지 말라는 듯 과장해서 감탄하는 말투에도 힘없는 미소밖에 돌려줄 수 없었다.

"아아, 이제 여기가 내가 생활할 곳이구나."

얼마 없던 짐을 다 정리하고 혜수와 현진이 떠나기 전, 지서가 팔을 휘휘 흔들며 말했다. 목소리에 기대가 잔뜩 실려 있었다. 그러더니 둘을 향해 돌아서서 생긋 웃었다.

"저 잘 지낼게요. 걱정하지 마세요."

이럴 땐 영락없는 지환의 동생이다. 하지만 혜수는 그 자리에서 지환을 생각하고 싶지 않았기에 출발을 서둘렀다. 차를 타기 전에 마지막으로 지서와 포옹을 하고 떨어지는데 지서가 눈을 빠르게 깜빡거렸다. 그러고는 뒤돌아 집으로 뛰어 들어갔다. 혜수는 그 이유를 알 것 같아 딸을 붙잡지 못했다.

딸이 떠난 집은 적막했다. 떠나기 전 지서가 앉아 있던 자리에 혜수는 가만히 앉아보았다.

숨겨둔 지환의 물건들을 지서가 몰래 들여다보는 걸 알면서도 모른 척했었다. 그러다 더 이상 모르는 척하기 힘들어진 날, 둘은 일기장 한 권을 붙잡고 실랑이를 벌였다. 그 과정에서 여러 장이 찢겨 나갔었는데, 지서는 기어코 한 장을 손에 넣은 듯했다. 그날을 생각하며 혜수는 괜히 책꽂이를 뒤적거리고 지서가 정리해 둔 책상 위를 손으로 쓸어보았다. 그러다 별 기대 없이 책상 바로 아래 서랍을 열었을 때, 혜수는 자신이 보고 있는 것을 믿을 수 없었다. 10년이 다 되어도 익숙한 아들의 글씨체, 빛바랜 볼펜 잉크, 한쪽에 찢긴 흔적, 꼬깃꼬깃하고 너덜너덜하다 못해 반질거리는 종이.

…그래도 난 착한 일을 하면 좋은 일이 생긴다고 믿는다. 지서에게 좋은 행동을 하라고 가르쳐줬더니…

혜수는 가슴이 미어지면서도 피식 웃음이 나왔다.

'내 아들답네.'

종이를 들어 올리는 손이 바르르 떨렸다. 그런데 뒷면에 무언가가 만져졌다. 일기장을 뒤집어 본 혜수의 눈이 커졌다.

봐줘서 고마워요 엄마. 나, 가서 잘할게요.

종이 귀퉁이에 작게 붙어 있는 네모난 포스트잇. 지환의 또
박또박한 필체와는 달리 안 그래도 삐뚤빼뚤한 글씨가 물에 번
지듯 흔들렸다. 지서가 어떤 마음으로 이걸 두고 갔을지 생각
하니 혜수의 심정이 와르르 무너져 내렸다.
그런 마음이었다. 사실은 너무나도 아끼는 마음이어서, 절박
한 것뿐이었다.

✦ ✦ ✦ ✦ ✦

서울은 더위가 꽤 오래 이어지다 겨우 선선해지고 있었다.
반대로 청선은 10월에 접어들며 급격하게 쌀쌀해지는 모양이
었다. 달의 중반쯤 되던 어느 날, 전화 너머로 느껴지는 지서의
분위기가 사뭇 달랐다. 갑자기 불길함이 넘실거렸다.
"여보세요? 지서야? 왜 말이 없어?"
기껏 전화해 놓고 잠시 말이 없다가, 지서가 참았던 것을 토
하듯 뱉어냈다.
"엄마, 미안한데 오빠 얘기 좀 해도 돼요?"

혜수는 한숨을 푹 내쉬며 이마를 짚었다. 가뜩이나 너무 피곤한 날이었다. 오랜만의 통화에 화를 내고 싶지 않아 힘겹게 감정을 억눌렀다.

"지서야, 엄마 지금 너무 피곤해. 알잖아, 오빠….."

"제발 한 번만 들어줘. 나 지금까지 잘 참았잖아요! 한 번만, 한 번만요!"

지서가 다급하게 말을 자르는 바람에 혜수는 깜짝 놀랐다. 울먹이며 고집부리는 게 꼭 그때와 같아서, 혜수는 또다시 일기장이 찢어질까 두려웠다.

"엄마, 우리 학교 인라인 하키팀 주장이었던 친구가 있어요. 그 친구가 어릴 적에 오빠를 만났대요."

인라인 하키 캠프에서 두 사람이 함께 찍은 사진을 보고 알게 됐다고 했다. 상혁이라는 그 아이는 지환으로 인해 인라인 하키를 시작했다고. 이름이 왠지 익숙한 게, 아마 지환의 다른 일기장에서 보았을지도 모르겠다.

지서는 떨리는 목소리로 어렵게 말을 마쳤다. 혜수는 정신없이 끊긴 휴대폰을 내려놓았다. 자신이 무슨 말을 했는지 잘 기억도 나지 않았다.

그날 밤 혜수는 잠들지 못했다. 뜬눈으로 지새우는 동안 지환을 그리워하는 마음을 가만히 들여다보았다. 꼭꼭 숨긴다고 해서 기쁘게 잘 살아온 것도 아니었다. 자기 위안도 되지 않았고 남은 가족에게도 상처였다.

'지서는 뭘 좋아하지? 뭘 하고 싶어 했지?'

그토록 후회했으면서 지서에게 똑같은 짓을 저지르고 있었다. 그걸 깨달았을 때, 가죽으로 만든 지갑을 내밀어 보이던 얼굴이 생각났다. 약간은 어색했지만, 왠지 환하게 벅차 보이던 표정. 혜수는 딸이 당당하게 웃는 모습이 보고 싶어졌다. 더 이상 엄마에게 혼날까 봐 걱정하는 것 말고. 눈치 보며 기분을 살피는 표정 말고.

혜수는 더 참지 못하고 동이 트자마자 집 안을 돌아다니며 곳곳에 숨겨둔 것들을 거실에 펼쳐놓았다. 참 오랜만에 빛을 보는 것들이었다. 거실이 금세 지환의 물품들로 어수선해졌다. 아직도 그 흔적들은 혜수를 슬프게 했지만, 이번에는 억지로 웃어보았다. 혜수는 그중 하나를 골라 휑한 장식장 위에 올려놓았다. 가족사진 옆에 하키 유니폼을 입은 지환이 밝게 웃고 있었다.

"오빠는 다른 누군가에게도 소중한 사람이에요, 지금까지도."

지환이 없는 가족사진을 찍는다는 건 아직 상상할 엄두도 나지 않았다. 하지만 연말에 지서가 오면, 셋이 함께 꽁꽁 감춰두었던 사진들을 열어봐야겠다고 생각했다.

경기 종료

역대 최고기온을 경신했다는 뉴스가 연이어 나오는 여름이다. 하지만 우리 가족은 청선에 있는 할머니 댁에 온 덕에, 열대야 없는 여름방학을 보내고 있다. 그리고 이번 방학에도 청선고 체육관에서 하는 인라인 하키 캠프에 참가할 수 있었다. 세 번째이자, 마지막일 확률이 높은 방학 캠프였다. 힘든 학기를 이것만 기다리며 견뎠는데. 보나 마나 다음 방학부터는 중3이 되기 전 대비를 해야 해서 학원 특강에 다녀야 할 것이다. 어머니는 이번에도 못마땅해하셨지만, 아버지의 설득과 기말시험 성적으로 겨우 허락을 받았다. 여름 캠프는 기간이 짧아서 더 아쉬운 데다가 벌써 마지막 날이라 슬프기까지

했다. 하지만 우울해 봤자다. 최대한 열심히, 즐겁게 해야지.

내일모레면 집에 돌아가니까 짐을 챙기는데, 전에 스케치해 놓은 게 눈에 띄었다. 비록 어머니께 들켜 시간 낭비한다고 혼났지만, 난 이 유니폼 디자인이 정말 마음에 들었다. 아직은 캠프에 참가할 뿐이지만 어쩌면, 아주 어쩌면 언젠가는 이런 유니폼을 입고 선수로 뛰게 될 수도 있지 않을까.

"형아, 오늘도 거기 가지? 스케트?"

시온이가 아침밥을 다 먹고 방에 다다다 뛰어 들어왔다. 이 꼬맹이가 이번 여름에는 특히 자주 오는 것 같다. 아침 일찍부터 와서는 체육관에 따라가겠다며 기다리고 있었다. 집이 꽤 멀다고 했는데 매번 어떻게 오는 건지. 신기하기도 하면서 한편으로는 이 애의 자유가 부러웠다.

"시온아, 안 돼. 너 저번에 따라갔다가 차에서 토한 거 기억 안 나?"

"기억나. 세 번이나 토했어."

시온이는 손가락으로 3을 만들어 보이며 자랑스러운 듯이 말했다. 그 모습이 어이없고 귀여워 웃음이 터지고 말았다.

"형아가 토 다 받아줬어. 오늘도 부탁할게."

두 손을 내밀며 끔찍한 소리를 공손하게도 했다. 그때의 기억이 떠올라 아찔했다.

"오빠아."

그때 지서가 부스스한 눈을 비비며 들어왔다. 그러자 시온이가 얼른 지서에게 다가갔다.

"지서야! 잘 잤어, 내 사랑?"

시온이가 지서를 안아주며 하는 말에 나는 또다시 웃음이 터졌다. 시온이는 정말 엉뚱하고 솔직한 게 매력이었다. '쪽' 하는 소리도 들린 것 같은데 지서는 아직 졸려서 그런지 별 반응이 없었다.

"형, 나 따라가도 되지? 응?"

깔깔거리며 웃는 나에게 시온이 다시 사슴 같은 눈망울로 올려다보며 물었다.

"야, 문시온! 우린 이제 초등학생이야. 초등학생은 떼쓰는 거 아니랬어!"

지서가 양손을 허리에 얹고 앙칼지게 말했다.

"지서야, 친구한테 다정하게 말해야지?"

"…시온아, 오빠한테 떼쓰지 말고 사이좋게 지내자."

지서가 부드러운 투로 다시 말했다. 나는 습관처럼 지서의 머리를 쓰다듬었다.

"기특하네, 우리 지서."

"지환아, 이제 슬슬 출발할까?"

아버지가 차 키를 챙기시는 동안 어머니는 시큰둥한 표정으로 배웅하셨다.

“갔다 와서 공부 열심히 할게요.”

그렇게 말씀드리니 그제야 살짝 미소를 보이셨다.

“다녀오겠습니다.”

내가 문을 열고 나서자 꼬맹이들이 우다다 나가서 자동차 뒷좌석에 앉았다. 피부에 내려앉은 햇빛이 적당히 뜨겁게 살결을 덥혔다. 차가 출발하기 전에, 나는 시온이의 귀에 얼른 이어폰을 꽂아주며 눈을 감게 했다.

“형아, 이거 뭐라고 하는 거야?”

시온이가 눈을 감은 채 물었다. 아무래도 영어라서 그런지 표정을 찡그렸다.

“응, 이거 팝송이야. 영어로 된 노래.”

내가 시온이의 한쪽 이어폰을 빼고 대답해 주었다.

“형아, 나 출동 팅카팅카 들을래.”

“이 노래 되게 유명한 노래야. 형만큼 크면 무슨 뜻인지 알 수 있을 거야.”

내 말에 시온이는 눈을 감은 채 가만히 음악을 들었다. 이 녀석이 그만큼 크는 날이 오면…. 그렇게 생각하니 기분이 이상해졌다. 내가 토를 손으로 받아주고 치워줬다는 얘기는 꼭, 반드시 해줄 것이다. 비록 토쟁이이긴 하지만 정말 귀엽긴 귀엽다. 특히 이렇게 쓰다듬을 때마다 싱긋 미소 짓는 얼굴이.

“기특하다.”

차는 얼마 달리지 않아 청선고에 도착했다. 두 꼬맹이들은 그새 잠들어 있었다.

"지환아, 아빤 둘 데리고 시내 키즈카페에 있다가 올게. 혼자 편하게 해라."

아버지가 둘을 보더니 소곤소곤 말씀하셨다.

"네. 그럴게요. 고맙습니다."

아버지는 뒤에서 어머니 몰래 응원해 주시는 든든한 지원군이다.

아버지의 차가 나간 뒤, 마침 주차장으로 큰 버스가 들어왔다. 하차하는 사람들을 보니 이 학교 소속인 블루피어스 팀 선수들이었다. 여름에 있다는 국제 대회를 마치고 돌아오는 듯했다. 피곤해 보이는 얼굴이었지만, 그들에게서는 반짝이는 빛이 났다.

옷을 갈아입고 링크 안으로 들어가니 꽤 많은 캠프 참가자들이 몸을 풀고 있었다. 나도 게임 전 가볍게 속도를 내어 달렸다. 본 게임을 하기 전 포지션 결정 게임에서는 공격수 자리를 따냈다. 다들 골을 많이 넣고 멋있어 보인다는 이유로 공격수를 원하지만, 나는 좀 달랐다. 게임의 승부보다는 동료들과 재미있게 합을 맞출 수 있어서 내가 가장 좋아하는 역할이었다.

점심 도시락을 먹은 뒤 오후에는 어린이 캠프 참가자들과 짝 활동이 있었다. 옆 팀이 하는 것을 구경하고 있는데 한 남자애가 스케이트를 휘휘 타며 다가왔다.

“형! 안녕하세요.”

“어, 왔어? 안녕?”

이번 캠프에서 나와 짝이 된 아이였다. 지서와 동갑이라는 게 믿기지 않을 정도로 똑 부러지고 시크한 매력이 있는 아이. 아이가 돌아본 관중석 한곳에서 아이의 부모님이 손을 흔드셨다. 매번 아이와 함께 오셔서 응원하고 사진도 찍어 가셨다. 나는 그쪽으로 고개를 숙여 꾸벅 인사했다.

“형, 저 형 말대로 체력 키우려고 주말에 달리기했어요.”

우리의 자리를 찾아 들어갈 때 그 애가 말했다.

“우와. 상혁아, 대단한데? 날씨도 덥잖아.”

“스케이트 오래 타려면 필요하다고 했잖아요.”

이번에 인라인 하키가 궁금해서 왔다고 하더니 완전히 마음에 들었나 보다. 앞으로도 계속하고 싶다며 재잘거리는 게 왠지 부러웠다.

우리는 마주 보고 달리며 반대편 골대로 향했다. 내가 상혁이에게 속도를 맞추며 퍽을 치자 상혁이는 곧잘 이어받았다. 골대에 가까워질 때쯤 채에 퍽이 툭하고 닿았다. 나는 저 앞으로 가볍게 쳐 보냈다. 상혁이가 속도를 높이더니 퍽을 놓치지 않고 골대로 정확하게 꽂아 넣었다.

“우와! 너 진짜 잘한다!”

작은 동료가 해내는 모습에 마치 내가 한 듯이 짜릿했다. 상혁이는 쑥스러운 듯하면서도 밝게 웃었다.

"공격수는 진짜 멋있는 것 같아요."

잠시 쉬면서 간식을 먹고 있는데 상혁이가 말했다. 나는 그 애의 눈을 보고 가만히 들어주었다.

"팀의 승리가 골 넣는 공격수한테 달려 있잖아요. 저도 나중에 제일 중요한 공격수 되고 싶어요."

상혁이의 목소리에 자신감이 넘쳤다. 며칠 전부터 똑같은 얘기를 되풀이하고 있었다. 의욕 있고 실력도 되고. 이 아이에게 잘 어울리는 포지션이다.

"형은 팀에서 제일 중요한 게 뭐라고 생각해요?"

의외의 질문에 나는 씨익 웃으며 그 애의 머리를 쓰다듬었다. 아, 이건 누구에게도 말해본 적 없는데…. 잠시 고민하다가 운을 떼었다.

"음… 믿음? 패스가 이어지듯 믿음도 이어져야 하니까. 공격수는 그 믿음을 마지막까지 품고 나아가는 사람이야. 공격수가 빛나는 건 골 때문만이 아니라, 팀의 믿음을 끝까지 책임지기 때문이야."

막상 말을 시작하고 나니 너무 몰입해 버렸다. 상혁이가 빤히 쳐다보는 시선에 퍼뜩, 이 애가 이해할 수 있을까 싶어 멋쩍어졌다.

‘내가 여덟 살짜리한테 무슨 말을.’

그런데 상혁의 말이 놀라웠다.

“형, 한 번 더 말해줘요.”

“음? 하하. 공격수는 팀의 믿음을 마지막까지 품고 나아가는 사람이야. 공격수가 빛나는 건 골 때문만이 아니라, 팀의 믿음을 끝까지 책임지기 때문이야. 결국 공격수를 움직이는 건 골 욕심이 아니라 팀이 주는 믿음이지.”

그 후로도 상혁이는 또 해달라는 말을 몇 번 더 반복했다. 아예 녹음을 해줄걸 그랬나.

아쉬울수록 시간은 더 빠르게 흘렀다. 어느덧 수료식까지 마치고 헤어질 시간이 되었다.

“형! 같이 사진 찍어요.”

“그러자. 어떤 포즈로 찍을까?”

우리끼리만 사진을 열 컷 정도 찍은 것 같다. 아쉽게도 상혁이 어머니가 들고 있는 카메라가 필름 카메라여서 어떻게 찍혔는지는 알 수가 없었다.

“형, 다음 캠프에도 올 거죠? 그때 만나면 사진 줄게요. 그러니까 다음에도 꼭 와요. 알았죠?”

나는 목구멍이 콱 막히는 듯한 기분이 들었다. 차마 다음엔 못 올 것 같다고 대답할 수가 없었다. 표정을 가다듬고 허리를 숙여 상혁이에게 눈높이를 맞췄다. 눈빛이 총명하고 또렷했다.

"그래, 상혁아. 겨울에 또 만나자."

우린 마주 보며 싱긋 웃었다. 상혁이는 손을 흔들고는 뒤돌아 부모님을 따라갔다. 나도 그 작은 뒷모습을 향해 오랫동안 손을 흔들었다.

　　이 장황한 이야기의 시작은 평범했던 어느 날 밤의 꿈이었습니다. 느지막한 오후, 교실 창가로 들어오는 낮은 햇살. 시골 학교로 오게 된 여학생이 낯설게 생긴 물건을 다리에 신고 혼자 놀고 있다가 갑자기 교실로 들어온 남학생과 맞닥뜨립니다. 인라인 하키를 하는 남학생은 자기 것을 돌려달라고 하지 못한 채 머뭇거렸고, 여학생은 놀라서 그대로 굳어버렸습니다. 두 사람의 짧은 눈 맞춤에 담긴 설렘은 꿈에서 깨어난 후에도 긴 여운을 남겼습니다. 인라인 하키라는 스포츠를 몰랐던 제가 그런 꿈을 꾼 것도 신기할 따름이었습니다. 그래서 그 장면부터 이야기를 지어나가게 되었습니다.

　　글을 쓸 결심부터 초고를 완성하기까지 많은 사람의 조력이 있었습니다. 출판사에 투고한 후 몇 차례 퇴고하는 동안, 에피소드를 지우고 다시 만들기까지도 여러 친구와 출판사 관계자의 도움이 있었습니다. 비단 지금의 인연에게만 도움을 받은 것은 아닙니다. 그 일화를 짓는 데 영감을 준 것도 저의 모든 시절, 그 순간순간을 함께했던 사람들이었습니다. 지나온 시간마다 곁에 있던 이들이 조용히 제 안에 감정을 남겼고 저는 그 흔적을 따라 장면을 그려냈습니다. 이 작품을 빚어낸 마음은 아마도 그들에게서 건너온 것이 아닐까 생각해 봅니다.

감정이 에피소드의 재료였다면 인물의 성격, 재능과 한계를 그려 넣을 때 꺼낸 것은 저의 경험이었습니다. 즐겁고 행복했던 순간과 오래 애썼던 날들, 끝내 뜻대로 되지 않았던 것까지. 돌아보니, 어느 것 하나 헛된 것은 없었다는 것을 집필하는 내내 느꼈습니다. 그래서 모든 시도, 노력과 실패 끝에 후회를 남기지 않았던 저 자신을 조금은 자랑스럽게 여기는 기회도 가졌습니다.

초반에는 주인공들이 이야기를 결말로 잘 이끌도록 하는 데 집중했습니다. 주인공들에게 애정이 쌓이면서, 그들이 행복해지기를 응원하게 되더군요. 다정하고 따듯하면서도 내면이 단단한 도운. 책임감이 강하고 뭐든 성실하게 노력하는 상혁. 유쾌하기만 할 것 같지만 세심하게 친구들을 아껴주는 시온. 이제 막 자신의 길을 찾아나서기 시작한 지서. 열여덟인 이 아이들은 새로운 행복의 페이스오프에 서게 되었습니다.

그리고 세상에는 실제로 수없이 많은 도운, 상혁, 시온, 지서 들이 있겠죠. 긴 인생에서 수많은 '열여덟'을 겪게 될 독자 여러분, 네 아이들을 응원했듯 여러분의 모든 페이스오프를 응원하겠습니다.

2026년 봄의 길목에서

공혜진

열여덟의 페이스오프

초판 1쇄 인쇄	2026년 3월 20일
초판 1쇄 발행	2026년 3월 25일

지은이	공혜진
총괄	김명래
책임편집	김혜정
디자인	301페이지 이정현
책임마케팅	최혜령, 박지수, 도우리, 양지환, 송지은, 박주미
마케팅	콘텐츠 IP 사업본부
해외사업	한승빈, 박고은
경영지원	백선희, 권영환, 이기경, 최민선, 강아현
제작	제이오

펴낸이	서현동
펴낸곳	㈜오팬하우스
출판등록	2024년 5월 16일 제2024-000141호
주소	서울특별시 강남구 테헤란로 419, 11층 (삼성동, 강남파이낸스플라자)
이메일	info@ofh.co.kr

ⓒ공혜진 2026

ISBN 979-11-7577-235-9 (43810)

한끼는 ㈜오팬하우스의 출판브랜드입니다.